W0301480

Waldemar Erdmann
Sebastian Janka

Einstellungstest Bundeswehr

Eignungstest erfolgreich bestehen
Über 1.000 Aufgaben mit Lösungen

Ablauf, Erfahrungsberichte, Sporttest, Computertest, Mathe, Logik, Deutsch, Allgemeinwissen

plakos

Herausgeber:
Plakos GmbH
Vertretungsberechtigter Geschäftsführer: Waldemar Erdmann
Sitz: Willy-Brandt-Allee 31 B, D-23554 Lübeck

Website und Kontakt:
www.plakos-akademie.de
E-Mail: support@plakos.de

Facebook: plakosDE
YouTube: Plakos Akademie
Instagram: plakos_akademie
TikTok: plakos_akademie

© Plakos GmbH, Lübeck

Alle Rechte vorbehalten. Alle Inhalte sind urheberrechtlich geschützt und dürfen nur mit schriftlicher Genehmigung des Verlages vervielfältigt werden.

Die Inhalte in diesem Buch sind von der Plakos GmbH sorgfältig geprüft worden. Dennoch wird die Haftung der Autoren beziehungsweise der Plakos GmbH und seiner Beauftragten für Vermögens-, Sach- und Personenschäden ausgeschlossen. Es wird keine Garantie übernommen.

Bildnachweis Cover:
© Jörg Hüttenhölscher, fotolia.com

Sonstige Abbildungen im Buch wurden von Plakos erstellt.

ISBN: **978-3-948144-76-0**

Einstellungstest erfolgreich bestehen

Die Plakos GmbH hat bereits tausende Bewerber mit Büchern, Online-Kursen und Apps auf Einstellungstests und Assessment Center vorbereitet. Die angesehenen Online-Tests von Plakos wurden millionenfach absolviert. Dieses Buch dient zur Vorbereitung auf den Bundeswehr-Einstellungstest.

plakos

Dein Feedback ist uns wichtig!

Sollten dir Fehler in diesem Buch auffallen oder solltest du unzufrieden mit den Inhalten oder einem unserer Produkte sein, so schreibe uns gerne eine E-Mail an support@plakos.de. Wir antworten schnellstmöglich! Antworten auf häufig gestellte Fragen findest du auch auf der Webseite plakos-akademie/kundenservice/.

Hinweis: Aus Gründen der Lesefreundlichkeit haben wir weitgehend auf Gendering verzichtet. Die gewählte Personenform gilt wertfrei für beide Geschlechter.

1. Auflage
Waldemar Erdmann
Sebastian Janka

Danksagung

Unser Dank gilt vor allem den Bewerberinnen und Bewerbern, die mit ihren zahlreichen Zuschriften, Erfahrungsberichten und Verbesserungsvorschlägen dieses Buch erst möglich gemacht haben. Vielen Dank für eure Kommentare und Nachrichten auf YouTube und Facebook und anderen Kanälen!

Außerdem bedanken wir uns bei allen internen und externen Mitarbeitern, welche einen wesentlichen Anteil an dem Buch hatten, dazu gehören insbesondere Marja Schiffer, Annika Miersen und Stephan Guerra Soleto.

Inhaltsverzeichnis

Über die Autoren

Waldemar Erdmann ist Geschäftsführer der Plakos GmbH, die seit über einem Jahrzehnt erfolgreich Webseiten für Karriereberatung und Online-Tests betreibt. Er machte seinen Abschluss an der FH Würzburg zum Thema Skills Management Software und hat zahlreiche Bücher und Artikel zum Thema Eignungstests und Auswahlverfahren verfasst. Außerdem entwickelt Waldemar Apps und Online-Tests, die Bewerber auf verschiedenste Auswahlverfahren vorbereiten. Er lebt mit seiner Familie in der schönen Hansestadt Lübeck.

Sebastian Janka ist Gründer und Betreiber unserer Partnerseite www.bundeswehrstarter.de. Er ist aktiver Soldat und trat 2015 als früherer freiwillig Wehrdienstleistender in den Dienst in der Bundeswehr ein, bevor er 2016 einen Laufbahnwechsel in die Laufbahn der Feldwebel durchlief.

Vorbereitung auf den Einstellungstest

Generell unterscheiden sich Einstellungstests dahingehend, für welches spätere Einsatzgebiet du dich bewirbst. Die Länge und die Aufgaben lassen sich nicht grundsätzlich verallgemeinern. Trotzdem gibt es oft gewisse Ähnlichkeiten im Ablauf. In der Regel überprüfen Unternehmen die Eignung ihrer Kandidaten in Gruppen. Es kann also sein, dass du schon beim Auswahlverfahren auf spätere Kollegen triffst. Die Gruppen werden typischerweise von mehreren Personen geleitet. Hierbei handelt es sich oft um spätere Vorgesetzte und Personalentscheider. In manchen Einsatzgebieten nehmen zudem Psychologen teil.

Nachdem du dich vorgestellt hast, werden die schriftlichen Tests ausgeteilt oder die PC-Arbeitsplätze zugewiesen. Im Grunde genommen lässt sich der Test oft wie eine Abschlussprüfung in der Schule betrachten. So werden Inhalte aus verschiedenen Schulfächern wie Mathe oder Deutsch sowie Allgemeinbildung (Geschichte, Politik, Erdkunde etc.) überprüft. Dazu kommt mitunter ein spezieller Prüfungsbereich, der sich nach dem Einsatzgebiet richtet.

Neben schriftlichen Aufgabenstellungen und Tests am PC beinhaltet beinahe jedes Auswahlverfahren eine oder mehrere Gruppenübungen wie Rollenspiele, Case Studies, Postkorbübungen, Planspiele und Präsentationen. Häufig müssen sich Bewerber bereits zu Beginn der Gruppe persönlich vorstellen, wobei einem für diese Präsentation nicht mehr als zehn Minuten zur Verfügung stehen. Näheres über die Vorbereitung auf das Assessment Center findest du in unseren Online-Paketen.

Um den Einstellungstest erfolgreich zu bestehen, solltest du einige Dinge beachten. Wichtig ist beispielsweise das persönliche Auftreten. Es handelt sich beim Einstellungstest, im Gegensatz zu einer Abschlussprüfung, nicht um einen reinen Wissenstest. Um einen guten Eindruck zu hinterlassen, empfiehlt sich daher ein gepflegtes Äußeres. Zudem solltest du dich bei der Vorstellung freundlich und höflich zeigen.

Darüber hinaus unterscheidet sich ein Eignungstest von einer Abschlussprüfung auch in Hinblick auf das Zeitmanagement. Eine Prüfung ist zeitlich darauf ausgelegt, dass alle Fragen beantwortet werden können. Bei einem Eignungstest ist dies nicht notwendigerweise der Fall. Oft ist die Zeit absichtlich zu knapp bemessen. Auf diese Weise sollen das Zeitmanagement, die Stressresistenz und die Frustrationstoleranz überprüft werden. Nicht ohne Grund beobachten in der Regel gleich mehrere Verantwortliche der Behörde den Test. Du solltest dich daher nicht zu lange mit einer Frage oder sogar einem ganzen Prüfungsbereich aufhalten. Hast du die Antwort nicht sofort parat, lohnt es sich, die Aufgabe zu überspringen und mit anderen Aufgaben weiterzumachen.

Wie bei einer Schul- oder Abschlussprüfung kannst du dich durchaus auf einen Einstellungstest vorbereiten. Zunächst einmal hilft dir eine breite Allgemeinbildung weiter. Überprüft werden darüber hinaus mathematisches und logisches Denken, Sprachgefühl, Ausdrucksfähigkeit und Konzentration.

Neben den Aufgaben aus dem eigentlichen Einstellungstest sind die sogenannten Soft Skills ebenfalls nicht zu vernachlässigen. Diese spielen bei der Eignung für einen Beruf eine zunehmend wichtige Rolle. Kommunikation, Auftreten und die Körpersprache solltest du daher ebenfalls nicht vernachlässigen.

All diese Themen lassen sich üben und erlernen. In diesem Buch findest du zahlreiche Übungen, mit denen du dich ganz konkret auf den Bundeswehr-Einstellungstest vorbereiten kannst. Wichtig ist hierbei, dass du alle relevanten Aufgaben sorgfältig durcharbeitest. Für eine verbesserte kritische Selbstreflexion der Ergebnisse haben wir Lösungsansätze für die schwierigsten Aufgaben beigefügt. Die Aufgaben in diesem Buch sind in fünf Segmente unterteilt: Allgemeinwissen, Logik, Konzentration, Sprache und Fachwissen.

Trotz abgeschaffter Wehrpflicht ist die Bundeswehr in Deutschland immer noch einer der größten Arbeitgeber des Landes. Jedes Jahr bewirbt sich eine Vielzahl an Interessierten in der Hoffnung, beim Bund anschließend Karriere machen zu können. Dabei kannst du dich nicht nur als Soldat oder Soldatin ausbilden lassen. Auch zivil gibt es eine ganze Reihe von Ausbildungsmöglichkeiten. Oftmals verspricht der spätere Beruf dabei ein abwechslungsreiches Aufgabenfeld.

Die Bundeswehr-Laufbahnen im Vergleich

Die Bundeswehr ist hierarchisch aufgebaut. Am einfachsten stellst du sie dir daher als Pyramide vor. An der Spitze stehen die Offiziere, in der nächsten Ebene findest du die Unteroffiziere, aufgeteilt in Unteroffiziere mit Portepee und Unteroffiziere ohne Portepee. Die Basis der Pyramide und damit auch der Bundeswehr bilden die Mannschaften. Diese Pyramide bauen wir jetzt von unten nach oben auf und charakterisieren jede Laufbahn anhand der folgenden sechs Kriterien:

- vergleichbare Ebene im Zivilen
- erforderlicher Schulabschluss oder Berufsausbildung
- erforderliche Verpflichtungszeit
- vertretene Dienstgrade (aufsteigend gelistet)
- Tätigkeit in der Praxis (neutral und generell)
- Gehalt (Gehaltsspanne ohne Zuschläge)

Die Laufbahn der Mannschaften

Der Dienst des Mannschaftssoldaten ist vergleichbar mit dem einfachen Dienst eines Beamten. Bei der Polizei gibt es diese Ebene nicht mehr, jedoch lässt sie sich mit dem einfachen Dienst der Deutschen Bahn vergleichen, bevor diese privatisiert wurde.

Für den Dienst in der Laufbahn der Mannschaften ist ein Schulabschluss nicht zwingend notwendig, jedoch ist es von Vorteil, eine abgeschlossene Ausbildung mitzubringen. Hast du bereits eine abgeschlossene Ausbildung, kannst du leichter in diesem Beruf innerhalb der Bundeswehr eingesetzt werden.

In der Mannschaftslaufbahn unterscheiden wir kurz in „Soldaten auf Zeit" und „Freiwillig Wehrdienstleistende". Die Verpflichtungszeit für Soldaten auf Zeit in der Laufbahn der Mannschaften beträgt mindestens zwei Jahre und ist bis zwölf Jahre, auf Wunsch sogar 25 Jahre möglich. Als Freiwillig Wehrdienstleistender beträgt die erforderliche Verpflichtungszeit mindestens sieben Monate und kann beliebig auf bis zu 23 Monate verlängert werden.

Die Laufbahn der Mannschaften umfasst die folgenden Dienstgrade:

- Schütze (Soldat in der Grundausbildung, je nach Teilstreitkraft und Organisationsbereich auch Grenadier, Matrose, Flieger etc.)
- Gefreiter
- Obergefreiter
- Hauptgefreiter
- Stabsgefreiter
- Oberstabsgefreiter
- Korporal (noch nicht in die Truppe eingeführt, folgt jedoch in Zukunft)
- Stabskorporal (noch nicht in die Truppe eingeführt, folgt jedoch in Zukunft)

In der Praxis ist der Mannschaftssoldat die erste Arbeitsebene. Daher unterscheiden sich die Tätigkeitsfelder der Mannschaftssoldaten abhängig von Truppengattung und Dienstposten. In der kämpfenden Truppe ist der Mannschaftssoldat der klassische „Trooper", er wird an allen relevanten Waffensystemen ausgebildet und wird unter anderem als Kraftfahrer eingesetzt. In anderen Truppengattungen werden Mannschaftssoldaten häufig im Innendienst einer Kompanie oder eines Stabes eingesetzt und verrichten Bürotätigkeiten in verschiedenen Teileinheiten.

Das Gehalt in der Laufbahn der Mannschaften reicht von 1.900 bis 2.100 Euro netto, wobei noch keine Zuschläge, Sonderzahlungen und Erfahrungsstufen eingerechnet sind. Diese können jedoch stark variieren und werden hier deshalb vernachlässigt.

Die Laufbahn der Unteroffiziere

Die Laufbahn der Unteroffiziere teilt sich, wie eingangs beschrieben, nochmals auf in die der Unteroffiziere ohne Portepee und die der Unteroffiziere mit Portepee (Feldwebel/Bootsleute (Marine)). Der Unterschied liegt hier in der fachlichen Qualifikation. Unteroffiziere ohne Portepee sind im Zivilen mit einem Gesellen vergleichbar, Unteroffiziere mit Portepee hingegen sind im Zivilen mit der Qualifikationsebene der Meister gleichgesetzt.

Der Dienst des Unteroffiziers ist vergleichbar mit dem mittleren Dienst eines Beamten. Bei der Polizei entsprechen diese Dienstgrade der eines

Polizeimeisters und dessen Laufbahn. Aus Gründen der Übersichtlichkeit beschreiben wir zuerst die Kriterien des Unteroffiziers ohne Portepee und dann die des Unteroffiziers mit Portepee.

Die **Laufbahn des Unteroffiziers ohne Portepee** setzt mindestens einen qualifizierten Hauptschulabschluss oder eine höhere Ausbildungsebene voraus. Eine abgeschlossene Ausbildung ist auch in dieser Laufbahn von Vorteil. Bist du beispielsweise bereits ausgebildeter KFZ-Mechatroniker, kannst du als sogenannter „Neckermann-Stuffz" eingestellt werden. Dieser Begriff ist abgeleitet vom Versandhändler Neckermann, da du dir einen höheren Einstiegsdienstgrad durch deine Vorausbildung „einkaufst" und somit direkt als Stabsunteroffizier, sprich „Stuffz" einsteigst. Die Verpflichtungszeit für Soldaten in der Laufbahn der Unteroffiziere ohne Portepee beträgt mindestens drei Jahre und ist bis zwölf Jahre möglich. Die Laufbahn umfasst die Dienstgrade Unteroffizier und Stabsunteroffizier.

Generell muss hier in Unteroffiziere im Fachdienst und Unteroffiziere im Truppendienst unterschieden werden. Der **Fachdienst-Unteroffizier** ist der Führungsgehilfe des Feldwebels und vertritt diesen in seinem Fachbereich. Um beim Beispiel des KFZ-Mechatronikers zu bleiben, ist dieser eingesetzt in der Fahrzeug-Instandsetzung/Instandhaltung (Inst) einer Kompanie. Der fachliche Führer der Teileinheit ist der Schirrmeister, sprich ein Unteroffizier mit Portepee. Ist dieser verhindert, vertritt ihn der Unteroffizier ohne Portepee. Außerdem führt er in Vertretung alle Mannschaftssoldaten der Teileinheit und ist verantwortlich für Materialanforderungen und den korrekten Ablauf aller Tätigkeiten der Teileinheit.

Den **Truppendienst-Unteroffizier** findet man in der Regel bei der kämpfenden Truppe. Hier ist der Unteroffizier ohne Portepee der stellvertretende Gruppenführer. Der Feldwebel als Gruppenführer muss sich hier auf seine „rechte Hand" verlassen können und überträgt oft Kontrollaufgaben an den Unteroffizier ohne Portepee. Häufig werden organisatorische Befehle durch den Feldwebel erteilt und deren Erfüllung später durch den Stellvertreter kontrolliert, soweit dies die Lage zulässt.

Das Gehalt in der Laufbahn der Unteroffiziere ohne Portepee reicht von 1.900 bis 2.300 Euro netto, wobei noch keine Zuschläge, Sonderzahlungen und Erfahrungsstufen eingerechnet sind. Diese können jedoch stark variieren und werden hier deshalb vernachlässigt.

Um die **Laufbahn des Unteroffiziers mit Portepee** (Feldwebel/Bootsleute) einschlagen zu können, wird mindestens ein qualifizierter Hauptschulabschluss mit abgeschlossener Berufsausbildung im angestrebten Fachbereich oder ein Realschulabschluss vorausgesetzt.

Die höhere Qualifikation des Feldwebels auf Meisterebene am Ende der Ausbildung bringt auch eine längere Verpflichtungszeit von zwölf Jahren mit sich. Die Laufbahn der Feldwebel umfasst die folgenden Dienstgrade:

- Feldwebel
- Oberfeldwebel
- Hauptfeldwebel
- Stabsfeldwebel
- Oberstabsfeldwebel

Generell muss auch hier wieder unter Feldwebel im Fachdienst und Feldwebel im Truppendienst unterschieden werden. Der **Fachdienst-Feldwebel** ist der Führer einer Teileinheit der Kompanie. So führt er die KFZ-Instandsetzung/Instandhaltung (Inst), um beim Beispiel zu bleiben. Eingesetzt als Schirrmeister ist er für alle Abläufe in der Teileinheit und den Klarstand aller Fahrzeuge der Kompanie verantwortlich.

Den **Truppendienst-Feldwebel** findet man wie den Unteroffizier des Truppendienstes in der Regel bei der kämpfenden Truppe. Hier ist der Feldwebel der Gruppenführer. Er ist mit seiner Gruppe dem Zugführer unterstellt und führt seine Gruppe im Gefecht. Die Tätigkeit des Feldwebels, egal ob Truppen- oder Fachdienst, ist in einem einfachen Dreiklang zusammenzufassen: Der Feldwebel ist Führer, Ausbilder und Erzieher.

Das Gehalt in der Laufbahn der Feldwebel reicht von 2.100 bis 2.600 Euro netto, wobei noch keine Zuschläge, Sonderzahlungen und Erfahrungsstufen eingerechnet sind. Diese können jedoch stark variieren und werden hier deshalb vernachlässigt.

Die Laufbahn der Offiziere

Der Dienst des Offiziers ist vergleichbar mit dem gehobenen Dienst eines Beamten. Bei der Polizei entsprechenden diese Dienstgrade der eines Polizeikommissars und dessen Laufbahn.

Die Bundeswehr will studierte Offiziere, daher ist das Studium ein grundlegender Bestandteil der Ausbildung zum Offizier. Für den Dienst in der Laufbahn der Offiziere ist folglich das Fachabitur beziehungsweise das Allgemeine Abitur Grundvoraussetzung. Das Studium findet an der Bundeswehr-Universität in München oder Hamburg statt und die Wahl des Studiengangs richtet sich nach dem Abschluss, sprich Abitur oder Fachabitur.

Aufgrund des Studiums und der hochwertigen Ausbildung zur Führungsperson müssen Bewerber auf eine Laufbahn der Offiziere hier eine erhöhte Verpflichtungszeit in Kauf nehmen. Für Ärzte oder Apotheker beträgt diese 17 Jahre, für Piloten 16 Jahre und für alle übrigen Offiziere in der Regel 13 Jahre. Grund hierfür sind die Gelder, die in die Offiziersausbildung gesteckt werden, und das für Offiziersanwärter kostenlose Studium. Die Laufbahn der Offiziere umfasst die folgenden Dienstgrade:

- Leutnant
- Oberleutnant
- Hauptmann
- Major
- Oberstleutnant
- Oberst
- Brigadegeneral
- Generalmajor
- Generalleutnant
- General

Der Vollständigkeit halber sei gesagt, dass die Generalsdienstgrade, sprich Brigadegeneral bis General zu der Beamtenebene des höheren Dienstes zählen.

Die Tätigkeit eines Offiziers hängt in der Praxis stets von seinem Dienstposten ab. In seiner Ausbildung durchläuft ein Offiziersanwärter auch die Laufbahnen der Mannschaften sowie der Unteroffiziere ohne und mit

Portepee. Man durchläuft mehrere Truppenpraktika und übernimmt schrittweise mehr Verantwortung in seinem späteren Aufgabenbereich.

Nach Abschluss der Ausbildung ist die erste Verwendung eines jungen Offiziers die des Zugführers. Hier führt er mehrere Gruppen und ist somit direkter Vorgesetzter des Gruppenführers, sprich des Feldwebels. Die nächsthöhere Verwendung des Offiziers ist die des Kompaniechefs. Hier führt der Offizier mehrere Züge in einer Kompanie und ist somit direkter Vorgesetzter des Zugführers. Die Verwendung als nächsthöherer Vorgesetzter, wie beispielsweise als Bataillons-Kommandeur oder höher, hängt in der Regel von vorherigen Beurteilungen und freien Dienstposten ab. Daher ist die Vorhersage über eine feste Karriere nur bedingt möglich.

Das Gehalt in der Laufbahn der Offiziere beginnt beim Leutnant mit zirka 2.300 Euro und ist „nach oben offen".

Frauen bei der Bundeswehr

Im Gegensatz zu früher ist die Ausbildung bei der Bundeswehr mittlerweile auch für Frauen vollständig offen. Dies betrifft sowohl die Stellen, die zivil angeboten werden als auch die militärische Laufbahn. Seit einem Urteil des Europäischen Gerichthofs sind Frauen und Männer in der Armee nun völlig gleichberechtigt. Während beispielsweise eine Offizierslaufbahn vor 20 Jahren nur für männliche Bewerber möglich war, gibt es diese Einschränkung heute nicht mehr. Trotzdem ist die Bundeswehr jedoch nach wie vor sehr männlich geprägt. Dies soll sich langfristig aber ändern. So strebt man an, den Anteil der Frauen in allen Berufen beim Bund auf mindestens 15 Prozent zu erhöhen. Dies bedeutet jedoch nicht, dass die Ansprüche für Bewerberinnen geringer sind. Gerade Frauen, die Offizierin oder Pilotin werden möchten, müssen sich dem gleichen Einstellungstest und Auswahlverfahren stellen wie Männer.

Bewerbung bei der Bundeswehr

Für eine erfolgreiche Bewerbung bei der Bundeswehr musst du die folgenden Dokumente abgeben:

- Standard-Bewerbungsbogen der Bundeswehr
- Zusatzfragebogen

- lückenloser Lebenslauf mit Arbeitszeugnissen und -Bescheinigungen (Studiennachweise und/oder Gesellen-, Gehilfen-, Facharbeiter-, Meisterbrief)
- Geburtsurkunde
- Kreditverträge und ähnliche Unterlagen zu finanziellen Verpflichtungen
- ggf. ärztliche Unterlagen und weitere Unterlagen, je nach spezieller Anforderung

Die Bewerbung auf konkrete Stellen bei der Bundeswehr findet über das Online-Bewerbungsportal auf www.bundeswehrkarriere.de statt. Nach der Bewerbung können drei bis vier Monate vergehen, bis sich die Bundeswehr meldet, denn die Bewerberzahlen sind in den letzten Jahren deutlich gestiegen. Sobald du Post von der Bundeswehr erhältst, bekommst du den genauen Termin für den Eignungstest genannt.

Die Auswahlverfahren im Vergleich

Anfang 2021, als die Neuauflage dieses Buches entstand, waren die bisher üblichen Bewerbungsabläufe aufgrund des COVID-19-Virus stark beeinträchtigt. Die im Folgenden dargestellten Abläufe können von Zeit zu Zeit und von Ort zu Ort deutlich variieren. Die Dauer der Tests oder das Aufteilen mancher Tests auf mehrere Tage bis hin zu einer erneuten Anreise zu einzelnen Teiltests in einer neuen Woche oder gar Monat wurde uns als Autoren bereits häufig zugespielt. Keine Sorge, die Tests sind die Gleichen, also steigen wir jetzt direkt in die Unterscheidung ein.

So wie die Ausbildungen und Berufe innerhalb der Bundeswehr zwischen militärisch und zivil zu unterscheiden sind, sind es auch die Auswahlverfahren für die unterschiedlichen Tätigkeitsfelder. Dies erscheint logisch, da ein Auswahlverfahren einschließlich Sporttest für einen Bewerber auf eine zivile Stelle innerhalb der Bundeswehr nur bedingt Sinn ergeben würde. Bewirbt sich beispielsweise eine studierte Betriebswirtin auf eine Stelle im Planungsamt der Bundeswehr, wird sie im Arbeitsalltag niemals einen Sporttest absolvieren. Ein Test ihrer sportlichen Fähigkeiten ist also unnötig und wird folglich „weggelassen". Der Sporttest dient hier nur als Beispiel, andere zivile Stellen können durchaus eine gewisse sportliche Leistungsfähigkeit voraussetzen.

Im Umkehrschluss ist es nicht zwingend nötig zu prüfen, ob ein Bewerber auf eine militärische Stelle die Fähigkeiten mitbringt, vor einem größeren Plenum einen Vortrag zu halten, wenn sich dieser auf eine Stelle in der Mannschaftslaufbahn der kämpfenden Truppe bewirbt. Er wird in der Regel ohne einen Laufbahnwechsel niemals in die Situation kommen, Zahlen vorstellen zu müssen oder bürokratische Abläufe zu optimieren. Ein Test seiner Vortragsfähigkeiten wird daher „weggelassen". Der Vortrag vor einem Plenum dient hier nur als Beispiel, andere militärische Stellen, speziell die der Offiziere und Unteroffiziere mit und ohne Portepee, setzen diese Fähigkeiten voraus.

Betrachten wir als Nächstes vorab noch den Unterschied in den Prüfverfahren für Bewerber auf militärische Stellen. Hier unterscheidet die Bundeswehr einerseits in Einstellungstests für die Laufbahnen der Mannschaften, Unteroffiziere ohne Portepee und Unteroffiziere mit Portepee, andererseits in das Assessment Center für Führungskräfte der Bundeswehr für die Laufbahn der Offiziere. Wir halten also fest, dass die Prüfverfahren wie folgt eingeteilt werden:

- Einstellungstest für Bewerber auf zivile Stellen der Bundeswehr für
    - Zivilangestellte der Bundeswehr
- Einstellungstest für Bewerber auf militärische Stellen der Bundeswehr für
    - Mannschaftssoldaten und freiwillig Wehrdienstleistende
    - Unteroffiziere ohne Portepee
    - Unteroffiziere mit Portepee
- Assessment-Center für Führungskräfte der Bundeswehr für
    - Offiziere

Das Auswahlverfahren für zivile Stellen

Bewerber auf zivile Stellen in der Bundeswehr werden in Karrierezentren, Assessment-Zentren oder Dienstleistungszentren der Bundeswehr in ganz Deutschland geprüft. Das Auswahlverfahren für Bewerber auf zivile Stellen dauert abhängig von der angestrebten Verwendung ein bis zwei Tage und umfasst in der Regel Folgendes:

- ein Bewerbungsgespräch im klassischen Sinne

- schriftliche Tests
- praktische Tests
- eine ärztliche Untersuchung
- einen Sporttest
- einen Kurzvortrag
- ein Auswahlgespräch

Das Auswahlverfahren für militärische Stellen in den Laufbahnen der Mannschaften, Unteroffiziere ohne Portepee und Feldwebel

Bewerber auf militärische Stellen in allen Laufbahnen, ausgenommen der der Offiziere, werden in Karrierezentren der Bundeswehr in ganz Deutschland geprüft. Das Auswahlverfahren dauert in der Regel ein bis zwei Tage, zuzüglich der Anreise am Vorabend. Der Ablauf der Anreise und die Zeit bis zu den Tests werden dir in den Erfahrungsberichten in diesem Buch anschaulich dargestellt. Das Auswahlverfahren für die angesprochenen Laufbahnen beinhaltet in der Regel Folgendes:

- einen Aufsatz über dich selbst
- eine ärztliche Untersuchung
- einen Sporttest
- einen computerunterstützten Test (CAT)
- ein Psychologen- oder Abschlussgespräch, auch Interview genannt

Das Auswahlverfahren für militärische Stellen in den Laufbahnen der Offiziere

Bewerber auf militärische Stellen in der Laufbahn der Offiziere werden im Assessment Center für Führungskräfte der Bundeswehr in Köln geprüft. Auch dieses Assessment Center nimmt ein bis zwei Tage, zuzüglich der Anreise am Vorabend in Anspruch. Wirf auch hier einen Blick in die Erfahrungsberichte.

Von künftigen Offizieren wird zwar mehr erwartet als von künftigen Unteroffizieren und Mannschaften, jedoch unterscheiden sich die Tests in Köln nicht in Gänze von den Tests im Rest der Republik und je nach Verwendungswunsch wird nur die eine oder andere zusätzliche Aufgabe gestellt. So können ergänzend zum Testumfang der anderen Tests noch folgende Aufgaben gestellt werden:

- ein Deutschtest, als umfangreicherer Aufsatz über dich selbst mit Zusatzfragen
- ein Mathematiktest, zusätzlich zu den Mathematikaufgaben im CAT
- ein psychologischer Test
- eine oder mehrere Gruppenprüfungen

Die detaillierte Aufschlüsselung der einzelnen Bestandteile des Einstellungstests und der gestellten Aufgaben im gesamten Testablauf findest du in diesem Buch im weiteren Verlauf. Jetzt, wo du weißt, welche Tests auf dich zukommen, kannst du dich fokussiert auf deine Aufgaben vorbereiten und beruhigt in dein Auswahlverfahren starten!

Basis-Fitness-Test (BFT)/Bundeswehrsporttest

Im Einstellungstest und anschließend einmal im Jahr müssen die Soldaten einen Basis-Fitness-Test (BFT) absolvieren und bestehen. Besonders wenn du dich längerfristig als Zeitsoldat verpflichtest, musst du über eine gute körperliche Fitness verfügen. Für Bewerber auf Unteroffiziers- und Feldwebelposten ist der Test ebenfalls verpflichtend.

Der BFT stellt die individuelle sportliche Leistungsfähigkeit der Bundeswehr-Bewerber fest. Schnelligkeit, Kraft, Ausdauerleistung und Koordinationsfähigkeit – die für den Soldatenberuf wichtigen motorischen Fähigkeiten – sollen im Sporttest ermittelt werden. Bei den unten genannten Anforderungen handelt es sich um die Mindestanforderungen, die jeder erfüllen muss. Der Sporttest ist in folgende Disziplinen und zeitliche Anforderungen aufgegliedert:

- 11 x 10 Meter **Sprinttest**, auch als **Pendellauf** bezeichnet, in maximal 60 Sekunden: Als Erstes werden die Sprintfähigkeiten überprüft. Für den Test liegst du zunächst einmal auf einer Matte flach auf dem Bauch. Die Hände müssen sich auf dem Rücken berühren. Mit dem Startsignal gilt es, auf die Beine zu kommen, eine zehn Meter entfernte Pylone zu umrunden und wieder zur Matte zurückzusprinten. Hier musst du dich wieder in die Anfangsposition bringen, klatschst die Hände hinter dem Rücken zusammen und beginnst die Übung von vorn. Nach dem sechsten Aufstehen musst du nur noch bis zur Pylone sprinten, dann wird die Zeit gestoppt und die Übung ist beendet. Um diesen Teil zu bestehen, solltest du die gesamte Strecke in unter 60 Sekunden absolvieren.

- **Klimmhang** für mindestens fünf Sekunden: Hast du deine Sprintfähigkeiten unter Beweis gestellt, geht es mit der Kraftaufgabe weiter. Dafür hängst du dich an eine Klimmzug- oder Reckstange, wobei du dich im sogenannten Kammgriff so weit hochziehen musst, dass sich das Kinn über der Stange befindet. Im Kammgriff hältst du die Stange mit dem Handrücken nach außen, deine Daumen zeigen nach außen. Deine Arme musst du so weit beugen wie es geht. Gemeinsam mit einem Startsignal wird die Starthilfe, auf der du gestanden hast, entfernt und du hängst frei in der Luft. Nun gilt es, diese Stellung so lang wie möglich zu halten. Minimum sind fünf Sekunden.
- **3.000 Meter Fahrradergometer (FET)** in maximal sechs Minuten und 30 Sekunden: Du absolvierst auf einem computergestützten Fahrradergometer eine Strecke von 3.000 Metern. Die Wattzahl kannst du selbst einstellen. Einzige Voraussetzung ist, dass sie nicht unter 30 Umdrehungen pro Minuten fallen darf.

Die drei oben genannten Disziplinen sind nacheinander zu bewältigen. Insgesamt stehen dafür 90 Minuten Gesamtzeit zur Verfügung. Brichst du einen der drei Tests vorzeitig ab oder wird mehr als die vorgegebene maximale Zeit eines Tests benötigt, gilt der Sporttest als nicht bestanden. Jedoch kannst du den BFT nach einem halben Jahr wiederholen.

Wer sich für eine Karriere bei der Bundeswehr interessiert, der sollte sich langfristig auf viel Sport einstellen. Es reicht nicht aus, den Sporttest im Einstellungsverfahren zu bestehen. Auch während der Laufzeit als Soldat/in wird, wie bereits erwähnt, die Fitness im jährlichen Abstand mit Hilfe des BFT überprüft. Dementsprechend müssen Bundeswehrsoldaten/innen generell einen guten Fitnesszustand haben. Du solltest dich im Vorfeld entsprechend auf den Test vorbereiten und die Disziplinen vorher proben. Das Training ist vor allem dann effektiv, wenn es sowohl Kraft- als auch Ausdauerübungen enthält. Dabei ist es sinnvoll, möglichst vielfältig zu trainieren und sich nicht nur konkret auf die gestellten Aufgaben vorzubereiten.

Stell dich darauf ein, dass du besonders in der kalten Jahreszeit den Sporttest in der Sporthalle der Mudra-Kaserne absolvierst. Diese Sporthalle ist sehr alt und stickig. Frühstücke aus gegebenem Anlass nicht zu viel. Du könntest sonst Probleme mit dem Magen bekommen. Weitere Informationen zum Bundeswehrsporttest findest du auf der Webseite bundeswehr-einstellungstest.de/sporttest-bundeswehr/.

Schriftlicher Test und Computertest (CAT-Test)

Im Assessment Center findet in jedem Fall ein schriftlicher Test beziehungsweise ein Computertest statt. Der Computertest wird auch als Computer-Assistiertes-Testen (CAT-Testsystem) bezeichnet. Die Aufgaben aus dem Test sind stark an die Einsatzbereiche angelehnt. Es werden unter anderem das räumliche Vorstellungsvermögen, Rechtschreibung, Rechenleistung, Wissen aus Elektrotechnik und Mechanik geprüft. Außerdem sind zum Beispiel Matrizenaufgaben und Aufgaben aus der Wortanalogie bei der Bundeswehr gern gesehen.

Psychologischer Test

Der psychologische Test beziehungsweise das Aufnahmegespräch zählt zu den wichtigsten Bestandteilen des Auswahlverfahrens. Oftmals musst du dich selbst in Form eines Kurzvortrags vorstellen. Eine gute Vorbereitung ist hier sehr hilfreich, vor allem, weil häufig ähnliche Fragen gestellt werden. Folgende allgemeine und persönliche Fragen könnten dir im Auswahlgespräch gestellt werden:

- Warum möchtest du zur Bundeswehr?
- Was hast du in der Vergangenheit bereits für praktische Erfahrungen gesammelt?
- Warum bist du der Richtige für die Bundeswehr?
- Wann wurde die Bundeswehr gegründet?
- Welche Auslandseinsätze tätigte die Bundeswehr bisher?
- Wie wird der Bundeskanzler gewählt?
- Du beschützt eine Brücke und musst jeden erschießen, der über die Brücke läuft. Würdest du eine Frau oder ein Kind erschießen, wenn sie über die Brücke gehen?

Wir raten dir dazu, immer ehrlich und authentisch zu sein und dich nicht zu verstellen. Du darfst selbstbewusst auftreten, aber solltest selbstverständlich nicht überheblich werden. Häufig gibt es kein eindeutiges Richtig oder Falsch als Antwort auf die Fragen im Auswahlgespräch. Daher ist es umso wichtiger, dass die eigenen Lösungen nachvollziehbar und plausibel dargestellt werden.

Informiere dich vorher auf jeden Fall auch genau über deinen Wunscharbeitgeber. Du solltest wissen, wo derzeit Auslandseinsätze stattfinden und auch, wie viele Soldaten dort in etwa stationiert sind. Du solltest darüber hinaus wissen, wann die Gründung der Bundeswehr war und wie die Bundeswehr grundsätzlich organisiert und strukturiert ist.

Ärztliche Untersuchung/Ärztlicher Test

Vor dem Arzttest der Bundeswehr haben viele Bewerber Angst, da sie darauf keinen persönlichen Einfluss nehmen können. Während der ärztlichen Untersuchung musst du einen Sehtest, Hörtest und Drogentest bestehen. Drogenkonsum ist verboten und kann über einen Urintest nachgewiesen werden. Viele Bewerber werden aufgrund von Cannabis-Konsum abgewiesen.

Aufstiegs- und Weiterbildungsmöglichkeiten

Wie lange die Ausbildung bei der Bundeswehr dauert, hängt stark von der gewählten Stelle ab. Ein Soldat absolviert zunächst einmal eine Grundausbildung von sechs Monaten, bevor es dann mit der Spezialausbildung weitergeht. Eine Offizierslaufbahn beinhaltet zudem immer ein Studium von vier Jahren. Im Zivilbereich orientiert sich die Ausbildungslänge an den typischen Standards der jeweiligen Branche. Typisch sind hier zwischen zweieinhalb und dreieinhalb Jahren. Im Anschluss steht ausgebildeten Fachkräften in der Bundeswehr eine Vielzahl an Weiterbildungs- und Fortbildungsmöglichkeiten offen, mit denen sie sich auf bestimmte Bereiche spezialisieren können.

Eine sehr gute Informationsseite mit vielen aktuellen Inhalten (Erfahrungsberichten, Videos, kostenlosen Tests etc.) zum Bundeswehr-Einstellungstest findest du unter www.bundeswehr-einstellungstest.de.

Erfahrungsbericht eines Bundeswehrbewerbers (Offizierslaufbahn, Köln)

Ich bin 18 Jahre alt, wohnhaft in Bayern und schließe das Gymnasium dieses Jahr ab. Mein Notenschnitt liegt momentan bei 2,2 und meine Freizeit setzt sich zum Großteil aus Sport zusammen.

Tag 1: Anreise

Das Zugticket habe ich bereits zwei Wochen vor Reiseantritt gelöst, um Stress zu vermeiden. Ich fuhr in der Früh um sieben los und kam ohne Verspätungen um circa 11:30 Uhr in der Mudra Kaserne an. Ich wurde ins Gebäude 9 geschickt, wo ich auch direkt meine Bettlaken und Bezüge und den Schlüssel bekam. Außerdem musste ich noch unterschreiben, dass ich die Hausordnung gelesen habe und akzeptiere. Um zirka 12:00 Uhr ging ich mit drei anderen Bewerbern zum Mittagessen in die Kantine und wir tauschten uns schon fleißig über unsere Vorbereitung aus. Rede mit den anderen Bewerbern und tausche dich aus, aber lass dich nicht aus der Ruhe bringen, weil andere sich besser vorbereitet haben.

Um 14:40 Uhr ging es dann auch schon zum ersten Vortrag. Der nette Major hat hier allen noch einmal deutlich gemacht, für was sie sich hier eigentlich bewerben und das sie auf keinen Fall an einem Auslandseinsatz vorbeikommen werden. Im Anschluss an den Vortrag bekamen wir die Laufzettel und mussten den biografischen Fragebogen ausfüllen. Die Fragen sind bekannt, also bereite dich darauf vor! Überleg dir, welche Stärken und Schwächen du hast und was du in deiner Freizeit treibst.

Im Anschluss daran bekamen wir noch einen Bogen, der sich auf unsere Studienwünsche bezieht, den darf man aber in Ruhe auf der Stube ausfüllen und am nächsten Tag abgeben. Hier das Gleiche: Setz dich mit deinem Studiumswunsch auseinander. Überleg dir gute Gründe warum ausgerechnet du das studieren solltest.

Damit ist der erste Tag auch schon vorüber. Die Betreuungsoffiziere sind im Anschluss noch beim Griechen und jederzeit für deine Fragen offen. Stell dich aber auf lange Wartezeiten für dein Essen bei ihm ein. Bei uns hat es bis zu eineinhalb Stunden gedauert.

Tag 2: Prüftag

4:30 Uhr aufstehen. Duschen. Fertigmachen. Pünktlich zum Frühstück um 5:45 Uhr gehen! Möglichst viel in kürzester Zeit essen und dann zur ersten Prüfung an dem Tag rennen.

Deutschtest
6:10 Uhr, der Deutschaufsatz. Hier möchte ich nicht viel zu sagen. Ordentliches Schriftbild und Rechtschreibung ist wichtig.

Intelligenztest
Im Anschluss stand für mich der CAT-Test auf dem Laufzettel. Auch hier: Einfacher Intelligenztest, ihr könnt ihn im Internet üben.

Ärztliche Untersuchung
Im Anschluss ging es runter zur Anmeldung für die ärztliche Untersuchung. Auch hierauf möchte ich nicht näher eingehen. Die Inhalte sind bekannt.

Gruppensituationsverfahren
Im Anschluss an die Untersuchung ging es auch schon direkt ins Wartezimmer für das Gruppensituationsverfahren. Meine Anspannung und Nervosität stiegen zu dem Zeitpunkt extrem. Mach dir nicht so viele Sorgen, sei einfach du selbst. Hierauf kannst du dich sowieso schlecht vorbereiten.

Das GSV ging los. Ich, als junger Unerfahrener, zwischen einem Wiedereinsteller und zwei Studenten. Es lief trotzdem besser als erwartet. Meine Mitbewerber platzten fast vor Ideen, aber ließen mich trotzdem ab und an zu Wort kommen.

1. Planspiel: Schlucht mit Damm. Der Damm bricht gleich. Wir müssen entscheiden: Zurücklaufen oder den Damm hochklettern. Mit im Gepäck haben wir Material zum Klettern und viele unerfahrene Touristen.

2. Planspiel: Ressourcenmangel: Wir wollten an einer Quizshow teilnehmen, aber es konnten nur 3 mitmachen. Keiner wollte nachgeben. Bis ich irgendwann kurz vor Schluss so nett war und den Vorschlag gemacht habe, dass ich abtrete, wenn ich trotzdem gleich am Gewinn beteiligt werde und wenn die anderen 3 zusammenlegen und mir ein Ticket für die Show kaufen. Darauf konnten sie nur zusagen und die Zeit war vorbei.

3. Vortrag: Sponsor für einen Verein: Entscheidung treffen, ob man Geld von einem Sponsor annimmt oder alles selbst stemmt. Alles stichhaltig begründen und die letzte Station im GSV ist erledigt.

Personalberater

Im Anschluss ging es erst einmal zum Personalberater, der dann auch gleich den Termin für mein Interview 2 Stunden vorverlegte und mich zum PMO schickte.

Tipp: Auch dazu nicht viel, nur: Nicht denken, sondern einfach nur ehrlich werten.

Direkt danach ging es nochmal zum Personalberater und der schickte mich in die Mittagspause. Nach der kleinen Vorverlegung war das Interview direkt nach dem Mittagessen, was meine Nervosität nur noch weiter steigen ließ.

Interview

Ich war 30 Minuten vorher da, weil meine Mittagspause so lang ausfiel und ich nicht wusste, wohin ich sonst gehen sollte. War dann nicht die beste Idee, weil es mich noch angespannter werden ließ.

Zum Interview selbst: Es war sehr persönlich, aber angenehm. Fragen zu meiner Person, als auch zu meiner Motivation, Soldat zu werden. Es wäre von meiner Seite kein umfangreiches Wissen zu Auslandseinsätzen notwendig gewesen.

Du wirst dich und deine Motivation erklären müssen. Überlege dir das und glaube nicht, dass wird eine Abfrage über dein Wissen über die Bundeswehr durchführen. Es kommen Fragen wie:

Warum wollen Sie Soldat werden?
Warum nehmen Sie das Risiko eines Auslandseinsatzes auf sich?
Sie könnten sterben. Wie kommen Sie damit zurecht?

Abschließend noch Fragen der Psychologin zu meinen Schwächen und Stärken.

Tipp: Du musst deine Stärken und Schwächen immer mit Beispielen untermauern. Du kannst dir diese schon vorher überlegen.

Anschließend musste ich im Wartezimmer auf das Ergebnis warten. Resultat: geeignet.

Mathetest

Direkt nach der frohen Botschaft bin ich hoch motiviert zum Mathetest gegangen. Dieser Test wurde schon häufig verteufelt. Aber er ist absolut kein Hexenwerk. Jeder, der in der Oberstufe Mathe hatte, sollte mit dem Test keine Probleme haben. Es waren 60 Aufgaben: 1x Ableiten, 1x Integrieren, Formeln waren immer schon gegeben.

Damit waren alle Tests für den Tag dann auch schon geschafft und es ging zum Abendessen. Dort habe ich zum ersten Mal sehen können, wer schon gehen musste. Unsere Gruppe war noch ziemlich groß.

Der Tag wurde dann noch mit dem Einplanungsvortrag abgeschlossen, der uns alle wieder auf den harten Boden der Tatsachen holte: 50 Prozent mit Offizierseignung bekommen nur eine Stelle. Die meisten kommen auf die Warteliste. Studium wird auch nicht mit dem Erstwunsch klappen. Danach ging es zurück auf Stube, wo ich erfreulicherweise festgestellt habe, dass unsere Stube noch vollzählig war.

Tag 3 - Einplanung

5:00 Uhr Aufstehen. 5:45 Uhr Frühstück.

MKT

6:20 Uhr Mechanischer Kenntnis Test (MKT). Das einzige Problem hier: Die Bilder sind zum Teil so ungenau, dass man nur raten konnte („In welche Richtung dreht sich das Zahnrad?“ Ich saß vor einem Bild von einem Viereck und dachte mir: „Wo soll hier ein Zahnrad sein?“). Den MKT kann man auch einfach im Internet suchen und Übungsaufgaben machen.

Sporttest

Um 7:15 Uhr ging es los. Zum Sporttest möchte ich nichts weiter schreiben. Wer den nicht besteht, sollte sich Gedanken machen.

Einplaner

40 Minuten Zeit zum Duschen, anschließend beim Einplaner melden. Dort 20 Minuten warten und einen dicken Stapel Papiere bekommen. Unterschreiben geübt. Und mit den anderen unterhalten. Ich habe dann noch die Betreuungsoffiziere gefragt, wie das mit der Studienberatung denn jetzt sei. Ob ich da hin müsse oder nicht. Ihre Antwort: Jeder muss da hin. Ich soll mir Gedanken machen, wie ich meinen Studienwunsch begründen kann. Keine Minute später rief eine Frau meinen Namen. Ich dackelte ihr hinterher, sicher, dass sie die Beraterin ist und ich jetzt gesagt bekomme, dass ich zu blöd für ein Psychologiestudium bin. Dementsprechend groß war meine Überraschung, als sie mir eröffnete: „Bei Ihnen ist das ja ziemlich langweilig, ich drucke das jetzt schnell aus und dann können Sie heimgehen." Weil ich mit der Aussage nicht gerechnet hatte, fragte ich nur verdutzt: „Bin ich jetzt in der Warteschlange?“ „Nein. Direktzusage.“ Ich, nur noch verwirrter: „Sind Sie sicher?“ Nachdem ich mich bei der Einplanerin zum Affen gemacht habe, ging es auch schon wieder nach Hause.

Fazit

Resultat der drei Tage: Eine sehr schöne Zeit, eine unvergleichlich angenehme Atmosphäre. Top Prüfer und ein richtig gutes Assessment Center. Und für mich: Direktzusage Gebirgsjägeroffizier mit Psychologiestudium. In diesem Sinne: Viel Glück und mach dich nicht so verrückt wie ich.

Erfahrungsbericht einer Bundeswehrbewerberin (Offizierslaufbahn, Köln)

Vor dem Einstellungstest

Für die Bundeswehr schwärmte ich erst seit kurzem, aber durch viele Recherchen und ausgiebiger Informationssuche war ich mir ziemlich sicher – dort gehöre ich hin! Eine Freundin von mir wollte ebenfalls zum Bund und so bewarben wir uns zusammen. Nachdem ich meine Unterlagen abgeschickt hatte, dauerte es gefühlt eine Ewigkeit, bis ich eine Antwort erhielt.

Nach zirka zwei Monaten bekam ich die Einladung zum Assessment-Center. Da ich die Offizierslaufbahn einschlagen wollte, musste ich für meinen Test nach Köln. Genauer gesagt in die Mudrakaserne.

Vor meinen Tests habe ich mir extra noch passende Kleidung gekauft, drei Blusen und einen Blazer. Ich wollte ja beim Vorstellungsgespräch positiv auffallen und passend gekleidet sein. Schon früh kaufte ich die Bahnkarte und war ziemlich nervös. Meine Freundin war eine Woche vor mir dort und berichtete von einer großen Ausfallquote. Dies stimmte mich nicht gerade positiv, aber ich musste mich jetzt einfach auf mich selbst konzentrieren.

Anfahrt und Ankunft

Mit dem Einladungsschreiben haben wir auch eine sehr detaillierte Anfahrtsbeschreibung bekommen, sowohl für die Bahn als auch fürs Auto. An einem Bahnsteig habe ich schnell jemanden gefunden, der ebenfalls zur Kaserne fahren wollte. Dadurch war die Anreise nicht mehr ganz so schwer.

Dort angekommen mussten wir uns beim Pförtner anmelden und bekamen noch einmal beschrieben, wo genau wir nun hinsollten. In unserer Unterkunft sollten wir unsere Betten beziehen und erst einmal warten. Wir waren ziemlich früh dran, sodass wir zirka drei Stunden Zeit hatten. Im Laufe des Tages bekamen wir noch eine Mitbewohnerin. In der Kaserne standen Vier-Bett-Zimmer zur Verfügung.

Am späten Nachmittag gegen 17 Uhr hatten wir die erste Einführung. Wir bekamen erklärt, wo wichtige Räume liegen, wie wir uns zu verhalten hatten und was uns allgemein erwartet. Bei der Einführung hat jeder von uns auch schon einen personalisierten Plan erhalten. Dort stand genau drauf, wo man wann zu erscheinen hatte und welcher Test anstand (also z.B. Raum 222, Uhrzeit 15.30, CAT Test). Außerdem sollten wir einen Fragebogen über Noten und persönliche Ereignisse ausfüllen. Damit war der erste Tag auch schon erledigt.

Tag 1 des Einstellungstests

Am Morgen danach ging es für uns um fünf Uhr aus den Federn. Wir machten uns fertig und gingen alle zusammen frühstücken. Dafür hatten wir heute Morgen noch viel Zeit. Nach dem Frühstück ging jeder zu seiner persönlichen Station.

Schriftliche Prüfungen
Es gab einen einzelnen Mathetest, einen allgemeinen CAT-Test und einen psychologischen Test. Außerdem wurde überprüft, ob man der deutschen Sprache mächtig ist. Nach jeder dieser Stationen wurde überprüft, ob man noch weiter teilnehmen durfte. Immer wieder hat man zwischen den Überprüfungen von Leuten gehört, die leider schon ihren Koffer packen mussten.

Bei den Tests, die alle computergestützt waren, gab es eine kurze Einführung und Beispielaufgaben. Fragen konnten jederzeit gestellt werden, waren aber ehrlich gesagt während des Testvorgangs nicht so gerne gesehen. Zur Beruhigung: Man musste auch nichts fragen. Es war alles gut erklärt und es gab keinen Spielraum für Verwirrungen.

Direkt nach jedem dem Test ging man zum Leiter oder zu den Leitern und hat einen Umschlag mit den Ergebnissen bekommen. Mit diesem Umschlag ging man zum UvD (Unteroffizier vom Dienst), der Unteroffizier las den Zettel und teilte einem das Ergebnis mit.

Manchmal war dieses Prozedere echt stressig, weil die Räume teils weit auseinander lagen und es so kritisch mit der Zeit werden konnte. Aber selbst wenn es mal knapp wird, immer freundlich und ruhig bleiben. Man trifft oft genug seine Prüfer auf dem Gang und dort sollte immer ein positives Erscheinungsbild im Vordergrund stehen. Also unbedingt ordentlich gekleidet sein und jeden grüßen. Zwischendurch gab es auch Zeit zum Mittagessen, hier war die Zeit aber etwas beschränkt, sodass man sich beeilen sollte.

Ärztliche Untersuchung
Nach dem Essen hieß es für mich: ab zum Doktor. Hier wurden Größe und Gewicht gemessen, ein Lungenfunktionstest gemacht und Urin abgenommen. Mach dich auch hier nicht verrückt. Den Urin kann man auch noch

am nächsten Tag abgeben (Ja wirklich, kann man. Wofür bist du sonst so lange da?)

Gruppendiskussion und Kurzvorträge

Nach dem Arzt kamen das Gruppensituationsverfahren und die Kurzvorträge dran. Hier hatte ich wenig Angst, weil ich selbstbewusst bin und es liebe, vor anderen Menschen zu sprechen. Bei dem Gruppenverfahren lernten wir zum ersten Mal unseren Prüfer kennen, der uns auch später interviewen wird. Wie alle anderen Gruppen dachte auch ich, den schlimmsten erwischt zu haben. Aber dazu später mehr. In der Gruppe mussten wir insgesamt zwei Szenarien lösen.

Tipp: Es kommt nicht auf die Lösung an. Doof gesagt: „Der Weg ist das Ziel". Die Prüfer wollen sehen, wie du mit den anderen Prüflingen redest und vor allem, wie hoch dein Redeanteil ist. Unterbrich die anderen nicht, aber versuche, so viele Lösungswege wie nur irgendwie möglich an den Tag zu legen. Super ist auch, wenn du viele Vor- und Nachteile sagen kannst und entscheidest, ob die Lösung sinnvoll sein könnte.

Nach den beiden Szenarios hat jeder ein willkürliches Thema erhalten. Dazu sollten wir ein Referat halten. Wir hatten 15 Minuten Vorbereitungszeit und sollten mindestens fünf Minuten sprechen. Die Texte waren sehr einfach und es gab keine schwierigen Wörter oder Ähnliches. Ein Beispiel für ein Thema wäre „Sollte die Turnhalle abgerissen werden oder nicht".

Einzelinterview

Nach diesem Verfahren sollten wir nun draußen Platz nehmen und wurden einzeln zu unseren Interviews hereingebeten. Dies war wohl der gefürchtetste Teil der gesamten drei Tage. Ich habe mich viel darauf vorbereitet. Ich habe Flüsse, Hauptstädte, die Länder um Deutschland, Präsidenten, Kanzler und so weiter auswendig gelernt. Ich habe mich mit politischen Fragen auseinandergesetzt und versucht, eine Lösung zu finden, aber als ich dann nach drei Stunden Warten hereingerufen wurde und Platz genommen habe, war mein Kopf leer. Ich habe innerlich eine Krise bekommen, weil mir gar nichts mehr einfiel. Aber nach außen hin habe ich versucht zu lächeln.

Vor mir saßen der Prüfer und eine Psychologin. Zuerst sollten wir eine Selbsteinschätzung über unsere Aktivität im Gruppensituationsverfahren abgeben. Dann wurde noch ein bisschen darüber gesprochen und schon ging es mit dem richtigen Interview los. Keine Antwort, die ich gab, genügte und ich musste schnell eine andere Lösung finden. Egal was ich sagte, es wurde umgedreht und gegen mich verwendet. Das war ziemlich stressig und ich glaube, meine Bluse war voller Schweißflecken. Nachdem der Prüfer mich innerlich zerstört hatte, übernahm die Psychologin das Gespräch. Sie nahm Bezug auf den am Anfang ausgefüllten Fragebogen und auf einige Testteile.

Insgesamt dauerte mein Interview 70 Minuten. Die Zeiten hierbei waren sehr unterschiedlich. Manche wurde nach zehn Minuten rausgeschickt und für nicht geeignet erklärt. Andere mussten das Interview zwei Stunden aushalten. Nach zehn Minuten konnte ich wieder rein. Der Prüfer war nun supernett, lachte und sagte, dass ich eine super Eignung habe. Wir machten noch einige Witze und er sagte mir, dass meine Antworten eigentlich gut waren, er mich aber aus der Reserve locken wollte. Also alles nicht so schlimm wie gedacht.

Einplanungsgespräch
Nach dem Interview ging es zum sogenannten Einplanungsgespräch. Erst wurde unsere Studieneignung überprüft. Hier war der Mathetest sehr wichtig, je mehr Punkte man hatte, um so mehr Möglichkeiten beim Studium hatte man auch. Ich, für meinen Teil, habe mein Wunschstudium erhalten. Danach ging es noch einmal zu einem Einplaner für deine Teilstreitkraft. In meinem Fall zum Einplaner für die Marine. Mit ihm wurde nochmals alles besprochen und man erhielt einige Unterlagen. Nach diesem Gespräch konnte man sich schon ziemlich sicher sein, auf die Warteliste zu kommen. Der Tag endete mit einem entspannten Abendessen.

Tag 2 des Einstellungstests

Sporttest
Auch der dritte Tag startete frühmorgens. Nun ging es für alle übrig Gebliebenen, zirka acht von 30 Leuten, zum Sporttest. Die Zeiten und Aufgaben stehen genau im Internet, sodass es hier keine Überraschungen geben sollte. Schon beim Test merkte man, dass Kameradschaft in der

Bundeswehr großgeschrieben wird. Wir feuerten uns alle gegenseitig an und jeder half beim An- und Abbau der Geräte. Auch beim selbstständigen Aufwärmen blieben wir eine Gruppe und motivierten uns.

Der Sporttest, der aus drei Teilen bestand, wurde von allen erfolgreich absolviert. Es gab einen Klimmhang, einen Sprint und wir mussten Fahrrad fahren. Alles machbar, vor allem wenn man vorher ein bisschen trainiert hat.

Nach dem Sport ging es für mich nochmal zum Arzt. Da ich zur Marine möchte, musste ich noch ein Belastungs-EKG über mich ergehen lassen. Auch hier war der Arzt supernett und hat sogar ein Auge zugedrückt, weil ich den Test direkt nach dem Sport machen musste. Nach dem Sport ging es nur noch unter die Dusche und dann direkt nach Hause.

Nach dem Test

Zu Hause angekommen war ich ziemlich erleichtert und glücklich. Ich hatte es geschafft. Ab jetzt hieß es nur noch zu warten. Wenn man zu den Glücklichen gehört, wird man vom Einplaner angerufen und gefragt, ob man die Stelle noch möchte. Zu meiner großen Freude erhielt ich diesen Anruf und durfte am 01.07.2018 zum Dienst antreten.

Hier noch einmal ein paar Tipps zusammengefasst:

- Kleide dich angemessen.
- Grüße jeden.
- Komm lieber fünf Minuten zu früh als zu spät.
- Mach dir vorher Gedanken, warum du zum Bund willst.
- Sei dir bewusst, was du dort erreichen willst.
- Bereite dich auch mit Büchern auf den Einstellungstest vor.

Wenn du das alles bedenkst und dich ein bisschen länger als zwei Tage darauf vorbereitest, dann schaffst du das auch!

Erfahrungsbericht eines Bundeswehrbewerbers (Unteroffizierslaufbahn, Berlin)

Die Bewerbung

Ich heiße Jonas, bin 17 Jahre alt und komme aus Berlin. Ich fang mal bei der Bewerbung an. Es ging im Oktober los mit einem Gespräch beim Karriereberater, dort wurden die Details von meinen Verwendungswünschen geklärt, wie lange ich mich verpflichten möchte und die Laufbahn. Von da an war ich begeistert von der Bundeswehr, ich hatte mein Gespräch in der Julius-Leber-Kaserne (in Berlin) und das hat schon Eindruck hinterlassen. Jedenfalls habe ich sofort die Bewerbungsunterlagen mitbekommen und einen nach mir gerichteten Abgabetermin. In der Zeit hatte ich dann die Aufgabe, wenn benötigt, ärztliche Bescheinigungen zu besorgen und natürlich den Papierkram auszufüllen.

Eine Woche später betrat ich dann wieder das Karrierecenter und ich durfte erst mal im Wartebereich Platz nehmen. Es ist von Vorteil, wenn man gesprächig ist. Oft sitzen noch andere Leute da, die Zeit vergeht schneller und ich konnte mir oft noch Tipps einholen. Als ich dann dran war, haben wir uns wieder in den Raum der Anmeldung gesetzt und sind da die ganzen Unterlagen durchgegangen. Die Soldatin hat geschaut, ob alles vollständig ist. Dann hat ihre Kollegin auch noch einen Blick drüber geworfen und das war's dann auch schon. Sie haben mir noch gesagt, dass in spätestens zwei Wochen die Bestätigung kommt, dass die Unterlagen erfolgreich verschickt und angekommen sind und die Einladung zum Test in vier bis acht Wochen kommt.

Da die Bestätigung schon nach drei Tagen kam, hatte ich große Hoffnung, dass der Rest auch relativ schnell geht, aber falsch gedacht. Aus den verschiedenen Facebook-Gruppen konnte ich herauslesen, dass es bei einigen sogar zwölf Wochen gedauert hat. Ich habe also die zwölf Wochen abgewartet und sofort zum Ablauf im Dezember bei der Bewerberhotline angerufen. Die Dame am Telefon konnte mir darauf sagen, dass die Unterlagen geprüft worden sind und ich einen Termin bekomme, wann wusste sie nicht. Es solle wohl im Januar und Februar kein Brief mehr kommen. Das war schade, weil ich mich zu Februar beworben habe, war aber auch erleichtert, weil ich wusste, dass ich einen Termin bekomme und nicht umsonst warte.

In der Zwischenzeit habe ich eine E-Mail geschrieben, weil ich eine Verwendung streichen wollte, das konnte ich dann unter anderem Ende Januar als Grund nehmen, nochmal anzurufen und nebenbei zu fragen, wie lange es ungefähr noch dauert mit der Einladung. Der Herr am Telefon sagte nur ganz erstaunt, dass ich ja auch schon eine Weile warte und er mal nachfragen würde. Ein paar Minuten später habe ich dann meinen Termin am Telefon bekommen. Das war wohl die beste Nachricht, die ich die Woche bekommen habe. Zwei Tage später war dann auch die Einladung schriftlich angekommen.

Aus einer Facebook-Gruppe habe ich außerdem erfahren, dass es wohl in dem Bereich der Bundeswehr eine neue Software gab, die viele Probleme bereiten soll, weshalb sich das alles in die Länge zieht. Jedenfalls war ich zu Ende Februar eingeladen.

Der Einstellungstest

Tag 1: Anreise
Um 16:30 Uhr sollte ich da sein. Die Hinfahrt war ganz entspannt. Eine knappe Stunde durch Berlin zur Dahme Spree Kaserne. Auf dem Fußweg zur Kaserne habe ich noch einen Mitbewerber getroffen, somit hatte ich gleich einen Ansprechpartner. Vorne am Tor haben wir die Einladung vorgelegt und uns wurde mitgeteilt, wo wir zuerst hingehen sollten.

In dem Fall war das logischerweise die Anmeldung. Dort haben wir unseren Laufzettel, den Zimmerschlüssel und Bettwäsche bekommen. Dort trennten sich erst mal unsere Wege. Da ich minderjährig war, durfte ich gleich in dem Haus bleiben. Als ich in mein Zimmer kam, war ich sofort positiv überrascht. Ein Zimmer für mich allein mit Fernseher und eigenem Bad. Dann hatten wir eine Stunde Zeit, um uns grob einzurichten und essen zu gehen.

Tag 1: Der Ablauf
Um 17:30 Uhr sollten wir uns dann wieder unten zusammenfinden. Die Einweisung in die nächsten Tage begann. Es ging los mit dem Ablauf, was die nächsten Tage auf uns zukommt:

- ärztliche Untersuchung
- CAT-Test
- Sportprüfung
- Interview
- Sicherheitsüberprüfung
- Berufsförderungsdienst

Ansprechpersonen zu verschiedenen Zeiten und Nummern im Notfall haben wir gesagt bekommen, das stand aber alles auch auf dem Laufzettel. Als Nächstes wurden wir in zwei Gruppen eingeteilt, wer wann wo morgen zuerst hingeht. Die eine Gruppe musste um 6:30 Uhr zum Arzt und die andere um 07:00 Uhr zum CAT-Test. Für die Raucher gibt es auch genug Pausen, wir haben während der Einweisung schon zwei gemacht. Danach hatten wir den Rest des Abends frei. Einige gingen aufs Zimmer, die anderen und ich sind zum nächsten Lebensmittel-Discounter gegangen.

Tag 2: Der CAT-Test

Um 6:00 Uhr bin ich dann mit den Ersten zum Frühstück gegangen. Keiner braucht sich da Sorgen machen, dass er nichts findet – die Auswahl war mehr als ausreichend. Nachdem ich halbwegs satt war, habe ich mich auf dem Zimmer noch einmal ein bisschen vorbereitet, Mathe nochmal angeschaut und so weiter.

Um 7:00 Uhr ging es dann los. Wir haben beim CAT-Test nicht direkt angefangen, sondern alle erst einmal im Wartebereich Platz genommen. Kurz darauf bekamen wir unsere Platznummern gesagt und dann ging es auch schon los. Eine kurze Einweisung und wir konnten starten. Da man nicht einmal eine Tastatur benötigt, sind die Aufgaben relativ einfach gehalten. Es kam dran:

- **Deutsch**: Themen wie Wortanalogien (Fisch-Wasser / Vogel-?), aus mehreren Wörtern das richtig Geschriebene auswählen (Das Wort „Apparat“ finden die zurzeit ganz cool.) und das war's auch schon mit Deutsch, soweit ich mich erinnern kann.
- **Mathe:** Grundrechenarten sowie Brüche, Flächen, Prozente und Volumen. Alles per Multiple-Choice auswählbar.
- ein paar **Physik-** und einige **Technikaufgaben**

- **Englisch-Sätze** sollte man, ebenfalls per Multiple-Choice, vervollständigen.
- Als Nächstes folgt ein **Reaktionstest**. Dort sind ein blauer und ein roter Pfeil in einem Viereck, bei dem blauen Pfeil musst du unten in die Richtung klicken, in die er zeigt und beim Roten muss man die Position anklicken. Pro Aufgabe hast du drei Sekunden Zeit.
- Ein paar **Fragen zur persönlichen Einstellung** noch und das war´s.

Bei mir hat das Ganze zirka zwei Stunden gedauert. Danach hat man sich beim Arzt gemeldet.

Tag 2: Ärztliche Untersuchung
Los ging es an der Anmeldung, Laufzettel und Bescheinigungen abgeben. Mit den anderen Bewerbern habe ich mich wieder mal im Warteraum eingefunden, so waren auch die nächsten zwei Stunden geplant.

Relativ schnell wurde ich aufgerufen. Eine Urinprobe, Wiegen und Messen standen an. Danach durften wir erst mal wieder im Warteraum Platz nehmen. Zum Glück haben wir alle gerade den CAT-Test absolviert, so hatten wir viel zu besprechen, ohne dass Langeweile aufkam. Weiter ging es mit dem Sehtest und kurz darauf der Hörtest, das ist ganz klassisch gehalten. Jetzt ging es zum Arzt. Es ging los mit ganz normalen Fragen zur Vorgeschichte von Erkrankungen. Praktisch den Fragebogen, den man bereits ausgefüllt hat, nur noch etwas detaillierter, während die Arzthelferin fleißig mitgeschrieben hat. Danach sollte ich mich bis auf die Unterwäsche entkleiden. Der Arzt hat die Gelenke untersucht und geschaut, ob alles seine Richtigkeit hat. Blutdruck und Herzschlag wurden gemessen, dann war dieser Teil auch abgeschlossen. Daraufhin ging es hinter den Vorhang, wo die Intimuntersuchung stattfand (nicht so schlimm wie die „Möchtegernexperten" vorher erzählen). Das war es dann auch schon.

Einen Moment sollte ich noch im Wartebereich Platz nehmen, bis ich aufgerufen wurde, um meine Zettel abzuholen. Ich habe im Gespräch erwähnt, dass ich in Familientherapie war. Das hat der Arzt als psychologische Behandlung aufgefasst, weshalb ich noch keinen Tauglichkeitsgrad erhalte, bis ich einen Befund mit Diagnose, Prognose und Behandlungsdauer abgegeben habe.

Danach ging ich zum Steuerer. Hier wurden die Bewerbungsunterlagen nochmal durchgegangen und auf Richtigkeit überprüft. Da ich noch rechtzeitig kam, habe ich noch für denselben Tag einen Termin für den Sporttest bekommen. Da dieser erst in zwei Stunden war, konnten wir ganz entspannt essen gehen.

Tag 2: Der Sporttest
Um 13:10 Uhr haben wir uns dann alle in der Sporthalle getroffen. Wir haben uns umgezogen und mit einem Sportprüfer, in dem Fall der Kontaktsoldat, auf die zweite Prüferin gewartet. Wir sollten zuerst ein paar Runden rennen und dabei ein paar Aufwärmübungen machen. Dann haben wir uns gedehnt und es ging auch schon los. Wir fingen mit dem **Sprinttest**, 11x10 Meter an. Man fängt aus der Bauchlage an loszurennen, um einen Pylonen herum und wieder zurück auf die Matte in Bauchlage. Die Prüfer sind sehr euphorisch, was das Anfeuern angeht – das war sehr motivierend. 60 Sekunden darf man sich maximal Zeit lassen, bei mir waren es 38,.. Sekunden, damit war ich sehr zufrieden.

Weiter ging es mit dem **Klimmhang**: schulterbreit mit den Händen an der Stange auf einen Hocker stellen und wenn du bereit bist, wird der Hocker weggezogen. Für schwitzige Hände gibt es genug Magnesiumpulver. Vorgegeben sind 5 Sekunden, ich schloss ab mit einer Zeit zwischen 50 und 55 (so genau hatte ich nicht zugehört). Ich war erneut ganz zufrieden.

Nachdem damit auch alle durch waren, haben die Prüfer uns auf den **Fahrrad-Ergometer-Test** vorbereitet. Das taten sie mit Tipps, welche Umdrehungs- und Wattzahl man mindestens haben sollte, um die 3.000 Meter in maximal 6:30 Minuten zu bestehen. Uns wurde mehrmals im Laufe des Tages gesagt, dass wir nicht so viel davor essen sollten, weil es vorkommt, dass die Leute sich übergeben mussten. Ich habe das zunächst nicht so ernst genommen, dachte, das kommt nicht so oft vor, aber allein aus unserer Ankunftsgruppe haben sich an dem Tag schon vier Leute übergeben. Das konnte ich auch mit der Zeit nachvollziehen, die Zeit zwischen dem Klimmhang und dem Ergometer war die anstrengendste. Durch die Aufregung und das Anspannen des Bauches belastet das ganz schön den Magen. Aber jeder der vier Leute hat entweder daneben erbrochen oder noch rechtzeitig in eine Schale. Keiner ist abgestiegen und so haben alle bestanden. Jedenfalls war ich dort mit meiner Zeit nicht ganz zufrieden, 4:57 Minuten, aber bestanden, von daher war dieser Punkt auch abgehakt.

Es war kurz vor 14:00 Uhr und wir waren mit diesem Tag schon durch, also bin ich mit einigen anderen den Energiehaushalt wieder aufstocken gegangen. Das taten wir mit einem Döner. Da ich noch den Befund vom Therapeuten brauchte, dass ich „gesund" bin, habe ich mich nach dem Essen auf den Weg zu ihm gemacht, in der Hoffnung, noch an dem Tag den Befund zu bekommen (praktisch, dass ich aus Berlin komme). Und es war wohl mein Tag, denn er hat den Befund mit den nötigen Angaben bestückt und so konnte ich ihn gleich mitnehmen. Als ich dann wieder in der Kaserne war, bin ich mit den Anderen einkaufen gegangen und wir haben uns den restlichen Abend über den Tag unterhalten und ferngesehen.

Tag 3

Am nächsten Morgen bin ich gleich früh zum Essen gegangen. Ich hatte meinen Termin für das Interview zwar erst um 10 Uhr, aber es schadet ja nicht, mit vollem Magen dahin zu gehen. Nach dem Frühstück bin ich dann nochmal zum Arzt gegangen, um den Befund abzugeben.

Ich sollte natürlich erst mal im Warteraum Platz nehmen. Es hat nicht lange gedauert, da wurde ich auch schon aufgerufen. In der Zwischenzeit haben die „Neuen" gespannt zugehört, was genau sie alles erwarten wird, und dass es nicht so schlimm ist, wie sie vielleicht gehört haben.

Die Erleichterung zum Thema Arzt und CAT-Test war vielen ins Gesicht geschrieben. Der Arzt hat dann nochmal kurz mit mir geredet und ist alles durchgegangen. Dann konnte ich meine Tauglichkeitsbescheinigung abholen. D2 stand oben auf dem Zettel, ich war erleichtert. Alle meine Verwendungswünsche standen auf dem Zettel, Feldjäger, Sicherungssoldat etc. Das Blatt war ziemlich voll im Vergleich zu anderen D2ern, gibt anscheinend mehrere D2-Einstufungen.

Tag 3: Das Interview

Eine halbe Stunde vor Gesprächsbeginn sollte ich hoch (9:30 Uhr). Warum habe ich nicht verstanden, weil ich noch bis nach 11 Uhr gewartet habe, bis ich zum Interview gerufen wurde. Ich ging mit weniger Aufregung rein, als ich dachte, aber dafür mit mehr raus. Es fing ganz entspannt an: Im Gespräch kamen Standardfragen wie beispielsweise

- warum ich zur Bundeswehr möchte,
- warum der Feldjäger und
- was mich auszeichnet.
- *Haben Sie schon einen Plan B?* (Verunsicherungsfrage, die bei jedem gestellt wurde)
- ein paar Details zu Auslandseinsätzen

Die Frage zum Schusswaffengebrauch fehlte natürlich auch nicht. Das ganze Gespräch verlief aber, meiner Meinung nach, nur ab dem Zeitpunkt negativ, als ich erwähnt habe, dass ich in Familientherapie war. Darüber wollten sie natürlich alles wissen, aber ich hatte nie die Chance bekommen, das wieder ins rechte Licht zu rücken. Jedenfalls sagte ich dann am Ende des Gesprächs, als ich gefragt wurde, ob ich zum Schluss noch etwas sagen möchte, dass ich das Gefühl habe, dass das Gespräch nicht so gut lief. In dem Zug habe ich dann noch einige positive Sachen, die ich die ganze Zeit sagen wollte, erzählt. Darauf folgte keine Reaktion und ich konnte mich draußen hinsetzen.

Mit anderen Bewerbern konnte ich mich dann darüber unterhalten, wie es bei ihnen lief. Etwa 15 Minuten später wurde ich dann wieder reingebeten. Ich war mir ziemlich sicher, dass ich in dem Gespräch nicht überzeugen konnte. „So Herr ..., Sie haben Recht, das Gespräch lief nicht so gut, trotzdem konnten Sie mit Ihren Testergebnissen überzeugen und auch während des Gesprächs konnten wir Potenzial erkennen.“ Ich habe also eine Zusage bekommen. Dann war erst einmal Mittagspause und alle sind essen gegangen.

Tag 3: Der Einplaner

Nach der Pause hatte ich dann meinen Termin beim Einplaner. Ich erzählte, dass mein Hauptwunsch der Feldjäger sei und er sagte, dass da wahrscheinlich in meiner Laufbahn nichts frei ist, aber er mal schaue.

Er behielt Recht und ich nannte mein Zweitwunsch: Mannschaft in der Luftwaffensicherungstruppe. Er schaute nach und da sah es schon besser aus mit Plätzen. Er fragte, ob ich irgendeine Grenze habe, was die Versetzung in andere Bundesländer betrifft. Das verneinte ich. Er zeigte mir einen Standort in Bayern und fragte, ob das für mich okay sei – ich bejahte.

Nachdem der Papierkram erledigt war, habe ich mich zur Sicherheitsüberprüfung begeben. Dort war viel Wartezeit angebracht. Ich saß mit zwei anderen Bewerbern etwa 45 Minuten vor der Tür, bis ein Mitarbeiter herauskam und sagte, dass zwei Leute erst mal zum BFD gehen sollen, denn das gehe schneller. Also bin ich hoch gegangen und habe mich dort vor die Tür gesetzt. Der Berufsförderungsdienst hilft, zum Beispiel Soldaten auf Zeit, sich nach ihrer Dienstzeit in den zivilen Alltag einzugliedern oder Ausbildungen etc. von finanzieller Seite zu fördern. Nach 20 Minuten war ich dann an der Reihe und habe alles genau erklärt bekommen, über den Ablauf und wie lange der BFD mich unterstützt.

Bei der Sicherheitsüberprüfung sind wir dann die Unterlagen durchgegangen und welche Sicherheitsüberprüfung ich noch brauche. Da ich mir den Beizettel durchgelesen hatte, gab es nichts zu beanstanden und das war schnell erledigt. Der Tag war somit vorbei. Ich habe mein Zimmer sauber gemacht und alles wieder abgegeben. Der Heimweg stand an.

Erfahrungsbericht eines Bundeswehrbewerbers (Unteroffizierslaufbahn, München)

Die Zeit vor dem Eignungstest-Termin

Als ich mich dazu entschlossen habe, Soldat werden zu wollen, und soweit alles mit dem Karrierecenter der Bundeswehr abgeklärt war, konnte ich meine vollständige Bewerbung abschicken. Danach wartete ich gespannt darauf, bis endlich die Einladung zum Einstellungstest nach München im Briefkasten lag.

In dem Briefkuvert waren zwei Deutsche-Bahn-Reisegutscheine, die man vor Abfahrt an einem Schalter der Deutschen Bahn einlösen muss, sowie ein kleines Infoheft, wo neben einer genauen Wegbeschreibung auch viele Details zum Ablauf des zweieinhalbtägigen Testverfahrens zu lesen waren. Außerdem gab es noch einen Reisekostenantrag, falls man mit dem Auto anreist und einen Hinweiszettel, falls eine Terminverschiebung aus triftigen Gründen notwendig sei. Ich konnte dem Infoheft also entnehmen, dass folgende Dinge auf mich zukommen werden: ein Sporttest, bei dem verschiedene Kraft- und Ausdaueraspekte getestet werden, eine Art Intelligenz-Computertest, eine ganzheitliche ärztliche Untersuchung und ein Gespräch beim Psychologen.

Da mein Termin zirka drei Monate in der Zukunft lag, hatte ich genug Zeit, mich in allen Bereichen gut vorzubereiten und mich zu informieren. Sehr hilfreich waren dabei diverse Foren sowie eine Facebook-Gruppe und generell das Internet als Informationsquelle.

Tag 1

Ankunft und Unterkunft in München

Als es dann endlich soweit war, denn je näher der Termin rückte, desto aufgeregter wurde ich (die Ungewissheit kann einen verrückt machen), habe ich meine Sachen gepackt und bin morgens mit dem Zug nach München gefahren, damit ich mich etwas früher als zur angegebenen Zeit in der gut beschriebenen Adresse einfinden konnte. Dort angekommen, musste ich kurz vor einem Eingang vor einem Büro warten, bis man mir sagte, ich dürfte hereinkommen. Dann wurde ich nach meinem Namen, meinem Einladungsschreiben und meinem Personalausweis gefragt. Nachdem ich alles ausgehändigt und mich kurz vorgestellt hatte, hat man mir gesagt, in welchem Zimmer ich im gleichen Gebäude bin, ein wenig die Hausregeln erklärt, wie zum Beispiel, dass um 22 Uhr Nachtruhe ist (also alle Lichter aus), noch einmal ein wenig den Ablauf erklärt und mir dann zu guter Letzt eine Mappe mit einem sogenannten Laufzettel in die Hand gegeben. Den sollte man überall hin mitnehmen.

Daraufhin bin ich erst mal in das Zimmer, das ich mir mit einem anderen netten Bewerber teilen durfte. Kurz und knapp ist es ein klassisches Zwei-Bett-Zimmer mit einem Fenster, zwei Schränken, einem Tisch mit zwei Stühlen und überraschenderweise einem Fernsehgerät an der Wand, wobei hier aber die Regel galt, dass man die Fernbedienung täglich um 21:45 Uhr abzugeben hat.

Im Grunde wurde man freundlich und respektvoll, aber bestimmt empfangen. Aber damit muss man ja rechnen, schließlich bewirbt man sich ja beim Militär. Nach kurzem Kennenlernen meines Zimmerkameraden, des Schrankeinräumens und des Bettbeziehens mussten wir uns alle in einem Raum mit unserer Laufmappe und Schreibzeug treffen. Die Dame vom Empfang hat uns dann auf den Gang geholt und wie man es eventuell aus der ein oder anderen YouTube-Dokumentation kennt, mussten wir uns nebeneinander aufreihen. Unsere Anwesenheit wurde kontrolliert und es wurden Karten für die Kantine ausgeteilt, damit wir in den zweieinhalb Tagen auch etwas zum Essen bekamen. Wir wurden dann allesamt in ein anderes Gebäude, Laufzettel inklusive, zum sogenannten Steuerkopf-Büro geschickt, von wo aus das Testverfahren eines jeden einzelnen Bewerbers koordiniert wurde.

Die ärztliche Untersuchung

Insgesamt waren wir zirka 30 Bewerber. Als es dann nach kurzer Wartezeit losging, wurden wir in einen großen Konferenzraum gebeten, wo man uns nett begrüßt hat. Dort mussten wir einige Papiere unterzeichnen und einen persönlichen Fragebogen zum eigenen Werdegang und der persönlichen Einstellung ausfüllen. Danach wurden wir noch einmal offiziell von einem Hauptmann begrüßt, der kurz auf die Tätigkeitsbereiche der verschiedenen Laufbahnen sowie die Aufgabe der Bundeswehr eingegangen ist.

Dann war eine Stunde Mittagspause und wir durften in das Kantinengebäude. Während des kompletten Testverfahrens bis zum Feierabend herrschte absolutes Handyverbot und es wurde uns nahegelegt, dass es zum sofortigen Ausschluss führen kann, wenn man mit einem erwischt wird. Nach dem Essen also wieder zurück zum Steuerkopf, damit wir aufgeteilt werden konnten. Während es bei mir mit der ärztlichen Untersuchung los ging, wurden andere zum Computertest, Sporttest oder sogar schon zum Psychologen geschickt.

Im Wartebereich für die ärztlichen Angelegenheiten angekommen, trafen wir auf Bewerber, die bereits ein bis zwei Tage vor uns angereist waren, um ihre Tests zu absolvieren. Sie meinten nur spöttisch, aber sympathisch, wir sollen uns auf langes Warten einstellen. Aber um ehrlich zu sein, musste man damit rechnen, da die Bundeswehr ja versucht, sich von jedem Bewerber ein Bild zu machen. Als Erstes kamen die Voruntersuchungen dran, wie Hör- und Sehtest, gefolgt vom Abgeben einer Urinprobe, um Drogenkonsum auszuschließen. Dazwischen musste man immer wieder warten, sodass einige Zeit verstrich. Außerdem wurden einem nach 20 Kniebeugen der Blutdruck und der Puls mehrmals gemessen.

Der erste Abend nach dem Eignungstest

Als die Voruntersuchungen beendet waren, kam die Dame von der Anmeldung des ärztlichen Bereichs und meinte, wir sollen wieder hoch zum Steuerkopf. Gesagt, getan und man schickte uns gegen zirka 16 Uhr in den Feierabend. Was man dann in seiner Freizeit macht, blieb jedem selbst überlassen. Manche zogen sich auf ihre Zimmer zurück, manche duschten erst einmal und wieder andere machten sich nach Erhalten ihres Personalausweises auf den Weg in die Stadt. Eigentlich sollte man sich um die Abendverpflegung selbstständig kümmern, aber es gab die Möglichkeit, ein Lunchpaket mit allem Drum und Dran zu bekommen. Man wurde auf jeden Fall satt dadurch.

Tag 2

Hauptuntersuchung

Am zweiten Tag wurden wir um 6 Uhr morgens geweckt und sind nach der Morgentoilette in das Kantinengebäude zum Frühstücken. Dafür hatte man gut 30 Minuten Zeit. Um 7 Uhr mussten wir schon wieder beim Arzt vorstellig werden. Nach längerer Wartezeit wurde ich aufgerufen und zur Hauptuntersuchung gebeten. Mit der Ärztin wurde als Erstes über Vorerkrankungen, Verletzungen und die gesundheitliche Vorgeschichte gesprochen, bis man dann von Kopf bis Fuß durchgecheckt wird, um den sogenannten „Tauglichkeitsgrad" festzustellen. Bei mir war glücklicherweise alles in Ordnung, bis auf eine kleine Nachuntersuchung, die aufgrund einer Erkrankung in der Kindheit notwendig ist, um Folgeschäden komplett ausschließen zu können. Hierfür habe ich einen Überweisungsschein bekommen und die Aufforderung, die Ergebnisse binnen eines bestimmten Zeitraums einzusenden.

Computertest (CAT)
Nach der Untersuchung mit der sympathischen Ärztin ging es zurück zum Steuerkopf, wo man mich bereits erwartet hat. Von dort aus ging es weiter zum sogenannten CAT-Test, dem Computertest, bei dem ich abzüglich einer kleinen Unterbrechung wegen der Mittagspause zirka zwei Stunden gebraucht habe. Dabei wurden meine Rechenfertigkeiten, abstraktes Denken, logisches Denken, Sprache und Rechtschreibung sowie Englisch, meine Konzentrationsfähigkeit und meine Reaktionen getestet. Danach wieder mal zurück zum Steuerkopf, wo man immer wieder bekannte Gesichter getroffen und sich kurz ausgetauscht hat, wie weit man schon ist oder wie es gelaufen ist. Alles in allem eine sehr angenehme Atmosphäre zwischen den Bewerbern.

Sporttest
Bei mir ging es dann weiter zum Sporttest, wo mir gesagt wurde, ich solle zurück in mein Zimmer und Sportkleidung anziehen, Sportschuhe und Handtuch einpacken und mich dann in einem anderen Gebäude melden. Alles ist überall innerhalb der Gebäude gut lesbar für die Bewerber ausgeschildert. Im Sportbereich angekommen warteten bereits zwei andere Bewerber aus einer anderen Gruppe. Nach einer ausführlichen Einweisung durften wir uns erstmal selbstständig etwas aufwärmen, um danach der Reihe nacheinander getestet zu werden.

Mit mir ging es los und ich durfte mit dem Sprint (5x10 Meter) um ein Hütchen beginnen. Nachdem alle drei fertig waren, gab es ein paar Minuten Verschnaufpause und eine kleine Einführung in den nächsten Test, den Klimmhang. Zu guter Letzt starteten wir dann alle drei gleichzeitig auf dem Fahrrad, um in maximal 6,5 Minuten eine Strecke von drei Kilometern zurückzulegen (bei freier Einstellung der Schwierigkeitsstufe). Es gibt immer eine Mindestanforderung der erbrachten Leistung. Wenn man es aber besser schafft als vorgegeben, macht es sich in der Benotung des Tests bemerkbar. Glücklicherweise war ich gut vorbereitet und somit lief alles gut bei mir. Wir durften dann erst einmal duschen und uns umziehen und sollten dann wie auch nicht anders zu erwarten zurück zum Steuerkopf. Den Laufzettel, der immer mitzuführen war, musste man bei jeder Station abgeben. Die Zeiten und Ergebnisse wurden dann immer eingetragen.

Feierabend

Nach dem Sporttest hatte ich gegen 15 Uhr Feierabend und da so viele vor mir noch auf das Psychologengespräch warten mussten, konnte man davon ausgehen, dass es heute nichts mehr werden wird. Die freie Zeit nutzte ich dann für mich, ging erst einmal etwas essen und sah mir ein wenig die Stadt an. Am Abend unterhielt ich mich noch lange mit meinem Zimmerkameraden über persönliche Ziele, die Einstellung, das Testverfahren und Politik unterhalten und sah ein wenig fern.

Tag 3

Psychologisches Gespräch

Am dritten und letzten Tag stand nur noch das Gespräch beim Psychologen an. Also zog ich mir etwas Angemessenes an (Hemd, Pulli drüber, schöne Hose und Schuhe) und meldete mich nach dem Frühstück mal wieder beim Steuerkopf an. Nach einiger Wartezeit kam ein Psychologe, überraschenderweise ohne Offizier wie es bei einigen anderen der Fall war, und bat mich, noch einen Moment allein in einem separaten Wartebereich Platz zu nehmen. Er wollte sich meine Unterlagen, Bewerbung und Lebenslauf sowie sämtliche Testergebnisse noch einmal ansehen.

Zugegeben, man wird etwas nervös, weil man aufgrund vieler Geschichten, die man so hört, nicht weiß, was jetzt genau auf einen zukommen wird. Nach zirka 20 Minuten Warten war es dann soweit und der Psychologe bat mich in sein Büro, wo er, wie ich mir bereits dachte, Fragen über meine Vergangenheit, meinen beruflichen Werdegang, meinen Berufswunsch (inklusive dazugehöriger Risiken bei der Bundeswehr) stellte. Wenn man offen und ehrlich ist und sich informiert beziehungsweise sich auch wirklich bewusst ist, was man möchte, gibt es keinerlei Probleme. Ich hatte ein sehr entspanntes ruhiges Gespräch und hatte danach gleich das Gefühl, dass alles gepasst hat.

Wie viele Bewerber sind durchgefallen?

Im Nachhinein muss ich sagen, dass von zirka 30 Bewerbern nur zwei bis drei Bewerber frühzeitig heimgeschickt wurden, und das aus offensichtlichen Gründen, da sie gelogen und sich dann in Konfrontation in ihren Lügen verzettelt und widersprochen haben. Alle anderen konnten eine Stelle mit passender Verwendung finden.

So, ein letztes Mal zurück zum Steuerkopf. Allmählich kannte man sich und ich muss sagen, dass die Dame, die das dort alles koordiniert hat, immer sehr freundlich gewesen ist. Als sich für mich langsam herauskristallisierte, dass eigentlich alles durchweg positiv verlaufen ist, fiel nicht nur der Druck ab, sondern es stellte sich auch ein gewisser Stolz ein, da man es erfolgreich hinter sich gebracht hat.

Einplanung bei der Bundeswehr

Da die nächste und vorletzte Station der Einplaner war, war man natürlich gespannt, welche Stelle man wo bekommen wird. An das Warten war man ja inzwischen gewöhnt und so gratulierte man sich im Wartebereich schon mal, überhaupt so weit gekommen zu sein. Alle waren sichtlich erleichtert und es war eine relativ ausgelassene, lockere Stimmung zwischen uns. Im Übrigen ist das die ganzen zweieinhalb Tage so gewesen. Alle waren sehr offen, freundlich und respektvoll zueinander.

Als mich der Einplaner dann in sein Büro bat, klärte er mich noch über den ein oder anderen Ablauf und auch über die sechsmonatige Probezeit auf. Nach einer Weile wurden wir fündig und ich hatte meine Stelle für die Verwendung, für die ich mich beworben hatte, gefunden. Ich beginne meine allgemeine Grundausbildung (AGA) am 01.06.2017.

Danach ging es als letzte Station noch zum Berufsförderungsdienst, wo man über sämtliche Fördermöglichkeiten während und nach seiner Zeit bei der Bundeswehr aufgeklärt wurde. Alles in allem war es eine gute Erfahrung mit erfolgreichem Abschluss für mich. Ganz wichtig ist meiner Meinung nach, dass man sich wirklich bewusst macht, was es bedeutet, Soldat zu sein und dass man mit einem konkreten Ziel erscheint.

Nach einigen Gesprächen mit Wiedereinstellern, von denen auch ein paar unter uns waren, wurde mir klar, dass immer heißer gekocht wird als gegessen. Das hat mir einer von den Wiedereinstellern mit auf den Weg gegeben. Es wird viel geredet, spekuliert und man kann sich wie gesagt verrückt machen. Aber meines Erachtens nach nur grundlos. Wer ehrlich ist, sich gut vorbereitet und natürlich seinem Verwendungswunsch nach für tauglich erklärt wird, dem werden sicher keine Steine in den Weg gelegt.

Abreise nach drei anstrengenden Prüfungstagen
Nach Beendigung aller Aufgaben und dem Abschluss aller Stationen ging es zurück aufs Zimmer zum Packen und Bettwäsche abziehen. Man verabschiedete sich noch von dem einen oder anderen und wünschte sich viel Glück. Mit einem Lächeln im Gesicht ging es dann zurück zum Hauptbahnhof, zurück in die Heimat.

Mit Sicherheit ist mein Bericht sehr positiv ausgefallen und ich bin mir sicher, dass jeder da seine eigene Wahrnehmung hatte, aber in meinem Fall muss ich mich auf das Zitat stützen: Wie man in den Wald hineinruft, so kommt es auch zurück. Viel Glück allen!

Erfahrungsbericht eines Bundeswehrbewerbers (Feldwebellaufbahn)

Mein Name ist Jan. Ich bewarb mich bei der Bundeswehr für die Laufbahn des Feldwebels im allgemeinen Fachdienst mit der Möglichkeit auf eine zivilberufliche Aus- und Weiterbildung. Es folgten einige Monate des Wartens und endlich erhielt ich die sehnlichst erwartete Einladung zur Vorstellung im Karrierecenter der Bundeswehr. Hier sollte meine Eignung geprüft werden. Im Folgenden berichte ich über den Ablauf der zwei Tage bei meiner Vorstellung im Karrierecenter, damit du weißt, was ungefähr auf dich zukommen wird.

Tag 1: Ankunft, Eingangsuntersuchung, CAT
Erscheinen bis 10:30 Uhr, das sagte die Einladung, die ich einige Wochen zuvor bekommen hatte. So hieß es für mich an diesem Dienstagmorgen, zeitig meinen Weg zum Karrierecenter mit der Bahn anzutreten. Um 9:30 Uhr am Karrierecenter angekommen, wies ich mich am Empfang aus und bekam daraufhin Bettwäsche, ein Vorhängeschloss für den Spind, die Hausordnung sowie einen Laufzettel ausgehändigt. Mit einer Unterschrift bestätigte ich die Richtigkeit meiner Daten und verpflichtete mich dazu,

die Hausordnung zu befolgen. Als nach und nach alle Mitbewerber eingetroffen waren, gingen wir auf die Stube. Insgesamt waren wir zu acht in einem Zimmer und jedem war ein Bett und ein Spind zugeteilt.

Um 12:30 Uhr fanden wir uns zur Begrüßung ein. Ein Hauptmann erklärte uns den Ablauf der folgenden Tage und was es bedeute, Soldat zu sein. Nach der kurzen Ansprache galt es auch schon die erste Hürde zu überwinden: Jeder bekam einen Bogen ausgeteilt, auf dem man einige Multiple-Choice- und sechs ausformulierte Fragen (zum Beispiel „Was haben Sie aus der Schulzeit mitgenommen?“, „Was denkt Ihre Familie über Ihren Karrierewunsch?“) binnen 20 Minuten zu beantworten hatte. Diese Fragen werden eventuell im persönlichen Gespräch aufgegriffen und sollten daher mit Bedacht beantwortet werden!

Anschließend hatten wir etwa 30 Minuten Zeit, um Mittag zu essen und uns danach in einem Testraum einzufinden – denn nun war das berüchtigte Computer-assistierte Testen (CAT) an der Reihe. Jeder bekam nach Abgabe des Laufzettels einen Arbeitsplatz zugewiesen und kurz darauf begann auch schon der Test. Die Testfragen richten sich nach dem gewünschten Tätigkeitsfeld. Wer etwa in einem technisch anspruchsvollen Bereich tätig werden möchte, sollte sich daher auch auf einen Schwerpunkt in naturwissenschaftlich-technischen Fragen einstellen. Anders sieht es in kaufmännischen Disziplinen aus. Jedoch rate ich dir, dich auf jede Eventualität vorzubereiten und nicht auf Lücke zu lernen.

Natürlich gibt es auch allgemeine Aufgaben, die alle Bewerber durchlaufen. Hierzu zählte etwa ein Pool aus 50 Thesen, welche allesamt mit „stimme zu“ oder „stimme nicht zu“ zu beantworten waren. Manche wirkten trivial, entpuppten sich jedoch beim genaueren Hinsehen als brandgefährlich (zum Beispiel „Ich stehe gerne im Mittelpunkt.“, „Jeder sollte die Möglichkeit zur freien Religionsausübung haben.“).

Ich habe bei meinen Vorbereitungen auf den Test gute Erfahrungen mit Einstellungstestaufgaben im Internet, aber auch mit dem Buch hier gemacht. Da die Fragen unterschiedlich ausfallen, variiert auch die Testdauer stark. So hatte ich meinen Test bereits nach etwa einer Stunde abgeschlossen und war daher zunächst verunsichert.

Ich bekam den Laufzettel zurück, der die bereits abgeschlossenen Stationen nachwies, und bekam gesagt, wo ich mich anschließend zu melden hatte. Über den Steuerkopf, der von mir die Ergebnisse des CAT in einem Umschlag bekam, ging ich zum Arzt. Durch meinen kurzen Computertest hatte ich nun quasi keine Wartezeit bei allen folgenden Stationen. Bei der Aufnahmeuntersuchung wurde das Seh- und Hörvermögen getestet sowie die Körpergröße und das Gewicht gemessen. Auch eine Urinprobe für einen Drogentest wurde gefordert.

Ab 16 Uhr war der Tag zu Ende und wir durften die Kaserne bis 21 Uhr verlassen. Man tauschte sich noch über den Test aus und bereitete sich mental auf den zweiten Tag vor. Ich war froh, den Computertest, meine größte Sorge, hinter mich gebracht zu haben und war gespannt auf den nächsten Tag.

Tag 2: Ärztliche Untersuchung, Sporttest, psychologisches Gespräch, Einplanung, BFD

Der Wecker klingelte um 5:40 Uhr. Um 6 Uhr hieß es: Frühstück. Danach hatten sich alle Bewerber im Warteraum zur ärztlichen Untersuchung einzufinden. Nach kurzer Wartezeit wurde ich aufgerufen und die Musterung begann, welche in etwa wie folgt vonstattenging:

- zahlreiche Fragen zu chronischen Krankheiten, Auslandsaufenthalten, Knochenbrüchen, Drogenkonsum
- Überprüfung der Gelenkfunktionen und Abtasten des Körpers
- Puls- und Blutdruckmessung im Ruhezustand und bei Anstrengung
- ggf. Prüfung des Gleichgewichtssinns (für Bordtauglichkeit)
- Zuletzt wird einem der Tauglichkeitsgrad genannt und bescheinigt.

Für mich ging es danach erneut zum Steuerkopf und anschließend hatte ich bis zum Sporttest anderthalb Stunden frei. Nachdem auch die anderen meiner Gruppe die Musterung hinter sich gebracht hatten, zogen wir uns für den Sporttest um und wurden von einem Soldaten am Warteraum abgeholt.

Der Basis-Fitness-Test besteht aus drei Bereichen: Schnelligkeit, Kraft und Ausdauer
Nach einer kurzen, freien Aufwärmphase begann, immer zu zweit, der Sprinttest. Bäuchlings auf einer Matte, mit den Händen neben dem Körper liegend, rannte man auf ein Zeichen eine Strecke von zehn Metern, umkreiste am Ende eine Pylone, rannte die Strecke zurück, warf sich auf die Matte und klatschte hinter dem Rücken in die Hände. Das Ganze fünfmal (11×10 Meter). Maximal 60 Sekunden.

Anschließend war nach Kraft gefragt – es ging zum Klimmhang. Mit dem Kinn über einer Reckstange verharrt man so lange wie möglich in der Endposition eines Klimmzugs. Mindestens vier Sekunden.

Letzte Hürde war das Fahrradergometer. Hier gilt es, eine Strecke von 3.000 Metern in weniger als 6:30 Minuten zurückzulegen und dabei eine gewisse Anzahl von Umdrehungen pro Minute nicht zu überschreiten. Die Wattzahl ist hierbei beliebig wählbar. Für alle Aufgaben gilt: Je besser du dich anstellst, desto besser ist auch die Bewertung. Zumindest einmal solltest du daher jede Disziplin im Voraus geübt haben.

Den Sporttest gemeistert, stand „nur" noch das Gespräch als wirkliche Herausforderung an. Davor hatten wir jedoch fast zweieinhalb Stunden Freizeit, die wir nutzten, um außer Haus essen zu gehen.

Das psychologische Gespräch
Dann hieß es für mich, sich in Schale zu werfen, denn das psychologische Gespräch stand an. Aufgeregt wartete ich in einem Wartezimmer, bis ich schlussendlich aufgerufen wurde. Im Raum saßen mir der Prüfoffizier und eine Psychologin gegenüber. Die Dame eröffnete das Gespräch und stellte mir Fragen zu meinem schulischen Werdegang und meiner Person. Mit der Zeit legte sich meine Anspannung. Die Psychologin fragte mich unter anderem, was denn zum Aufgabenspektrum des Feldwebels gehöre und ging auch kurz auf den Bogen ein, den wir am ersten Tag auszufüllen hatten. In meinem Fall (!), stellte der Offizier keine Fragen. Nach etwa 20 Minuten wurde ich vor die Tür gebeten und nach kurzer Zeit wieder hereingerufen.

Der Prüfoffizier teilte mir mit, dass man sich dafür entschieden hätte, mir die Eignung als Feldwebel auszustellen. Dies war eindeutig der Moment, als all die Anspannung der letzten Tage von mir fiel. Beide wünschten mir alles Gute und ich ging zum Einplaner. Der Einplaner versucht, so gut es geht, die Wünsche des Bewerbers mit dem Bedarf der Bundeswehr in Einklang zu bringen. Aus diesem Grund kann es auch vorkommen, dass der Wunschverwendung mangels begrenzter Stellen nicht stattgegeben werden kann. Insofern sollte man sich im Voraus mit alternativen Verwendungsmöglichkeiten auseinandergesetzt haben.

Letzte Station des Einstellungsverfahrens war dann der Berufsförderungsdienst. In einem Einzelgespräch werden Weiter- und Ausbildungsmöglichkeiten für die Zeit nach der Verpflichtung diskutiert.

Nun hatte ich alle Stationen hinter mir, war völlig am Ende und überglücklich, dass ich meine Eignung erhalten hatte. Ich wünschte den anderen auf dem Gang noch alles Gute, ging zurück zur Stube, zog mein Bett ab, packte meine Sachen und gab alle erhaltenen Gegenstände, mitsamt dem Laufzettel, beim Empfang ab. Als baldiger Feldwebelanwärter verließ ich die Kaserne und trat meinen Nachhauseweg an.

Es handelt sich hier um echte Erfahrungsberichte von Bewerbern. Bitte bedenke, dass sich Einstellungstests ändern können und somit keine Gewähr für die Richtigkeit der Inhalte übernommen werden kann.

Online-Bewerber-Training

Bestehe deinen Einstellungstest mit der Plakos-Einstellungstest-App!

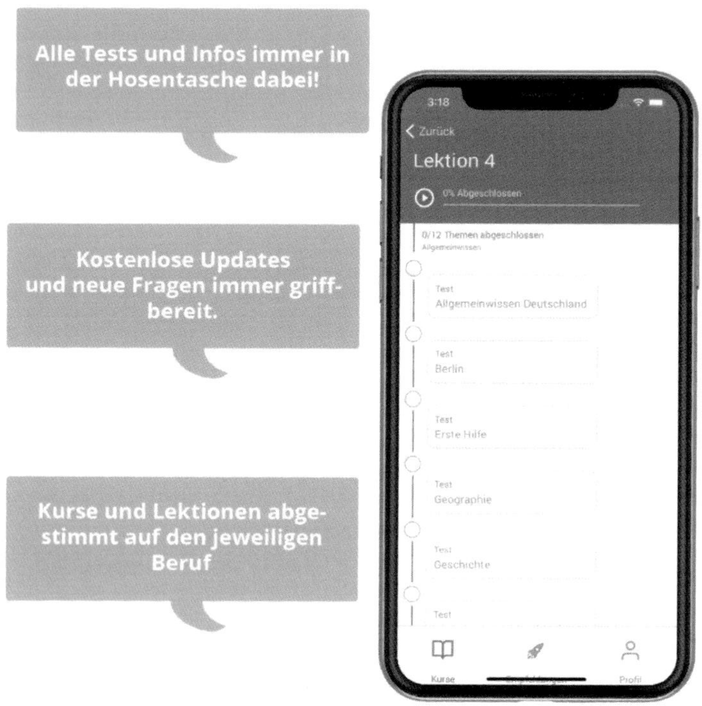

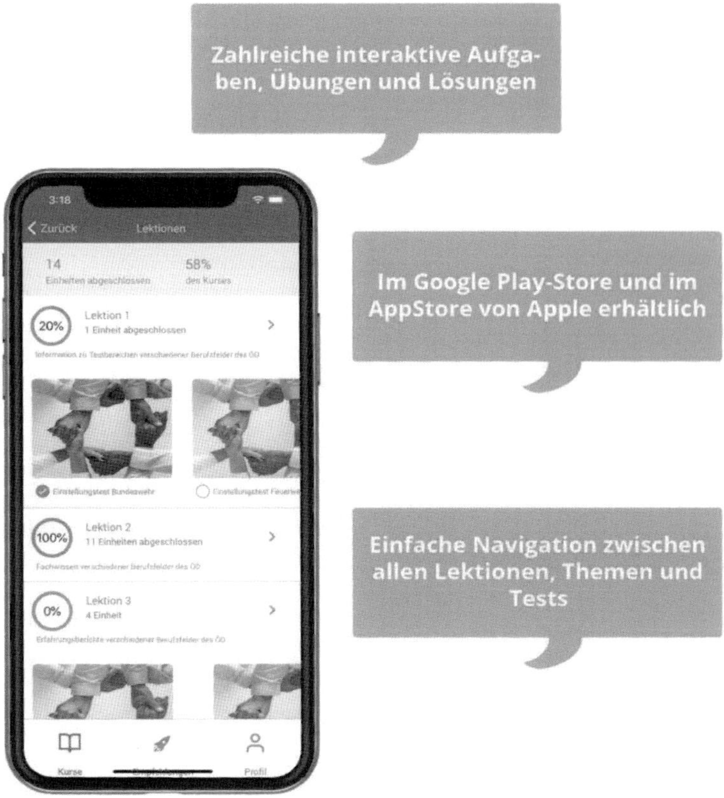

Bestehe deinen Einstellungstest mit der Plakos-Einstellungstest-App! Mit der Plakos-App hebst du deine Einstellungstest-Vorbereitung auf ein neues Level! Du profitierst von Lösungswegen und ausführlichen Erklärungen zu jeder Aufgabe. Am Ende bekommst du eine Auswertung deiner Ergebnisse. Sichere dir jetzt deinen Vorteil gegenüber anderen Mitbewerbern! Wähle die gewünschte Berufsgruppe aus und melde dich mit deinen Zugangsdaten aus dem Mitgliederbereich der Plakos Akademie an. Es werden dir dann die passenden Übungen für den Einstellungstest angezeigt.

Plakos-Online-Testtrainer – die optimale Vorbereitung für dich!

Strukturierter Ablauf, Lösungswege und Kernfortschrittsanzeigen

Kurse und Lektionen abgestimmt auf den jeweiligen Beruf

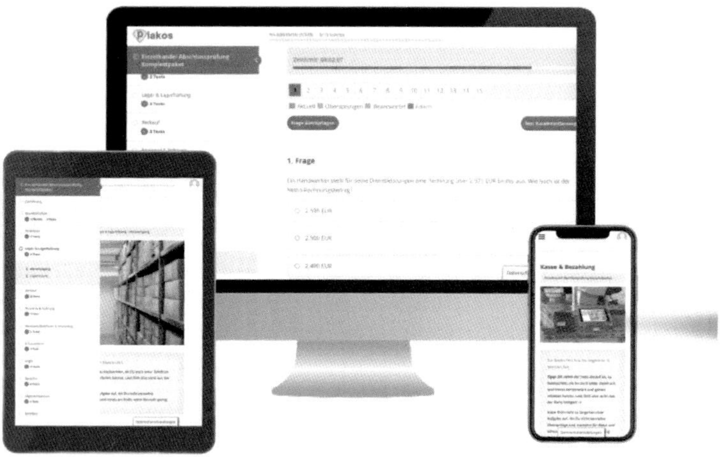

Lern- und Erklärvideos sowie Experten-Tipps

www.plakos-akademie.de

Tausende Bewerber üben jährlich ganz konkret mit den Plakos-Online-Testtrainings. Sie gehen anschließend mit mehr Selbstbewusstsein und Wissen in ihr Auswahlverfahren.

Die Online-Testtrainer gibt es in verschiedenen Preiskategorien für zahlreiche Berufe wie zum Beispiel im öffentlichen Dienst, im Bereich Gesundheit, Pflege und Soziales oder für technische und kaufmännische Berufe.

Da du bereits dieses Buch erworben hast, möchten wir dir an dieser Stelle einen **Gutschein für unsere Online-Programme in Höhe von 15 Euro** schenken. Die folgende Kurzanleitung beschreibt dir, wie du den Gutschein einlösen kannst:

1. Öffne den Browser auf deinem Smartphone, Tablet oder deinem Desktopcomputer.
2. Scanne den QR-Code oder gib die folgende URL in die Adresszeile ein oder: plakos-akademie.de/produkt/app-testtrainer-vollversion-15/

3. Mit dem Produkt „Testtrainer App" hast du Zugriff auf fünf unserer Kurse: Testtrainer, Allgemeinwissen, Konzentration, Logik und Sprache.
4. Gib am Ende des Bestellprozesses den folgenden Gutscheincode ein. Bitte beachte, dass mit dem Gutscheincode in der Testtrainer App nicht alle Plakos-Akademie-Kurse freischaltet sind.

buchrabatt15

Bei Fragen kannst du gerne eine E-Mail an support@plakos.de senden. Antworten auf häufig gestellte Fragen findest du auf der Webseite plakos-akademie.de/kundenservice/. Eine Übersicht zu allen Lern-Apps von Plakos findest du unter plakos-akademie.de/kundenservice-apps/.

Fachwissen

Ergänzend zum Allgemeinwissen stellen potenzielle Arbeitgeber häufig Wissensfragen aus dem jeweiligen Fachgebiet. So hoffen sie, Rückschlüsse ziehen zu können, ob ein ernsthaftes Interesse an der Ausbildung und an dem Arbeitgeber selbst besteht.

Fachspezifische Aufgaben zur Bundeswehr

1. Wofür steht die Abkürzung BFD?
a) Bundeswehr für dich
b) Berufsförderungsdienst der Bundeswehr
c) Bundeswehr-Frauen-Dienst
d) Betrieblicher Freiwilligen-Dienst

2. Wer ist der Oberbefehlshaber der Bundeswehr?
a) die Bundeskanzlerin
b) der Bundespräsident
c) die Verteidigungsminister
d) das Hauptquartier Hardthöhe in Bonn

3. Welche der folgenden Aufgaben gehört nicht in den offiziellen Aufgabenbereich der Bundeswehr in Deutschland?
a) die Sicherung der außenpolitischen Handlungsfähigkeit
b) Beiträge zur Verteidigung verbündeter Staaten
c) die nationale Verteidigung und Sicherheit zu gewährleisten
d) Maßnahmen zur Förderung der deutschen Rüstungsindustrie

4. Die Bundeswehr formuliert ihr Selbstverständnis in einer bestimmten Formel. Wie lautet das Motto?
a) Wir lieben Deutschland.
b) Wir dienen Deutschland.
c) Wir sind Deutschland.
d) Wir kämpfen für Deutschland.

5. Welche Bezeichnung für militärische Fahrzeuge der Bundeswehr gibt es nicht?
a) Büffel
b) Bison
c) Igel
d) Puma

6. Welcher Dienstgrad gehört zur Offizierslaufbahn?
a) Stabsunteroffizier
b) Leutnant
c) Gefreiter
d) Hauptfeldwebel

7. Die Wehrpflicht wurde in Deutschland mittlerweile ...
a) ausgesetzt.
b) abgeschafft.
c) nicht angetastet.
d) auch für Frauen eingeführt.

8. Wie heißt das Standardgewehr der Bundeswehr?
a) MP3
b) P8
c) G36
d) G3

9. Hinter welchem Begriff steckt ein militärisches Gerät aus der Teilstreitkraft Luftwaffe?
a) Boxer
b) Tiger
c) Leopard
d) Draken

10. Wie lange dauert die allgemeine Grundausbildung?
a) sechs Monate
b) zwölf Monate
c) neun Monate
d) drei Monate

11. Wo befindet sich das Hauptquartier der Bundeswehr?
a) Berlin
b) Pullach im Isartal
c) Landshut
d) Hardthöhe

12. Im „Standby Agreement" zwischen der Bundesrepublik und der UNO wird geregelt, dass ...
a) die Bundesrepublik nicht ohne UNO-Mandat in militärische Konflikte eingreift.
b) die UNO die Bundesrepublik in militärischen Konflikten mit friedenssichernden Maßnahmen unterstützt.
c) die Bundesrepublik etwa 1.000 Soldaten für die UNO bereitstellt.
d) die UNO alle deutschen Soldaten mit UNO-Uniformen ausstattet.

13. Die Bundeswehr ist eine Parlamentsarmee. Was bedeutet das?
a) Ein bewaffneter Einsatz setzt einen Beschluss des Parlaments voraus.
b) Die Armee dient zum Schutz des Parlaments.
c) Der Parlamentspräsident hat die Möglichkeit, durch einen Beschluss Kontrolle über die Armee auszuüben.
d) In Krisenfällen ist das höchste Ziel der Armee die Aufrechterhaltung des Parlaments.

14. Was ist kein Teil des zivilen Organisationsbereichs der Bundeswehr?

a) Personal
b) Ausrüstung
c) Informationstechnologie und Nutzung
d) Sanitätsdienst

15. Wieso wurde der Verkauf von NVA-Panzern an die Türkei oft kritisiert?
a) Da man damit eine ausländische Streitkraft stärkt.
b) Die Panzer hätten etwa im Inland für die Polizei nützlich sein können.
c) Durch Verschrottung hätten höhere Gewinne erzielt werden können.
d) Die Türkei setzte die Panzer zur Bekämpfung von Minderheiten ein.

16. Ist es möglich, dass die Bundeswehr auch im Inland eingesetzt wird?
a) Ja, das ist uneingeschränkt möglich.
b) nein
c) ja, aber nur in Ausnahmefällen (z.B. bei Katastrophen, schweren Unfällen)
d) ja, wenn der Bundespräsident es befiehlt

17. Welche Aussage stimmt nicht?
a) Die evangelische und die katholische Militärseelsorge in Deutschland sind durch Staatskirchenverträge geregelt.
b) Die Militärseelsorger werden von ihren Landeskirchen bzw. Diözesen für diesen Dienst freigestellt.
c) Im September 2012 wurde die „Ökumenische Initiative zur Abschaffung der Militärseelsorge“ gegründet.
d) Militärseelsorger nehmen nicht an Übungen und Auslandseinsätzen der Bundeswehr teil.

18. Wie hoch lag ungefähr der Frauenanteil der Bundeswehr im Jahr 2015?
a) etwa fünf Prozent
b) etwa ein Prozent
c) etwa zehn Prozent
d) etwa 25 Prozent

19. Wie sieht das Hoheitszeichen der Bundeswehr aus?
a) schwarzer Adler auf goldenem Grund
b) schwarzes Kreuz mit weißer Umrandung
c) weißes Kreuz auf schwarzem Grund
d) rotes Schwert mit goldenen Sternen

20. Gibt ein Vorgesetzter einen Befehl, ist ein Soldat ...?
a) nur zu Gehorsam verpflichtet, wenn der Befehl im Einsatz erteilt wird.
b) nur zu Gehorsam verpflichtet, wenn der Befehl schriftlich vorliegt.
c) immer zu Gehorsam verpflichtet.
d) nur zu Gehorsam verpflichtet, wenn der Befehl rechtmäßig ist.

21. Der „Staatsbürger in Uniform" ist ...
a) ein Mitglied einer Bürgerwehr.
b) der Beiname von Kaiser Wilhelm II.
c) das zentrale Leitbild soldatischen Selbstverständnisses.
d) eine Werbefigur der Bundeswehr.

22. Das Ziel der Nato ist es, die
a) Grenzen Europas vor dem islamischen Staat zu schützen.
b) Mitglieder mit nötigen Waffen und Soldaten auszustatten.
c) Sowjetunion und den Islam zu bekämpfen.
d) Freiheit und Sicherheit der Mitglieder zu gewähren.

23. Welcher Begriff kann Deutschland nicht zugeordnet werden?
a) Bundesstaat
b) Rechtsstaat
c) Sozialstaat
d) Einheitsstaat

24. Mit der Weimarer Republik wurde erstmals in der deutschen Geschichte die ... eingeführt.
a) parlamentarische Demokratie
b) konstitutionelle Monarchie
c) absolute Monarchie
d) autoritäre Diktatur

25. Wem wird das Bundesverdienstkreuz bei Amtsantritt verliehen?
a) Bundeskanzlerin
b) Bundespräsident
c) Präsident des Bundesverfassungsgerichts
d) Bundesinnenminister

26. Wer bildet den Europäischen Rat?
a) die Staats- und Regierungschefs der EU
b) Abgeordnete als Vertreter der EU-Länder
c) die Präsidenten der EU-Verfassungsorgane
d) die EU-Bürger

27. Ein föderalistischer Staat ...?
a) versucht den Übergang von Planwirtschaft zu Marktwirtschaft.
b) verfolgt das Ziel, Exporte zu maximieren.
c) besteht aus einzelnen Teilstaaten, die relativ eigenständig sind.
d) wird von einer Partei oder einer Person regiert.

Lösungen: Fachwissen Bundeswehr

1. b)	10. d)	19. b)
2. c)	11. d)	20. d)
3. d)	12. c)	21. c)
4. b)	13. a)	22. d)
5. c)	14. d)	23. d)
6. b)	15. d)	24. a)
7. a)	16. c)	25. b)
8. c)	17. d)	26. a)
9. b)	18. c)	27. c)

Allgemeinwissen

Im Bundeswehr-Einstellungstest werden häufig Fragen zum Thema Allgemeinwissen gestellt. Da sich Aufgaben aus diesem Bereich nicht durch logisches Denken lösen lassen, ist entsprechendes Vorwissen sehr wichtig.

Welche Fragen und Aufgaben kommen dran?

Wie auch in anderen Bereichen des Einstellungstests kann Allgemeinwissen nicht von einem auf den anderen Tag erlernt werden. Allgemeinwissen muss kontinuierlich aufgebaut, aktualisiert und erweitert werden.

Beispiel
Wie kannst du dich nun optimal auf diesen Teil vorbereiten, wenn dir wenig Zeit bleibt? Es gibt sehr viele Fragen, die immer wieder im Bundeswehr-Einstellungstest gestellt werden. Zum einen handelt es sich dabei um Fragen zu historischen Themen, zum Beispiel „Wann war die Wiedervereinigung?“, und zum anderen werden Fragen zum aktuellen Zeitgeschehen gestellt.

Beispiel: „Wer ist aktuell Verteidigungsminister/in?“

Wir empfehlen dir für deine Vorbereitungen die folgenden Multiple-Choice-Fragen akribisch durchzuarbeiten und am besten täglich Zeitung zu lesen.

Das Segment „Allgemeinwissen" wird hier thematisch unterteilt. Die Aufgaben unterscheiden sich in zwei Aufgabentypen. Dir wird entweder ein Satz vorgegeben, welcher durch a), b), c) oder d) ergänzt werden muss, oder es muss eine Frage richtig beantwortet werden. Es gibt zu jeder Aufgabe nur eine richtige Lösung. Die Lösungen und Lösungshinweise zu den Aufgaben findest du jeweils am Ende des Unterkapitels.

Recht

1. Die sogenannte Judikative ist die ...
a) ausführende Gewalt.
b) richterliche Gewalt.
c) gesetzgebende Gewalt.
d) gesetzliche Gewalt.

2. Für wen hat der Gesetzgeber im Strafrecht eigens eine besondere Regelung eingeführt?
a) Kronzeuge
b) Kronprinz
c) Kronleuchter
d) Kronkorken

3. Welchen Zweck verfolgen die Grundrechte primär?
a) den Schutz von Bürgern untereinander
b) den Schutz des Bürgers vor juristischen Personen
c) den Schutz des Bürgers vor Eingriffen des Staates
d) den Schutz des Staates vor den Bürgern
e) Keine Antwort ist richtig.

4. Welche Bedeutung hat die Abkürzung „StPO"?
a) Strafpolizeiordnung
b) Steuerpolizeiordnung
c) Strafprozessordnung
d) Straßenverkehrsordnung
e) Staatspolizeiorganisation

5. Ab welchem Alter ist man grundsätzlich durch die Grundrechte
geschützt?
a) Geburt
b) acht
c) 14
d) 21
e) 18

6. Welche Frage wirft der Begriff der Rechtsgeltung auf?
a) die Frage der Wiedergutmachung durch Gesetze
b) die Frage nach der Gültigkeit von Gesetzen
c) die Frage nach der Verurteilung aufgrund von Gesetzen

7. Welches Gericht wird grundsätzlich bei Streitigkeiten auf dem Gebiet des öffentlichen Rechts angerufen?
a) Zivilgericht
b) Verwaltungsgericht
c) Keine Antwort ist richtig.
d) Schiedsgericht
e) Strafgericht

8. Ein Kaufvertrag verpflichtet den Verkäufer zur ...
a) Rechnungstellung.
b) Begleichung des Kaufpreises.
c) Aushändigung eines Lieferscheins.
d) Übergabe der Kaufsache.

9. Welche der folgenden Tatbestände beschreibt eine Körperverletzung?
a) auf die Schulter klopfen
b) das Abschneiden der Haare im Schlaf
c) im Schulunterricht andere SchülerInnen mit Papierkügelchen bewerfen
d) angewiderter Blick

10. Was bedeutet die Gewaltenteilung?
a) historischer Begriff für eine Militärdiktatur
b) Mittel zur Machtbegrenzung und Sicherung von Freiheit und Gleichheit
c) Gesetz, das jedem Bundesbürger untersagt, alleine Gewalt anzuwenden
d) Prinzip, nach dem Polizeibeamte bei gewalttätigen Eingriffen vorgehen müssen

11. Wo hat der Europäische Gerichtshof für Menschenrechte seinen Sitz?
a) Den Haag
b) Straßburg
c) Brüssel
d) Luxemburg

12. Was besagt der sogenannte „Taschengeldparagraph"?
a) Minderjährigen ist ein Taschengeld von den Eltern zu gewähren.
b) Keine Antwort ist richtig.
c) Minderjährige können Taschengeld vom Staat verlangen.
d) Grundsätzlich muss kein Taschengeld bezahlt werden.
e) Ein Minderjähriger kann grundsätzlich mit seinem Taschengeld einen wirksamen Vertrag schließen.

13. Was ist ein positives Recht?
a) ein Gesetz, das negative Auswirkungen hat
b) ein vom Menschen gesetztes Recht
c) ein von der Natur gesetztes Recht
d) ein Gesetz, das positive Auswirkungen hat

14. Was ist soziologisch gesehen keine Funktion eines funktionierenden Rechtssystems?
a) Gerechtigkeit
b) Frieden
c) Freiheit
d) Kontrolle

15. Mit welchem Alter gilt man in Deutschland als unbeschränkt geschäftsfähig im Sinne des Bürgerlichen Gesetzbuches?
a) mit Vollendung der Geburt
b) mit 14 Jahren
c) mit sieben Jahren
d) mit 18 Jahren
e) mit 21 Jahren

16. Die Polizei ist Teil der ...
a) Judikative.
b) Exekutive.
c) Legislative.

17. Wer oder was wird auch als „Hüter der Verfassung" bezeichnet?
a) Bundeskriminalamt
b) Bundespräsident
c) Bundesrat
d) Bundeskanzler
e) Bundesverfassungsgericht

18. Wann wurde das Grundgesetz der Bundesrepublik Deutschland verkündet?
a) 23.05.1949
b) 17.08.1945
c) 01.01.1990
d) 01.01.1946

19. Wie bezeichnet man das Gegenteil von absolutem Recht?
a) finales Recht
b) ungefähres Recht
c) relatives Recht
d) fiktives Recht

20. Wie heißt die Personifikation der Gerechtigkeit?
a) Minerva
b) Justitia
c) Diana
d) Juno

21. Welche Bedeutung hat die Abkürzung „AGB"?
a) allgemeine Gewerkschaft Berlin
b) Arbeitsgemeinschaft der Behörden
c) Archiv für Geschichte des Buchwesens
d) allgemeine Geschäftsbedingungen

22. Wann erlischt das Urheberrecht?
a) 50 Jahre nach der Veröffentlichung
b) 30 Jahre nach der Veröffentlichung
c) 70 Jahre nach dem Tod des Urhebers
d) 50 Jahre nach dem Tod des Urhebers

23. Was versteht man unter einer Konventionalstrafe?
a) richterliche Strafe
b) Vertragsstrafe
c) Verzugszins
d) Freiheitsstrafe

24. Welche der folgenden Kategorien gehört nicht zum öffentlichen Recht?
a) Steuerrecht
b) Urheberrecht
c) Sozialrecht
d) Verwaltungsrecht

25. Ein Notar ist zuständig für ...?
a) Strafverteidigungen.
b) arbeitsgerichtliche Verfahren.
c) Beurkundungen.
d) Klagen vor dem Oberverwaltungsgericht.

26. Wie nennt man den obersten Beamten der Staatsanwaltschaft beim Bundesgerichtshof?
a) Staatsoberanwalt
b) Generalbevollmächtigter
c) Staatssekretär
d) Generalbundesanwalt

27. Was steht in Artikel 1, Abs. 1 des Deutschen Grundgesetzes?
a) die Meinungsfreiheit
b) die Unantastbarkeit der Würde des Menschen
c) das Recht auf Bildung
d) die Versammlungsfreiheit

28. Bei welchem Recht handelt es sich um kein Grundrecht nach dem Deutschen Grundgesetz?
a) Versammlungsfreiheit
b) Asylrecht
c) das Recht, CDs und DVDs für private Zwecke zu kopieren
d) Unverletzlichkeit der Wohnung

Lösungen: Recht

1. b)	11. b)	21. d)
2. a)	12. e)	22. c)
3. c)	13. b)	23. b)
4. c)	14. a)	24. b)
5. a)	15. d)	25. c)
6. b)	16. b)	26. d)
7. b)	17. e)	27. b)
8. d)	18. a)	28. c)
9. b)	19. c)	
10. b)	20. b)	

Politik und Gesellschaft

1. Der Bundesrat ...
a) hat die Ablösung der Regierung als Ziel.
b) hat eine Gesetzgebungsfunktion.
c) besteht aus Bundestagsabgeordneten.
d) vertritt die Bundesländer im Bund.

2. Aus welchem Land kamen die ersten Gastarbeiter in die Bundesrepublik Deutschland?
a) Italien
b) Spanien
c) Portugal
d) Türkei

3. Volkssouveränität bedeutet,
a) wichtige Beschlüsse kommen durch einen Volksentscheid zustande.
b) die Würde des Volkes ist unantastbar.
c) die Staatsgrenzen dürfen von anderen Völkern nicht verletzt werden.
d) alle Gewalt geht vom Volk aus.

4. Wie heißt die Wirtschaftsordnung der Bundesrepublik Deutschland?
a) freie Zentralwirtschaft
b) soziale Planwirtschaft
c) soziale Marktwirtschaft
d) freie Marktwirtschaft

5. Wofür steht die Abkürzung NATO?
a) North Atlantic Treaty Organization
b) North American Tactical Operations
c) North Atlantic Trade Organization
d) North American Trade Organization

6. Wer war Begründer der modernen Evolutionstheorie?
a) Jean-Baptiste de Lamarck
b) Francis Crick
c) Gregor Mendel
d) Charles Robert Darwin

7. Welcher Partei gehörte der erste Bundespräsident der Bundesrepublik Deutschland an?
a) CSU
b) CDU
c) FDP
d) SPD

8. Was besagt das Schengener Abkommen?
a) Teil der Verfassung der Europäischen Union

b) Aufhebung der Zoll- und Grenzkontrollen zwischen Ländern
c) Abkommen, das alle Mitglieder der Europäischen Union unterschreiben müssen
d) Verordnung der Europäischen Kommission zur Vereinheitlichung der Grenzübergänge

9. Wer ist oberster Dienstherr der Polizei in einem Bundesland?
a) Justizminister
b) Innenminister
c) Kultusminister
d) Finanzminister

10. Wer wählt die Bundeskanzlerin?
a) Bundestag
b) Volk
c) Bundesrat
d) Bundespräsident

11. Ab welchem Alter dürfen deutsche Staatsbürger bei der Bundestagswahl wählen?
a) 18 Jahre
b) 14 Jahre
c) 21 Jahre
d) 16 Jahre

12. In Deutschland gibt es keinen Vizepräsidenten. Wer muss die Vertretung übernehmen, falls der Bundespräsident verhindert ist?
a) der Bundesratspräsident
b) ein vom Bundespräsidenten bestellter Vertreter
c) der Zweitgereihte der letzten Wahl
d) die Bundeskanzlerin

13. Die Anzahl der Stimmen eines Bundeslandes im Bundesrat hängt ab von ...
a) der Gesamtzahl der Stimmen.
b) der Fläche des Bundeslandes.
c) der Einwohnerzahl des Bundeslandes
d) der Wahlbeteiligung der Bürger im jeweiligen Bundesland.

14. Von wem stammt der Text der deutschen Nationalhymne?
a) Johann Wolfgang von Goethe
b) Ludwig van Beethoven
c) Friedrich Schiller
d) August Heinrich Hoffmann von Fallersleben

15. Was bedeutet Demokratie wörtlich?
a) Herrschaft der Regierung
b) Herrschaft des Volkes
c) Herrschaft der Mehrheit
d) Herrschaft der Menschen

16. Die Richter des Bundesverfassungsgerichts werden ...
a) Keine Antwort ist richtig.
b) vom Bundespräsidenten und vom Bundestag gewählt.
c) vom Bundestag und vom Bundesrat gewählt.
d) vom Volk gewählt.

17. Wie setzt sich die deutsche Bundesregierung zusammen?
a) Kanzlerin und Bundesminister
b) Kanzlerin und Bundespräsident
c) Bundestag und Bundesrat
d) Bundesrat und Bundespräsident

18. Wer hat keine Befugnis, einen Gesetzesentwurf einzubringen?
a) Bundestag
b) Bundespräsident
c) Bundesrat
d) Bundesregierung

19. Wie viele deutsche Bundesländer gibt es?
a) 15
b) 16
c) 22
d) 11

20. Wie heißt die Zusammenarbeit von Parteien zur Bildung einer Regierung?
a) Koalition
b) Ministerium
c) Fraktion
d) Koordination

21. Wie wird das deutsche Regierungssystem bezeichnet?
a) konstitutionelle Monarchie
b) parlamentarische Demokratie
c) Präsidialregime
d) Militärdiktatur

22. Wer war im Jahr 2018 Präsident der Europäischen Kommission?
a) Herman Van Rompuy
b) Martin Schulz
c) Jean-Claude Juncker
d) José Manuel Barroso

23. Welches Land hatte im Jahr 2016 keinen Status als Beitrittskandidat der Europäischen Union?
a) Türkei
b) Ukraine
c) Serbien
d) Albanien

24. Wie hieß der erste Bundespräsident der Bundesrepublik Deutschland?
a) Richard von Weizsäcker
b) Roman Herzog
c) Theodor Heuss
d) Gustav Heinemann

25. Mit welchem Politiker war die britische Premierministerin Margaret Thatcher eng befreundet?
a) Ronald Reagan
b) Helmut Kohl
c) Michail Gorbatschow
d) Winston Churchill

26. Welche Maximalsumme erhalten die Parteien insgesamt jährlich aus staatlichen Zuwendungen?
a) 31 Millionen Euro
b) 63 Millionen Euro
c) 133 Millionen Euro
d) 280 Millionen Euro

27. Was versteht man unter einem „passiven Wahlrecht"?
a) Ausschluss vom Wahlrecht
b) das eigene Wahlrecht durch eine Vertrauensperson ausüben zu
lassen
c) per Briefwahl wählen zu können
d) das Recht, bei einer Wahl selbst gewählt zu werden

28. Welche regelmäßigen Massenproteste in der DDR gingen der deutschen Wiedervereinigung voraus?
a) Frühjahrsproteste
b) Montagsdemonstrationen
c) Freitagsbewegung
d) Ostermärsche

29. Welche Tageszeitung hat in Deutschland die höchste Auflage?
a) Süddeutsche Zeitung
b) Frankfurter Allgemeine Zeitung
c) Bild
d) Die Welt

30. Wer war kein deutscher Bundeskanzler?
a) Willy Brandt
b) Walter Scheel
c) Helmut Kohl
d) Gerhard Schröder

31. Wie viele Sterne hat die Europaflagge?
a) 9
b) 12
c) 17
d) 20

32. Wie heißt das Verfahren, das seit 2009 die Verteilung der Mandate nach der Bundestagswahl berechnet?
a) d'Hondt
b) Holl-Neuberger
c) Sainte-Laguë
d) Hare-Niemeyer

33. Seit wann hat Deutschland eine eigene Armee, die heutige Bundeswehr?
a) 1949
b) 1955
c) 1968
d) 1980

34. Welcher Philosoph hatte maßgeblichen Einfluss auf die Verfassung liberaler Staaten?
a) John Locke
b) Jean-Jacques Rousseau
c) Thomas Hobbes
d) Georg Wilhelm Friedrich Hegel

Lösungen: Politik und Gesellschaft

1. d)	13. c)	25. a)
2. a)	14. d)	26. c)
3. d)	15. b)	27. d)
4. c)	16. c)	28. b)
5. a)	17. a)	29. c)
6. d)	18. b)	30. b)
7. c)	19. b)	31. b)
8. b)	20. a)	32. c)
9. b)	21. b)	33. b)
10. a)	22. c)	34. a)
11. a)	23. b)	
12. a)	24. c)	

Wirtschaft

1. Wie wird ein Rabatt auf den Rechnungspreis genannt, welcher bei Zahlung innerhalb einer bestimmten Zahlungsfrist gewährt wird?
a) Agio
b) Storno
c) Skonto
d) Just in Time Rabatt

2. Das ökonomische Prinzip besagt, dass ...
a) alle Mittel vernünftig eingesetzt werden müssen, aufgrund von
Güterknappheit.
b) wir mit gegebenen Mitteln das größtmögliche Ergebnis erzielen müssen.
c) wir mit minimalen Mitteln das vorgegeben Ziel erfüllen müssen.
d) wir das maximale Ergebnis mit minimalen Mitteln erzielen sollen.

3. Eine Hypothek ist nichts anderes als ...
a) ein sehr hoher Scheck.
b) ein Zahlungsversprechen.
c) eine Tilgungsrate.
d) eine Sicherheit bei Darlehen für Immobilien.

4. Eine Handelsvollmacht mit Rechten und Pflichten bezeichnet man als ...
a) Validität.
b) Satura.
c) Magister.
d) Prokura.

5. Subventionen sind eine Form von ...
a) indirekten Steuern.
b) Schutzzöllen.
c) Investitionsabgaben für Unternehmen.
d) staatlichen Zuschüssen.

6. Als Sozialprodukt bezeichnen wir ...
a) eine gesamtwirtschaftliche Größe der produzierten Sachgüter und Dienstleistungen in einem Jahr.
b) alle Sozialleistungen sowie Ausgaben des Staates und der Haushalte in einer Periode.
c) alle Wertschöpfungsprozesse in einem Unternehmen.
d) Güter und Dienstleistungen, die von Unternehmen den Haushalten zur Verfügung gestellt werden.

7. Das gegensätzliche Wirtschaftssystem zur Planwirtschaft ist die ...
a) Zentralverwaltungswirtschaft.
b) soziale Marktwirtschaft.
c) sozialistische Marktwirtschaft.
d) freie Marktwirtschaft.

8. Welcher CDU-Politiker, der von 1949 bis 1963 das Bundeswirtschaftsministerium leitete, wurde als „Vater des Wirtschaftswunders“ berühmt?
a) Ludwig Erhard
b) Konrad Adenauer
c) Kurt Georg Kiesinger
d) Willy Brandt

9. Was löste der New Yorker Börsencrash Ende Oktober 1929 aus?
a) eine Weltwirtschaftskrise
b) einen Zusammenbruch des Tulpenmarktes
c) Das Aufstreben der Nazis in Deutschland
d) Neuwahlen in den USA

10. Was ist unter der Liquidität eines Unternehmens zu verstehen?
a) das Barvermögen
b) Einnahmen des Unternehmens
c) die Kreditwürdigkeit
d) die Zahlungsfähigkeit des Unternehmens

11. In welchem europäischen Staat war 2018 die Wirtschaftskraft pro Kopf am höchsten?
a) Schweden
b) Norwegen
c) Luxemburg
d) Deutschland

12. Welches sind die wichtigsten Einnahmequellen öffentlicher Haushalte?
a) Sozialabgaben und Steuern
b) Spenden
c) Bußgelder
d) Gebühren

13. Welche Länder waren die zwei wichtigsten Handelspartner der Europäischen Union im Jahr 2018?
a) China, USA
b) Indien, Brasilien
c) Schweiz, Norwegen
d) Russland, Saudi-Arabien

14. Wofür lassen sich in der Regel hohe Renditen erwirtschaften?
a) hohe Anlagebeträge
b) lange Investitionszeiten
c) hohe Risiken
d) hohe Gebühren

15. Insolvenz bedeutet, dass ein Unternehmen ...
a) zahlungsunfähig ist.
b) verkauft worden ist.
c) kreditwürdig ist.
d) gegen Regulierungen verstoßen hat.

16. Welche ist die häufigste Unternehmensform in Deutschland?
a) Einzelunternehmen
b) GmbH
c) AG
d) KG

17. Wo befindet sich der Sitz der Europäischen Zentralbank?
a) Frankfurt am Main
b) Brüssel
c) Den Haag
d) Straßburg

18. Welche Aufgabe hat der Leitzinssatz?
a) Er ist das zentrale Element zur Steuerung der Geldpolitik.
b) Damit kann der Konsument Kreditangebote von Banken vergleichen.
c) Er dient der Finanzierung des Europäischen Stabilitätsmechanismus.
d) Er regelt die Ausschüttung von Renditen.

19. Was versteht man unter Derivaten?
a) festverzinsliche Wertpapiere
b) Finanzinstrumente
c) inländische Geldscheine
d) Anleiheformen

20. Wer gilt als Schöpfer des World Wide Web „www"?
a) Mark Zuckerberg
b) Steve Jobs
c) Tim Berners-Lee
d) Bill Gates

21. Welche Staaten gehören dem Freihandelsabkommen NAFTA an?
a) USA, Mexiko und Kanada
b) China, Russland und USA
c) USA, Kanada und EU
d) Russland, USA und Deutschland

22. Wie nennt man fallende Kurse an der Börse?
a) Hausse
b) Ground
c) Down
d) Baisse

23. Wie heißt der Index, der die Aktien mittelgroßer deutscher Unternehmen zusammenfasst?
a) DAX
b) MDAX
c) XETRA
d) NEMAX

24. Welche Institution regelt Handelskonflikte der EU mit den USA?
a) NATO
b) OPEC
c) WTO
d) UN

25. Welches Tarifmodell gilt bei der Einkommenssteuer?
a) Stufenmodell
b) regressives Modell
c) progressives Modell
d) proportionales Modell

26. In welcher Stadt befindet sich das Bundeskartellamt?
a) Bonn
b) Frankfurt am Main
c) München
d) Berlin

Lösungen: Wirtschaft

1. c)	10. d)	19. b)
2. a)	11. c)	20. c)
3. d)	12. a)	21. a)
4. d)	13. a)	22. d)
5. d)	14. c)	23. b)
6. a)	15. a)	24. c)
7. d)	16. a)	25. c)
8. a)	17. a)	26. a)
9. a)	18. a)	

Geografie

1. Welches Land ist flächenmäßig das zweitgrößte Land der Welt?
a) China
b) Australien
c) Kanada
d) USA

2. Die Hauptstadt von Island heißt ...
a) Helsinki.
b) Dublin.
c) Färöer.
d) Reykjavík.

3. Wo befindet sich der Suezkanal?
a) Panama
b) Israel
c) Papua-Neuguinea
d) Ägypten

4. In welchem lateinamerikanischen Land ist Spanisch NICHT die Amtssprache?
a) Argentinien
b) Brasilien
c) Chile
d) Ecuador

5. Wie heißt die Hauptstadt von Ghana?
a) Kairo
b) Accra
c) Antananarivo
d) Mombasa

6. Welches ist das kleinste Land in Europa?
a) Liechtenstein
b) Vatikanstadt
c) Monaco
d) San Marino

7. In welchem US-Bundesstaat befindet sich das Silicon Valley?
a) Kalifornien
b) Florida
c) New York
d) Washington

8. Welcher Kontinent der Welt ist der bevölkerungsreichste und zugleich auch flächenmäßig der Größte?
a) Asien
b) Australien
c) Amerika
d) Afrika

9. Welcher ist der höchste Berg Europas?
a) Mont Blanc
b) Zugspitze
c) Dufourspitze
d) Großglockner

10. Welcher ist der längste Fluss, der komplett auf französischem Boden verläuft?
a) Seine
b) Loire

c) Garonne
d) Marne

11. Welches Land ist flächenmäßig das größte der Welt?
a) China
b) Australien
c) Russland
d) USA

12. Welche sind sämtliche Nachbarländer, mit denen die Bundesrepublik Deutschland eine Landgrenze teilt?
a) Dänemark, Polen, Tschechische Republik, Österreich, Schweiz, Frankreich, Luxemburg, Belgien, Niederlande
b) Dänemark, Polen, Tschechische Republik, Slowakei, Schweiz, Fürstentum Liechtenstein, Frankreich, Luxemburg, Niederlande
c) Dänemark, Schweden, Polen, Tschechische Republik, Österreich, Schweiz, Frankreich, Luxemburg, Belgien
d) Dänemark, Polen, Russland, Tschechische Republik, Österreich, Schweiz, Frankreich, Belgien, Niederlande

13. Welches der folgenden Länder hat die meisten Einwohner?
a) Indonesien
b) Indien
c) USA
d) Brasilien

14. Welche Fläche hat Deutschland?
a) etwa 420.000 km^2
b) etwa 210.000 km^2
c) etwa 500.000 km^2
d) etwa 360.000 km^2

15. Wie heißt die Hauptstadt von Argentinien?
a) Bogotá
b) São Paulo
c) Buenos Aires
d) Salvador da Bahia

16. Wie heißt die Hauptstadt von Indien?
a) Neu-Delhi
b) Kolkata (Kalkutta)
c) Mumbai (Bombay)
d) Bangalore

17. Welche Metropolregion hat die meisten Einwohner?
a) New York
b) Tokio
c) Jakarta
d) Shanghai
e) Mexiko-Stadt

18. Welcher Ozean ist flächenmäßig der größte?
a) Pazifischer Ozean
b) Atlantischer Ozean
c) Indischer Ozean

d) Arktischer Ozean
e) Antarktischer Ozean

19. Welche Stadt ist die Hauptstadt von Serbien?
a) Skopje
b) Belgrad
c) Sarajevo
d) Pristina
e) Ljubljana

20. Die Atmosphäre ist in mehrere Schichten aufgeteilt. Bis zu welcher Höhe spricht man von der Troposphäre?
a) 50 bis 100 Kilometer
b) 0 bis 15 Kilometer
c) 15 bis 50 Kilometer
d) 100 bis 500 Kilometer

21. Welcher See ist der größte der Erde?
a) Kaspisches Meer
b) Victoriasee
c) Baikalsee
d) Michigansee

22. Welches Land gehört nicht zum südostasiatischen wirtschaftlichen und politischen supranationalen Verbund ASEAN (Association of Southeast Asian Nations), der manchmal als südostasiatisches Gegenstück zur Europäischen Union bezeichnet wird?
a) Volksrepublik China
b) Indonesien
c) Thailand
d) Philippinen

23. An welchem Fluss liegt die Stadt Budapest?
a) Oder
b) Moldau
c) Weichsel
d) Donau

24. Wo liegt die Insel Madagaskar?
a) im Pazifik
b) im Indischen Ozean
c) im Atlantik
d) im Japanischen Meer

25. Welchem Staat ist die richtige Hauptstadt zugeordnet?
a) Spanien / Barcelona
b) Kolumbien / Medellín
c) Kanada / Ottawa
d) Brasilien / Rio de Janeiro

26. Zu welchem Staat gehören die Azoren?
a) Niederlande
b) Portugal
c) Frankreich
d) Spanien

27. Österreich ist wie Deutschland eine Bundesrepublik und ein föderaler Staat, der aus Bundesländern besteht. Wie viele Bundesländer gibt es in Österreich?
a) 16

b) 5
c) 9
d)11

28. Welche Stadt in den USA hat die meisten Einwohner?
a) New York City
b) Chicago
c) Los Angeles
d) Philadelphia

29. Welcher Fluss ist der längste der Erde?
a) Nil
b) Amazonas
c) Jangtsekiang
d) Mississippi

30. Wie heißt die Insel, auf der Tokio liegt?
a) Honshu
b) Hokkaido
c) Shikoku
d) Fukuoka

31. Wie heißt der berühmte Berg bei Kapstadt?
a) Zuckerhut
b) Moco
c) Tafelberg
d) Mont Blanc

32. In welches Gewässer mündet der Mississippi?
a) Atlantik
b) Golf von Mexiko
c) Golf von Maine
d) Michigansee

33. Der Umfang des Äquators beträgt wie viele Kilometer?
a) rund 50.000 Kilometer
b) rund 30.000 Kilometer
c) rund 25.000 Kilometer
d) rund 40.000 Kilometer

34. Derna ist eine Hafenstadt in ...?
a) Tunesien
b) Ägypten
c) Libyen
d) Saudi-Arabien

Lösungen: Geografie

1. c)	13. b)	25. c)
2. d)	14. d)	26. b)
3. d)	15. c)	27. c)
4. b)	16. a)	28. a)
5. b)	17. b)	29. a)
6. b)	18. a)	30. a)
7. a)	19. b)	31. c)
8. a)	20. b)	32. b)
9. a)	21. a)	33. d)
10. b)	22. a)	34. c)
11. c)	23. d)	
12. a)	24. b)	

Interkulturelles Wissen

1. Die häufigste Infektionskrankheit der Welt ist ...
a) Aids.
b) Malaria.
c) die Grippe.
d) Tuberkulose.

2. Der sogenannte Schalttag fällt immer auf das Datum ...
a) 31. Januar.
b) 31. April.
c) 29. Februar.
d) 31. Juni.

3. Wobei handelt es sich um ein Notsignal im internationalen Funkverkehr?
a) Mayday
b) Down Town
c) Jetset
d) Flower-Power

4. Was haben viele Menschen – völlig unabhängig von ihren finanziellen Verhältnissen?
a) Fax-Sparbuch
b) SMS-Zinsen
c) Twitter-Darlehen
d) E-Mail-Konto

5. In welchem Land leben die meisten Vegetarier?
a) Deutschland
b) Japan
c) Angola
d) Indien

6. Was bezeichnet der Begriff Polytheismus?
a) das genaue Befolgen religiöser Ernährungs- und Kleidungsvorschriften
b) das Darbringen von Tieropfern in religiösen Kontexten
c) die Verehrung einer Vielzahl von Göttern
d) den Glauben an die ewige Wiederkehr des Gleichen

7. Welche Sprache hat die meisten Muttersprachler?
a) Spanisch
b) Englisch
c) Mandarin (Hochchinesisch)
d) Hindi
e) Arabisch

8. Der sogenannte Arabische Frühling begann in ...
a) Tunesien.
b) Maghreb.
c) Libyen.
d) Syrien.

9. Wofür steht der Ramadan?
a) für einen altägyptischen König
b) für den indischen Nationalfeiertag
c) für den Fastenmonat der Muslime
d) für ein asiatisches Volksfest

10. In welchem Land befindet sich der größte Tempelkomplex der Welt, Angkor Wat?
a) Kambodscha
b) Thailand
c) Vietnam
d) Bangladesch

11. Welcher Religion ordnet man den Begriff des Nirvanas zu?
a) Islam
b) Hinduismus
c) Buddhismus
d) Shintō

12. Welches jüdische Fest erinnert an den Auszug der Juden aus Ägypten?
a) Pessach
b) Jom Kippur
c) Chanukka
d) Hoschana Rabba

13. In welchem Land befindet sich die muslimische Pilgerstadt Mekka?
a) Saudi-Arabien
b) Iran
c) Türkei
d) Vereinigte Arabische Emirate

14. Wie groß wird die Weltbevölkerung laut Schätzungen im Jahr 2030 sein?
a) etwa achteinhalb Milliarden
b) etwa acht Milliarden
c) etwa neun Milliarden
d) etwa neuneinhalb Milliarden

15. Wie heißt der brasilianische Kampftanz, den ursprünglich afrikanische Sklaven im Lande praktizierten und der noch heute, weiterentwickelt, als akrobatische Kampfkunst ausgeübt wird?
a) Maculelê
b) Capoeira
c) Baile de la Conquista
d) Moringue

16. Wie heißt die keltische Sprache, die in manchen Gebieten Schottlands, vor allem auf den Hebriden-Inseln und im Westen der Highlands, noch heute als Alltagssprache gebräuchlich ist?
a) Galatisch
b) Walisisch
c) Bretonisch
d) Gälisch

17. Aus welchem Land stammte die Chemikerin und Physikerin Marie Curie ursprünglich?
a) Norwegen
b) Polen
c) Deutschland
d) Frankreich

18. Wie heißt in der antiken römischen Mythologie der Gott des Handels?
a) Apollo
b) Mars
c) Merkur
d) Neptun

19. Für welches alljährliche Ritual ist die baskische Stadt Pamplona bekannt?
a) Karnevalsumzug
b) Tomatenschlacht
c) Musikfestival
d) Stierlauf

20. Wodurch zeichnet sich ein Stoiker aus?
a) Egoismus
b) Gelassenheit
c) Niedergeschlagenheit
d) Humor

21. In welchem Jahr verfasste Martin Luther seine 95 Thesen, die die Reformation auslösten?
a) 1517
b) 1418
c) 1483
d) 1617

22. Wie heißt ein japanisches Bühnenspiel?
a) Kimono
b) Sake
c) Kabuki
d) Sushi

23. Wie viele Frauen wurden bislang mit dem Nobelpreis für Physik ausgezeichnet?
a) keine
b) eine
c) zwei
d) drei

24. Wen beschützt die Schweizergarde?
a) den Papst im Vatikan
b) die Staatsgrenzen der Schweiz
c) den Bundespräsidenten der Schweiz
d) den Petersdom in Rom

25. Aus welcher Pflanzenblüte gewinnt man Safran, eines der teuersten Gewürze der Welt?
a) aus Krokuspflanzen
b) aus Mohn
c) aus Orchideenblüten
d) aus Kakteenblüten

26. Wie heißt in der griechischen Mythologie die Ehefrau von Göttervater Zeus?
a) Athene
b) Aphrodite
c) Artemis
d) Hera

27. Was erforscht ein Paläontologe?
a) Fossilien
b) menschliche Frühgeschichte

c) antike Architektur
d) Meerestiere

28. Was bezeichnet man als Talmud?
a) einen religiösen Feiertag
b) ein jüdisches Schriftwerk
c) ein arabisches Gericht
d) ein orientalisches Gewand

29. Was versteht man unter einer Pinakothek?
a) eine Gemäldesammlung
b) eine Sammlung alter Bücher
c) eine Sammlung alter Weine
d) eine Briefmarkensammlung

30. In welcher Stadt befindet sich kein wichtiges Pilgerziel für Muslime?
a) Mekka
b) Kairo
c) Medina
d) Marrakesch

31. Welche antike Stadt entdeckte Heinrich Schliemann?
a) Samaria
b) Ephesos
c) Knossos
d) Troja

Lösungen: Interkulturelles Wissen

1. c)	12. a)	23. c)
2. c)	13. a)	24. a)
3. a)	14. a)	25. a)
4. d)	15. b)	26. d)
5. d)	16. d)	27. a)
6. c)	17. b)	28. b)
7. c)	18. c)	29. a)
8. a)	19. d)	30. d)
9. c)	20. b)	31. d)
10. a)	21. a)	
11. c)	22. c)	

Kunst, Literatur und Musik

1. Wer schrieb den Roman „Die unendliche Geschichte“?
a) Cornelia Funke
b) Michael Ende
c) Otfried Preußler
d) Paul Maar

2. Welcher berühmte Komponist litt unter vollständiger Taubheit?
a) Gustav Mahler
b) Richard Wagner
c) Johann Sebastian Bach
d) Ludwig van Beethoven

3. Welches ist kein Saiteninstrument?
a) Bratsche
b) Cello
c) Oboe
d) Kontrabass

4. Mit welchem Musikstück wurde Maurice Ravel einem breiten Publikum bekannt?
a) Boléro
b) Badinerie
c) Die Zauberflöte
d) Valse d’été

5. In welchem Land spielt die Oper „Aida“?
a) China
b) Ägypten
c) Italien
d) Frankreich

6. Welches ist kein Werk von Georg Büchner?
a) Leonce und Lena
b) Woyzeck
c) Maria Stuart
d) Danton

7. Wer malte das berühmte Ölgemälde „Das Mädchen mit dem Perlenohrgehänge“?
a) Jan Vermeer
b) Auguste Renoir
c) Claude Monet
d) Peter Paul Rubens

8. Wie lautet der Fachbegriff, wenn ein Kunstwerk in einem älteren Zustand wiederhergestellt wird?
a) Renovierung
b) Restaurierung
c) Restauration
d) Retaliation

9. Juergen Teller ist ein deutscher ...
a) Architekt.
b) Schriftsteller.
c) Maler.
d) Fotograf.

10. Die Künstler Andy Warhol und Roy Liechtenstein sind Vertreter welcher Kunstrichtung?
a) Expressionismus
b) Konstruktivismus

c) Pop Art
d) Surrealismus

11. In welchem Stil ist die Kathedrale Notre Dame in Paris gebaut?
a) Barock
b) Gotik
c) Romanik
d) Renaissance

12. Wer war Edith Piaf?
a) innovative französische Modeschöpferin
b) schweizerische Begründerin der Sozialpädagogik um 1924
c) populäre französische Chansonsängerin
d) französische Philosophin, verheiratet mit Jean-Paul Sartre

13. Wer schrieb die Novelle „Der Schimmelreiter"?
a) Theodor Fontane
b) Heinrich Böll
c) Hermann Hesse
d) Theodor Storm

14. In welcher Stadt wird jedes Jahr der Deutsche Buchpreis verliehen?
a) Berlin
b) Frankfurt am Main
c) München
d) Leipzig

15. Welche Popgruppe feierte mit „Waterloo" den internationalen Durchbruch?
a) ABBA
b) Bee Gees
c) The Who
d) Beatles

16. Wer schrieb den Jugendroman „Die Wolke"?
a) Wolfgang Herrndorf
b) Christine Nöstlinger
c) Ottfried Preußler
d) Gudrun Pausewang

17. Welcher Maler wurde hauptsächlich durch seine Bildmotive aus der Südsee bekannt?
a) Claude Monet
b) Emil Nolde
c) Paul Gauguin
d) Vincent van Gogh

18. Wer war Käthe Kollwitz?
a) deutsche Grafikerin, Malerin und Bildhauerin
b) Frauenrechtlerin aus der Schweiz
c) deutsche Widerstandskämpferin während der NS-Diktatur
d) österreichische Schriftstellerin im Expressionismus

19. Wie bezeichnet man in der Kunst Wandmalereien?
a) Grafiken
b) Fresken
c) Gouache
d) Pittoresken

20. Wo steht die weltberühmte Semperoper?
a) Wien
b) Sydney
c) Dresden
d) Berlin

21. Wo kann man „Das jüngste Gericht" von Michelangelo sehen?
a) Sixtinische Kapelle
b) Louvre
c) Petersdom
d) Kathedrale Notre-Dame de Paris

22. Wer malte das weltberühmte „Letzte Abendmahl"?
a) Leonardo da Vinci
b) Vincent van Gogh
c) Michelangelo
d) Raffael

Lösungen: Kunst, Musik und Literatur

1. b)	9. d)	17. c)
2. d)	10. c)	18. a)
3. c)	11. b)	19. b)
4. a)	12. c)	20. c)
5. b)	13. d)	21. a)
6. c)	14. b)	22. a)
7. a)	15. a)	
8. b)	16. d)	

Technik

1. Holz ist ein ...
a) Kernbrennstoff.
b) organischer Brennstoff.
c) fossiler Energieträger.
d) Keine Lösung ist richtig.

2. Welche Bezeichnung ist – rein technisch betrachtet – doppelt gemoppelt?
a) Schusswaffe
b) Trommelrevolver
c) Jagdgewehr
d) Sportpistole

3. Um Wechselspannung in eine Gleichspannung umzusetzen, benutzt man ...
a) Pole.
b) Halbleiter.
c) Dioden.
d) Transistoren.

4. Welche Spannung liegt in Deutschland im Normalfall an Steckdosen an?
a) 320 V
b) 230 V
c) 500 V
d) 24 V

5. In welcher Einheit wird der Widerstand gemessen?
a) Ohm
b) Volt
c) Ampere
d) Watt

6. Die kleinste Maßeinheit zur Speicherung oder Übertragung von Daten heißt ...
a) Byte.
b) Bit.
c) 1 KB.
d) 1 MB.

7. Quecksilber ist ein ...
a) flüssiges Metall.
b) Edelmetall.
c) besonders hartes Metall.
d) nicht-metallischer Werkstoff.

8. Bismut ist vor allem ...
a) ein Gemisch.
b) ein Metall.
c) eine Legierung.
d) ein Automodell.

9. Der Ursprung des heutigen Internets liegt im Jahr 1969 in der Entwicklung eines Netzwerks namens ...
a) DATCOM.
b) LAMNET.
c) ARPANET.
d) ARGONET.

10. Die Bewegung von geladenen Teilchen (meist Elektronen) wird auch ... genannt.
a) Strom
b) Watt
c) Spannung
d) Volt

11. Ein Atom besteht aus einem Atomkern und aus einem Mantel zusammengesetzt aus
a) Neutronen.
b) Elektronen.
c) Protonen.
d) Atonen.

12. Wer hat das erste Gleitflugzeug erfunden?
a) Otto Lilienthal
b) Brüder Wright
c) Ferdinand Graf von Zeppelin
d) Octave Chanute

13. Welches Instrument dient zum Nachweis und zur Messung von radioaktiver Strahlung?
a) Golgi-Apparat
b) Photometer
c) Geigerzähler
d) Radiometer

14. Wer stellte 1905 die spezielle Relativitätstheorie auf?
a) Erwin Schrödinger
b) Otto Hahn
c) Albert Einstein
d) Werner Heisenberg

15. Für welches Gerät ist der US-Amerikaner Edwin Hubble Namensgeber?
a) ein Gerät zum Messen elektrischer Felder
b) ein Weltraumteleskop
c) ein Messgerät für polare Eismassen
d) ein Apparat speziell für die Tiefseeforschung

16. Wann wird elektrische Spannung zur Hochspannung?
a) über 1.000 Volt
b) über 10.000 Volt
c) über 20.000 Volt
d) über 100.000 Volt

17. Wer konstruierte das erste Düsenflugzeug?
a) Wernher von Braun
b) Willy Messerschmitt
c) Werner von Siemens
d) Ernst Heinkel

18. Welches Instrument verwendet man zum Messen des Luftdrucks?
a) Thermometer
b) Barometer
c) Semaphor
d) Nanometer

19. Was erfand Benjamin Franklin, einer der Gründerväter der Vereinigten Staaten von Amerika, unter anderem?
a) den Blitzableiter
b) das Mikroskop
c) die erste Glühbirne
d) den Hamburger

20. Welches sind keine elektromagnetischen Wellen?
a) Mikrowellen
b) Schallwellen
c) Radiowellen
d) Sonnenstrahlen

21. Welcher Planet ist am weitesten von der Sonne entfernt?
a) Uranus
b) Neptun
c) Mars
d) Saturn

22. Was speichert ein Kondensator?
a) Strom
b) Masse
c) Leistung
d) elektrische Ladung

23. Welches Bauteil ist bei Dieselmotoren, im Gegensatz zu Ottomotoren, überflüssig?
a) Zündkerze
b) Ölwanne
c) Verbrennungsraum
d) Nockenwelle

24. Was gibt die Oktanzahl an?
a) musikalisches Tonintervall
b) Sauerstoffbindungen pro Molekül
c) Klopffestigkeit von Kraftstoffen
d) geometrische Koordinaten einer Kugel

25. Weiches Wasser ist ...
a) Wasser mit mittlerem Kalkgehalt.
b) Wasser ohne Kalkgehalt.
c) Wasser ohne Salze.
d) Wasser mit starkem Kalkgehalt.

26. Was ist ein Messinstrument für Erdbeben?
a) Ergometer
b) Hygrometer
c) Quadrometer
d) Seismograph

27. Wo wird die Braunsche Röhre verwendet?
a) Oszilloskop
b) Stereoanlage
c) Teleskop
d) Telefon

28. Wie nennt man die Maßzahl für die Konzentration von Wasserstoffionen in Lösungen?
a) U-Wert
b) pH-Wert
c) MAK-Wert
d) cw-Wert

29. Was ist die Einheit der Skala für die absolute Temperatur?
a) Kelvin
b) Celsius
c) Réaumur
d) Fahrenheit

30. Wie lang ist eine Seemeile?
a) 30,48 m
b) 254 m
c) 1.852 m
d) 91.440 m

Lösungen: Technik

1. b)	11. b)	21. b)
2. b)	12. a)	22. d)
3. c)	13. c)	23. a)
4. b)	14. c)	24. c)
5. a)	15. b)	25. b)
6. b)	16. a)	26. d)
7. a)	17. d)	27. a)
8. b)	18. b)	28. b)
9. c)	19. a)	29. a)
10. a)	20. b)	30. c)

IT und Elektrotechnik

IT-Grundkenntnisse gehören heute auch bei der Bundeswehr dazu. Gerne stellen dich die Prüfer in dieser Disziplin auf die Probe. Außerdem solltest du dich mit den Grundlagen der Elektrotechnik beschäftigen. Hier sind zum Beispiel die Gebiete der Atome, Magnete, elektrische Felder und Grundlagen der Schaltungstechnik wesentlich.

1. Um was für eine Grundschaltung handelt es sich hier?

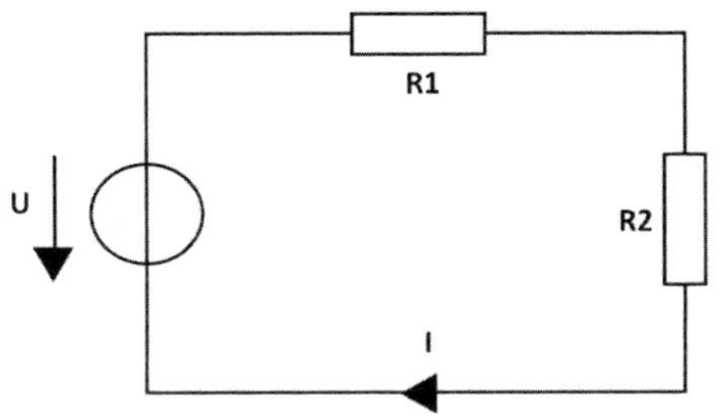

a) Parallelschaltung
b) Reihenschaltung
c) Zirkelschaltung
d) Einstein-Schaltung

2. Wie groß ist der Gesamtwiderstand bei der Schaltung aus Aufgabe 1, wenn R1 = 20 Ohm und R2 = 80 Ohm ist?
a) 100
b) 16
c) 2.080
d) 50

3. Der Gesamtwiderstand der Schaltung aus Aufgabe 1 beträgt nun 100 Ohm. Die Spannungsquelle liefert 10 V.

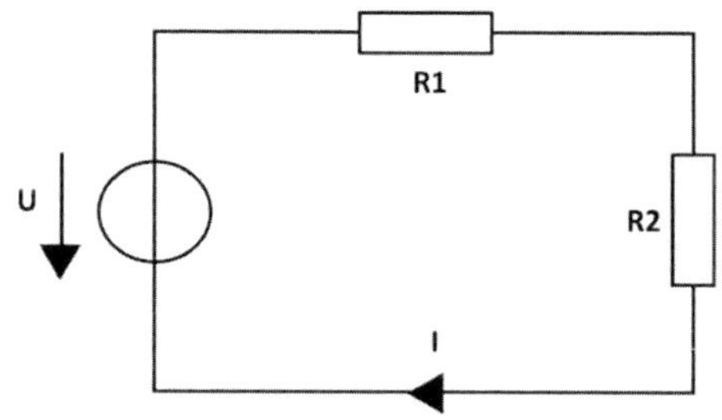

Welcher Strom fließt durch die Widerstände?

a) 0,01 A

b) 1 A

c) 1.000 A

d) 0,1 A

4. Zahlen und Programme sind gespeichert und dargestellt in ...

a) Hexadezimalform.

b) Tertiärform.

c) Binärform.

d) Sedezimalform.

5. In welcher Einheit wird die Spannung angegeben?

a) Kilogramm

b) Ampere

c) Volt

d) Ohm

6. In welcher Einheit wird die elektrische Leistung gemessen?

a) Ampere

b) Volt

c) Ohm

d) Watt

7. Welche Netzfrequenz wird im Stromnetz in Mitteleuropa verwendet?
a) 10 Hz
b) 20 Hz
c) 40 Hz
d) 50 Hz

8. Wie lautet das Ohmsche
Gesetz?
a) P = U × I
b) O = F × G
c) F = m × a
d) U = R × I

9. Was passiert, wenn der Widerstand einer Reihenschaltung erhöht wird (Wir gehen von einer Gleichspannungsquelle aus.)?
a) Der Strom verringert sich.
b) Der Strom wird größer.
c) Alle Einheiten bleiben gleich.
d) Der Stromfluss wird gestoppt.

10. Was passiert, wenn zwei Widerstände erst in Reihe geschaltet waren und nun parallel geschaltet werden?
a) Der Gesamtwiderstand erhöht sich.
b) Der Gesamtwiderstand verringert sich.
c) Der Gesamtwiderstand bleibt gleich.
d) Keine der Antworten ist richtig.

11. Ein Rechner besteht im Prinzip immer aus einer Zentraleinheit (CPU), Speicher und
a) Prozessor.
b) Netzwerk.
c) Ein- und Ausgabeeinheit.
d) Tastatur.

12. Aus welchen Ziffern besteht das Dualsystem?
a) 1 und 2
b) 0 und 2
c) 0 und 1
d) 1 und 3

13. Wofür steht die Abkürzung HTML?
a) Hightemp Makro Language
b) Hype Transmission Language
c) High Text Mental Language
d) Hypertext Markup Language

14. Welches ist keine Programmiersprache?
a) C++
b) Amiga
c) Perl
d) Basic

15. Wofür steht die Abkürzung FAQ?
a) Frequently Asked Questions
b) Fast Asked Questions
c) Five Asked Questions
d) Freshly Answered Quotes

16. In welcher Firma wurde der Mikroprozessor erfunden?
a) Texas Instruments
b) AMD
c) Intel
d) IBM

17. Wer konstruierte 1941 mit der „Z3“ den ersten frei programmierbaren Computer?
a) Johann Carl Friedrich Gauß
b) Carl Zeiss
c) Thomas John Watson
d) Konrad Zuse

18. Was versteht man unter „Augmented Reality"?
a) ein Programm zur realitätsgetreuen Darstellung von Objekten
b) den 3D-Effekt in Filmen
c) die computergestützte Erweiterung der Realitätswahrnehmung
d) ein Computerspielgenre

Lösungen: IT und Elektrotechnik

1. b)	8. d)	15. a)
2. a)	9. a)	16. a)
3. d)	10. b)	17. d)
4. c)	11. c)	18. c)
5. c)	12. c)	
6. d)	13. d)	
7. d)	14. b)	

Zu 2.: Da es sich um eine sogenannte Reihenschaltung der Widerstände handelt, muss hier die Summe der Widerstandswerte genommen werden, also R1 + R2 = 20 Ohm + 80 Ohm = 100 Ohm. Deshalb ist Antwort a) richtig.

Zu 3.: U = R × I. Da der Strom I gesucht ist, muss die Formel nach I umgestellt werden: I = U ÷ R. Somit erhalten wir I = 10 V ÷ 100 Ohm = 0,1 A. Antwort d) ist richtig.

Zu 9.: Auch hier können wir zur besseren Erklärung wieder die Formel U = R × I zur Hilfe nehmen und nach I umstellen. Wir erhalten I = U ÷ R. Wenn nun der Gesamtwiderstand R erhöht wird, so verringert sich der Strom. Deshalb ist Antwort a) richtig.

Zu 10.: b) ist richtig, der Gesamtwiderstand verringert sich. Du kannst dir die Schaltung in diesem Fall wie ein Fluss vorstellen. Ein Widerstand stellt dabei eine Verengung des Flusslaufes dar.

Deutschlandkarte

1. Die Hauptstadt von Hessen heißt ...
a) Wiesbaden.
b) Frankfurt am Main.
c) Mainz.
d) Offenbach.

2. Wie viele Städte gibt es in Deutschland?
a) etwa 2.000
b) etwa 3.000
c) etwa 5.000
d) etwa 4.000

3. Welche Abkürzung hat das Bundesland Sachsen-Anhalt?
a) SA
b) SH
c) S
d) ST

4. Welche Sprachen sind in Deutschland auf gesamtstaatlicher Ebene Amtssprachen?
a) Deutsch
b) Deutsch, Englisch
c) Deutsch, Französisch
d) Deutsch, Dänisch

5. Welche Abkürzung hat das Bundesland Brandenburg?
a) BG
b) B
c) BB
d) BR

6. Welches der folgenden Bundesländer grenzt nicht an ein Nachbarland Deutschlands?
a) Sachsen
b) Thüringen
c) Saarland
d) Nordrhein-Westfalen

7. Wo befindet sich Deutschlands größter Hafen?
a) Duisburg
b) Hamburg
c) Bremen
d) Köln

8. Welcher Fluss legt die meisten Kilometer innerhalb Deutschlands zurück?
a) Donau
b) Elbe
c) Weser
d) Rhein

9. Wie lang sind Deutschlands Grenzen?
a) etwa 3.600 Kilometer
b) etwa 2.000 Kilometer
c) etwa 1.700 Kilometer
d) etwa 4.100 Kilometer

10. Wie lang sind Deutschlands Küsten?
a) etwa 700 Kilometer
b) etwa 2.400 Kilometer
c) etwa 1.100 Kilometer
d) etwa 1.800 Kilometer

11. Welche Insel im Mittelmeer wird manchmal scherzhaft als das „17. Bundesland“ der Bundesrepublik Deutschland bezeichnet, weil dort so viele Bundesbürger wohnen?
a) Sardinien
b) Sylt
c) Kreta
d) Mallorca

12. In welchem deutschen Bundesland liegt das Mittelgebirge Hunsrück größtenteils?
a) Rheinland-Pfalz
b) Bayern
c) Thüringen
d) Hessen

13. An welchem Fluss liegt die Stadt Bremen?
a) Ems
b) Oder
c) Rhein
d) Weser

14. Wie heißt die Landeshauptstadt von Thüringen?
a) Dresden
b) Erfurt
c) Weimar
d) Magdeburg

15. Welches ist das flächenmäßig größte deutsche Bundesland?
a) Baden-Württemberg
b) Mecklenburg-Vorpommern
c) Bayern
d) Nordrhein-Westfalen

16. In welcher Klimazone befindet sich Deutschland?
a) kalte Zone
b) gemäßigte Zone
c) subpolare Zone
d) Subtropen

Lösungen: Deutschlandkarte

1. a)	7. b)	13. d)
2. a)	8. d)	14. b)
3. d)	9. a)	15. c)
4. a)	10. b)	16. b)
5. c)	11. d)	
6. b)	12. a)	

Geschichte

1. Zu den Siegermächten des Zweiten Weltkriegs gehörten Russland, USA, Großbritannien und ...
a) China.
b) Frankreich.
c) Niederlande.
d) Italien.
e) Spanien.

2. Wann fiel die Berliner Mauer?
a) 9./10. November 1989
b) 3. Oktober 1989
c) 3. Oktober 1990
d) 5. Oktober 1989

3. Die nördlichste Grenze zwischen der BRD und DDR verlief in unmittelbarer Nähe von ...
a) Rügen.
b) Rostock.
c) Travemünde.
d) Kiel.

4. Welches Land gehörte NIEMALS zum Staatsgebiet der ehemaligen „Jugoslawischen Sozialistischen Föderativen Republik"?
a) Bulgarien
b) Montenegro
c) Kroatien
d) Serbien

5. Der Name „Europa" leitet sich aus dem Altgriechischen ab und bedeutet so viel wie ...
a) die Frau mit der weiten Sicht.
b) der Wolf mit dem starken Willen.
c) der dunkelblaue Horizont.
d) der führende Stier.

6. Rom ist auch als die ...
a) „Ewige Stadt" bekannt.
b) „Weite Stadt" bekannt.
c) „Goldene Stadt" bekannt.
d) „Stadt der Wölfe" bekannt.

7. Die Insel, auf welche Napoleon bis zu seinem Lebensende verbannt wurde, heißt ...
a) St. Helena.
b) St. Marie.
c) St. Martin.
d) St. Peter Ording.

8. Die Französische Revolution (1789–1799) stand unter dem Motto...
a) Freiheit, Einheit, Brüderlichkeit.
b) Freiheit, Gleichheit, Brüderlichkeit.
c) Einheit, Gleichheit, Freiheit.
d) Einheit, Gleichheit, Brüderlichkeit.

9. Das heutige Judentum gibt es seit etwa dem ...
a) 5. Jahrhundert v. Chr.
b) 8. Jahrhundert v. Chr.
c) 20. Jahrhundert v. Chr.
d) 2. Jahrhundert n. Chr.

10. Der Islam ist eine Religion, welche seine Wurzeln hat im ...
a) 3. Jahrhundert n. Chr.
b) 7. Jahrhundert n. Chr..
c) 6. Jahrhundert v. Chr.
d) 10. Jahrhundert v. Chr.

11. Die Anfänge des römischen Reichs gehen geschichtlich zurück bis ins ...
a) 1. Jahrhundert v. Chr.
b) 7. Jahrhundert n. Chr.
c) 6. Jahrhundert n. Chr.
d) 8. Jahrhundert v. Chr.

12. Apollo 13 alarmierte die Bodenstation mit dem legendären Funkspruch: Houston, wir haben ...?
a) Husten.
b) Whitney entführt.
c) ein Problem.
d) Klingonen an Bord.

13. Wie hieß die Reform, die Gorbatschow in der ehemaligen Sowjetunion einleitete?
a) Dafainoika
b) Kolchose
c) Afganoika
d) Perestroika

14. In welchem Jahr wurde die heutige Hauptstadt Berlin durch eine Mauer getrennt?
a) 1948
b) 1961
c) 1952
d) 1972

15. Wer war der erste Mensch im Weltraum?
a) Alan Shepard
b) Juri Gagarin
c) Neil Armstrong
d) Alexei Leonow

16. Die Antibabypille hieß in der DDR ...
a) Kinderlospille.
b) Babywegpille.
c) Kinderwegpille.
d) Kinderwunschpille.

17. Der Euro ist in der Bundesrepublik Deutschland am ...
a) 1. Januar 2011 als Bargeld eingeführt worden.
b) 1. Januar 1999 als Bargeld eingeführt worden.
c) 1. Februar 2001 bei Banken als Währungseinheit eingeführt worden.
d) 1. Januar 2002 als Bargeld eingeführt worden.

18. Die Bundesrepublik Deutschland wurde im Jahr ...
a) 1948 gegründet.
b) 1961 gegründet.

c) 1990 gegründet.
d) 1949 gegründet.

19. Mit Hellenismus ist gemeint?
a) Epoche im antiken Griechenland
b) kultureller Einfluss der islamischen Kultur
c) Sittlichkeit der katholischen Mönche
d) griechische Alphabetisierung

20. Wer waren die Hugenotten?
a) eine Sektenbewegung aus dem Mittelalter
b) Orden der Anhänger des Hugo von Cluny
c) ein Volksstamm im Süden Afrikas
d) Anhänger des Calvinismus in Frankreich

21. Wo fanden die Punischen Kriege statt?
a) in Asien
b) in Amerika
c) in Afrika
d) im Mittelmeerraum

22. Welcher amerikanische Präsident appellierte 1987 für die Öffnung des Brandenburger Tors?
a) Ronald Reagan
b) John F. Kennedy
c) Bill Clinton
d) George Bush

23. Womit beschäftigte sich die Gauck-Behörde?
a) mit ethischen Fragen
b) mit Stasi-Unterlagen
c) mit Unterlagen aus der Nazi-Zeit
d) mit der Wiedervereinigung

24. Der deutsche Reichskanzler Otto von Bismarck war unter anderem bekannt für ...
a) seine Kriege gegen Napoleon.
b) die Einführung des Sozialversicherungssystems.
c) den schnellen Einmarsch in Polen.
d) die Gründung der Weimarer Republik.

25. Wie hieß der erste römische Kaiser?
a) Nero
b) Caligula
c) Augustus
d) Caesar

26. Aus welchem Adelsgeschlecht stammte Friedrich I., genannt Barbarossa?
a) Hohenzollern
b) Habsburger
c) Staufer
d) Wittelsbach

27. Welcher antike Feldherr überschritt mit einem Heer und Kriegselefanten die Alpen in Richtung Rom?
a) Julius Cäsar
b) Attila
c) Alexander der Große
d) Hannibal

28. Wie hieß der Mongolenherrscher, der im 13. Jahrhundert ein Weltreich eroberte?
a) Dschingis Kahn
b) Güyük Khan
c) Timur Khan
d) Batu Khan

29. Welchen US-Präsidenten stürzte die Watergate-Affäre?
a) John F. Kennedy
b) Ronald Reagan
c) Richard Nixon
d) Bill Clinton

30. In welcher Stadt fand das Attentat auf den österreichisch-ungarischen Thronfolger statt, das den Ersten Weltkrieg auslöste?
a) Zagreb
b) Sarajevo
c) Belgrad
d) Budapest

Lösungen: Geschichte

1. b)	11. d)	21. d)
2. a)	12. c)	22. a)
3. c)	13. d)	23. b)
4. a)	14. b)	24. b)
5. a)	15. b)	25. c)
6. a)	16. d)	26. c)
7. a)	17. d)	27. d)
8. b)	18. d)	28. a)
9. a)	19. a)	29. c)
10. b)	20. d)	30. b)

Physik

1. Was bedeutet der Energieerhaltungssatz?
a) Die Gesamtenergie eines abgeschlossenen Systems ändert sich nicht.
b) Energie bleibt nur eine gewisse Zeit erhalten.
c) Energie kann nur durch Arbeit erzeugt werden.
d) Die Gesamtenergie eines Systems verändert sich permanent.
e) Keine der genannten Antworten ist richtig.

2. Woraus bestehen die meisten Atome?
a) Neutronen und Megatronen
b) Protonen und Photonen
c) Elektronen, Neutronen und Protonen
d) Elektronen, Photonen und Neutronen

3. Mit welcher Formel wird die Höhenenergie beschrieben?
a) $E = m \times v$
b) $E = m \times c$
c) $E = m \times g \times h$
d) Keine der Antworten ist richtig.

4. Wofür steht die Formel $F = m \times a$?
a) m steht für Masse, a steht für die Beschleunigung. Das Gesetz stellt die Kraft in Abhängigkeit zu Masse und Beschleunigung dar, wenn die Masse gleich und die Beschleunigung konstant bleibt.
b) m steht für Masse, a steht für Ampere. Das Gesetz stellt die Kraft in Abhängigkeit zu Masse und Strom dar, wenn die Masse gleich und der Strom konstant bleibt.
c) Das Gesetz gibt die potenzielle Energie an und setzt die Höhe einer Masse in Abhängigkeit zur Energie.
d) Keine der Antworten ist richtig.

5. Was bedeutet Leistung aus physikalischer Sicht?
a) Die Leistung wird über die Geschwindigkeit und die Zeit berechnet.
b) Die Leistung ist eine physikalische Größe, die den Strom in einer bestimmten Zeit auf den Widerstand in einer Schaltung bezieht.
c) Die Leistung ist eine physikalische Größe, welche den Aufwand von Arbeit beschreibt.
d) Die Leistung ist eine physikalische Größe, welche in einer

bestimmten Zeitspanne die eingesetzte Energie auf diese Zeitspanne bezieht.

6. Die Beschleunigung eines Autos beträgt 5 m/s^2. Das Auto beschleunigt aus dem Stand über eine Dauer von 10 Sekunden. Wie schnell fährt das Auto nach den 10 Sekunden?
a) 5 m/s
b) 25 m/s
c) 50 m/s
d) 100 m/s

7. Wie heißt die Einheit von Arbeit?
a) Joule
b) Newton
c) Leistung
d) Photon

8. Bitte nenne drei verschiedene Arten von Energie.
a) Bewegungsenergie, Leergutenergie, Lageenergie
b) Bewegungsenergie, chemische Energie, Höhenenergie
c) Betreuungsenergie, potenzielle Energie, Höhenenergie
d) Lageenergie, potenzielle Energie, elektrische Energie

9. Das dritte newtonsche Gesetz beschreibt das Wechselwirkungsprinzip. Wie wird dieses Prinzip häufig umschrieben?
a) actio gleich reactio
b) actio nicht reactio
c) actio non reactio
d) solo gleich actio

10. Wie hoch ist die Fallbeschleunigung auf der Erde?
a) zirka 57 m/s^2
b) zirka 2 m/s^2
c) zirka 9,81 m/s^2
d) Keine der Antworten ist richtig.

11. Womit beschäftigt sich das Archimedische Prinzip?
a) mit Reibung
b) mit Rotation
c) mit Auftrieb
d) mit Hebeln

12. Wie schnell breitet sich Schall im Vakuum aus?
a) überhaupt nicht
b) zirka 300 m/s
c) zirka 1.200 m/s
d) zirka 12 km/s

13. Was versteht man unter Kondensation?
a) Eindicken einer dünnflüssigen Flüssigkeit
b) Gefrieren von Ölen
c) Übergang eines Stoffes vom gasförmigen in den flüssigen Aggregatzustand
d) Senkung oder Erhöhung von elektrischer Spannung

14. Welches Material leitet Wärme am besten?
a) Kunststoff
b) Glas
c) Metall
d) Holz

15. Für welche moderne Erfindung ist der Bernoulli-Effekt von Nutzen?
a) Mikrowelle
b) Flugzeug
c) Atomuhr
d) Computer

16. Was versteht man unter einem Ion?
a) elektrisch geladenes Atom oder Molekül
b) physikalische Maßeinheit für Elektrizität
c) Messgröße für Volumina
d) chemisches Element

17. Was entdeckte Galileo Galilei?
a) das geozentrische Weltbild
b) die Hebelgesetze
c) das heliozentrische Weltbild
d) das Fernrohr

18. Welches Bauteil ist nicht durchlässig für Gleichstrom?
a) Transistor
b) Kondensator
c) Spule
d) Widerstand

19. Welches Metall ist nicht ferromagnetisch?
a) Kupfer
b) Nickel
c) Eisen
d) Kobalt

20. Wie heiß wird der Draht in der Glühlampe?
a) 100 Grad Celsius
b) 500 Grad Celsius
c) 1.000 Grad Celsius
d) über 2.000 Grad Celsius

21. Was versteht man unter der Brinellhärte?
a) Maß der Härte eines Werkstoffes
b) Maß für die Dichte von Schmucksteinen
c) Maß für die Lichtbrechung
d) Maß für den Abrieb von Reifen

22. Wie heißt die Maßeinheit für die Angabe von Radioaktivität?
a) Ohm
b) Sievert
c) Becquerel
d) Ampere

23. Was enthält ein Transistor?
a) ein Mikroprozessor
b) eine Antenne
c) ein Eisenkern
d) ein Halbleiter

24. Welches Tier steht in einem Gedankenexperiment des Physikers Erwin Schrödinger im Mittelpunkt?
a) ein Affe
b) ein Hund
c) eine Katze
d) eine Maus

25. Was versteht man unter einem Episkop?
a) Messgerät für Erdbeben
b) medizinisches Abhörgerät
c) optisches Gerät zur Projektion von Bildern
d) Gerät zur Untersuchung von Schallwellen

26. Von welchen Einheiten werden alle anderen physikalischen Einheiten abgeleitet?
a) Basiseinheiten
b) Standardeinheiten
c) Normeinheiten
d) Systemeinheiten

Lösungen: Physik

1. a)	10. c)	19. a)
2. c)	11. c)	20. d)
3. c)	12. a)	21. a)
4. a)	13. c)	22. c)
5. d)	14. c)	23. d)
6. c)	15. b)	24. c)
7. a)	16. a)	25. c)
8. b)	17. c)	26. a)
9. a)	18. b)	

Zu 1.: Der Energieerhaltungssatz lautet: „In einem abgeschlossenen System ist die Summe aller Energien konstant. Die Gesamtenergie bleibt erhalten.“. Daher ist Antwort a) richtig.

Zu 2.: c) Unterteilt wird ein Atom in den Atomkern, welcher aus neutral geladenen Neutronen und positiv geladenen Protonen besteht, und in die Atomhülle, in der sich negativ geladene Elektronen auf Kreisbahnen um den Kern bewegen.

Zu 3.: c) ist korrekt. Antwort a) weist auf die kinetische Energie hin, die mit $E = \frac{1}{2} \times m \times v^2$ berechnet wird. Antwort b) gehört zu Albert Einsteins berühmtem Zusammenhang zwischen Masse und Energie: $E = m \times c^2$. Daher kann für die potenzielle Energie nur Antwort c) korrekt sein.

Zu 4.: a) Gefragt ist nach dem 2. newtonschen Gesetz, dem sogenannten Aktionsprinzip: „Wirkt auf einen Körper eine Kraft, so wird er in die Richtung der Kraft beschleunigt. Die Beschleunigung ist der Kraft direkt, der Masse des Körpers umgekehrt proportional."

Zu 5.: d) Die Leistung P wird definiert durch den Quotienten aus aufgewendeter Energie ΔE oder verrichteter Arbeit ΔW und der dazu benötigten Zeit Δt: $P = \Delta E \; \Delta t = \Delta W \; \Delta t$. Gemessen wird die Leistung in Watt.

Zu 6.: c) Die Beschleunigung ergibt sich auf dem Quotienten einer Geschwindigkeit über die benötigte Zeit: $a = v \; t$. Eingesetzt und nach der Zeit aufgelöst ergibt sich eine Geschwindigkeit von:
$v = a \times t = 5\ m/s^2 \times 10\ s = 50\ m/s$.

Zu 8.: b) Die drei richtigen Antworten sind definiert durch:

- Bewegungsenergie: $E = \frac{1}{2}\, m \times v^2$
- Chemische Energie beschreibt die freiwerdende Energie bei Bildung chemischer Bindungen.
- Höhenenergie: $E = m \times g \times h$

Zu 9.: a) Das 3. newtonsche Gesetz besagt: „Besteht zwischen zwei Körpern A und B eine Kraftwirkung, so ist die Kraft welche von A auf B ausgeübt wird, der Kraft, die B auf A ausübt, entgegengesetzt gleich." Umschrieben wird dieses Prinzip deshalb mit actio gleich reactio.

Zu 10.: c) Die Erdbeschleunigung ist definiert durch die Variable g und beträgt zirka $9{,}81\ m/s^2$.

Chemie und Biologie

1. Wie nennt man einen chemischen Vorgang, bei dem man Stoffe zerlegt?
a) Oxidation
b) Reduktion
c) Synthese
d) Analyse

2. Aus wie vielen Knochen besteht das menschliche Skelett?
a) ca. 102
b) ca. 212
c) ca. 252
d) ca. 300

3. Die organische Chemie beschäftigt sich mit ...?
a) Wasser.
b) Kohlenstoffverbindungen.
c) Mineralien.
d) Metallen.

4. Was versteht man unter einem Ökosystem?
a) ein Lebensraum zwischen Menschen, Tieren und Pflanzen
b) die gesamte Tierwelt eines bestimmten Lebensraums
c) Lebensraum einer bestimmten Lebensgemeinschaft von Pflanzen
d) eine Lebensgemeinschaft der Flora und Fauna

5. Ein Schlaganfall ist ...?
a) eine Gehirnblutung.
b) eine Arterienverkalkung der Gefäßwand.
c) eine Störung der Hirnblutversorgung.
d) ein Aussetzen der Herzfunktion.

6. Wo wird das körpereigene Hormon Insulin produziert?
a) in der Bauchspeicheldrüse
b) in der Leber
c) in den Nieren
d) im Gehirn

7. Welches ist das größte menschliche Organ?
a) Darm
b) Haut
c) Gehirn
d) Leber

8. Was passiert bei einer Photosynthese?
a) Nahrungsaufnahme
b) Atmung
c) Stoffumwandlung
d) Zellenspaltung

9. Warum reagieren Stoffe miteinander?
a) um einen stabilen Zustand zu erhalten
b) um die Reaktionszeit zu verlängern
c) um energiereich zu werden
d) um sich gegenseitig abzustoßen

10. Was ist das Endprodukt einer Neutralisation in der Chemie?
a) Pulverisierung
b) Ionenbindung unter Wasser
c) Natriumchlorid und andere Elemente
d) Molekülverbindung und Ionenbindung

11. Wie viel Chromosomen hat die menschliche Zelle?
a) 24
b) 46
c) 64
d) 106

12. Welche Tiere haben Facettenaugen?
a) Insekten
b) Würmer
c) Maulwürfe
d) Schnecken

Lösungen: Chemie und Biologie

1. d)	5. c)	9. a)
2. b)	6. a)	10. b)
3. b)	7. b)	11. b)
4. d)	8. c)	12. a)

Logik

Bewerber reden sich häufig ein, sie seien nicht gut im logischen Denken oder hätten große Defizite im Bereich Mathematik. Die Wahrheit ist aber, dass mit einer guten Vorbereitung niemand Angst vor Tests aus dem Bereich „Logisches Denken" haben muss.

Im Bundeswehr-Einstellungstest solltest du nicht versuchen, krampfhaft alle Aufgaben nacheinander abzuarbeiten und richtig zu beantworten. Oft gibt es mehr Fragen in den Tests als überhaupt zeitlich zu bewältigen sind. Dadurch soll geprüft werden, wie Bewerber unter Stresssituationen arbeiten. Lass dich nicht aus der Ruhe bringen und bearbeite zunächst die Aufgaben, die du schnell und sicher lösen kannst und überspringe Fragen, bei denen du nicht weiterkommst.

Du wirst sehen, dass du bereits nach wenigen Übungen aus diesem Buch routinierter wirst und Aufgaben schneller und besser lösen kannst. Ziel dieses Kapitels soll es sein, dass du anschließend mit erhöhtem Selbstbewusstsein und mehr Routine in den logischen Teil des Bundeswehr-Einstellungstests gehen kannst.

Unter der Rubrik „Logik" sind Übungen zusammengefasst, die das abstrakte beziehungsweise schlüssige Denken abfragen. Es geht bei diesen Aufgaben meist darum, eine bestimmte Reihenfolge logisch fortzusetzen oder die richtigen Schlüsse zu ziehen.

Zahlenreihen

Setze die Zahlenreihen logisch fort. Überlege dabei genau, welche Regel sich hinter den Zahlen verbergen könnte.

Beispiel
Das folgende Beispiel soll dir dabei helfen, den Aufgabentyp „Zahlenreihen“ besser zu verstehen und die Aufgaben effizient lösen zu können:

Gegeben: 0, 4, 2, 6, 4, 8, ?
Bei dieser Zahlenreihe wurde als erstes die Zahl 4 addiert: 0 + 4 = 4
Im nächsten Schritt wurde von 4 die Zahl 2 subtrahiert: 4 – 2 = 2
Anschließend wurde wieder die Zahl 4 addiert: 2 + 4 = 6

Wahrscheinlich erkennst du jetzt schon ein Muster. Es wird immer abwechselnd erst 4 addiert und anschließend die Zahl 2 abgezogen. Wenn du diese Regel für die gesamte Zahlenreihe fortführst, kommst du am Ende auf die Zahl 6 als gesuchte Zahl.

Beachte, dass bei Zahlenreihen neben der Addition und Subtraktion auch weitere Rechenoperationen wie Multiplikation oder Division möglich sind. Bei etwas komplexeren Aufgaben können beispielsweise auch Primzahlen eine Rolle spielen. Primzahlen sind Zahlen, die nur durch sich selbst und 1 teilbar sind und größer als 1 sind.

Primzahlen: 2, 3, 5, 7, 11, 13 usw.

Eine etwas komplexere Zahlenreihe könnte beispielsweise folgendermaßen aussehen: 1, 3, 5, 8, 10, 15, 17, 24, 26, ?

Die Zahlenreihe startet mit 1. Um herauszufinden, was die fehlende Zahl ist, schauen wir uns zunächst die Differenz zwischen den gegebenen Zahlen an und versuchen, Muster zu erkennen:

Differenz zwischen 1 und 3 → 2*
Differenz zwischen 3 und 5 → 2
Differenz zwischen 5 und 8 → 3*
Differenz zwischen 8 und 10 → 2
Differenz zwischen 10 und 15 → 5*
Differenz zwischen 15 und 17 → 2

Differenz zwischen 17 und 24 → 7*
Differenz zwischen 24 und 26 → 2

Die Lösung für die gesuchte Zahl ist in diesem Fall 37. Es wird abwechselnd eine Primzahl (siehe mit Stern markierte Differenz) und dann wieder die Zahl 2 addiert.

Dieses Beispiel mag dir im ersten Moment sehr schwierig erscheinen, du wirst aber bereits nach wenigen Zahlenreihen in deiner Lösungsfindung immer schneller werden.

Tipp: Mehr als 200 weitere Aufgaben zu Zahlenreihen findest du in unserer kostenlosen Testtrainer App. Eine Anleitung, wie du die App herunterladen und aktivieren kannst, steht auf Seite 58.

1. Aufgabe
0, 5, 3, 8, 6, ?
a) 9
b) 7
c) 11
d) 8

2. Aufgabe
96, 87, 79, 72, ?
a) 66
b) 67
c) 65
d) 61

3. Aufgabe
13, –21, 34, –55, 89, ?
a) 144
b) –144
c) 123
d) –123

4. Aufgabe
0, 9, 1, 8, 2, 7, 3, ?
a) 5
b) 6
c) 4
d) 10

5. Aufgabe
500, 50, 40, 400, 40, 30, ?
a) 20
b) 200
c) 300
d) 450

6. Aufgabe
35, 42, 49, 56, ?
a) 61
b) 63
c) 70
d) 77

7. Aufgabe
1, 4, 7, 10, 13, ?
a) 15
b) 16
c) 17
d) 18

8. Aufgabe
2, 1, 3, 0, 4, –1, ?
a) 4
b) 5
c) 6
d) 3

9. Aufgabe
11, 22, 15, 30, 23, 46, ?
a) 69
b) 54
c) 57
d) 39

10. Aufgabe
5, 8, 11, 14, ?
a) 16
b) 17
c) 18
d) 19

11. Aufgabe
16, 32, 64, 128, ?
a) 192
b) 196
c) 256
d) 512

12. Aufgabe
2, 1, 3, 9, 8, 10, 30, ?
a) 32
b) 29
c) 15
d) 90

13. Aufgabe
625, 125, 25, ?
a) 5
b) 15
c) 50
d) 75

14. Aufgabe
–3, 4, -5, 2, –7, 0, ?
a) 8
b) -8
c) 9
d) -9

15. Aufgabe
1, 2, 6, 30, 210, ?
a) 1.890
b) 2.310
c) 1.230
d) 3.210

16. Aufgabe
3, 2, 4, 1, 4, –1, ?
a) –2
b) –6
c) 2
d) 6

17. Aufgabe

1	7	15	90	630	622	3.732

a) 26.487 26.143
b) 26.068 26.060
c) 26.124 26.132
d) 27.456 27.423
e) Keine Antwort ist richtig.

18. Aufgabe

2	7	27	34	61	285	346

a) 631 2.931
b) 688 1.356
c) 799 2.867
d) 799 3.476
e) Keine Antwort ist richtig.

19. Aufgabe

28	34	49	70	106	163	256

a) 365 456
b) 398 465
c) 401 649
d) 406 649
e) Keine Antwort ist richtig.

20. Aufgabe

135	108	207	45	36	69	15

a) 13 18
b) 13 19
c) 12 20
d) 12 23
e) Keine Antwort ist richtig.

21. Aufgabe

24	56	284	36	84	426	54

a) 126 639
b) 144 686
c) 198 696
d) 213 696
e) Keine Antwort ist richtig.

22. Aufgabe

8	109	117	234	468	936	187

a) 476 736
b) 56 7
c) 497 809
d) 77 13
e) Keine Antwort ist richtig.

23. Aufgabe

33	46	62	81	103	128	156

a) 187 221
b) 183 249
c) 189 256
d) 206 387
e) Keine Antwort ist richtig.

24. Aufgabe

6	30	15	42	210	105	132

a) 554 594
b) 660 330
c) 678 694
d) 734 783
e) Keine Antwort ist richtig.

25. Aufgabe

11	12	40	63	115	218	396

a) 464 598
b) 461 578

c) 502 623
d) 515 648
e) Keine Antwort ist richtig.

Lösungen Zahlenreihen

1. c)	10. b)	19. d)
2. a)	11. c)	20. d)
3. b)	12. b)	21. a)
4. b)	13. a)	22. e)
5. c)	14. d)	23. a)
6. b)	15. b)	24. b)
7. b)	16. b)	25. e)
8. b)	17. e)	
9. d)	18. a)	

Zu 1.: c) Die Zahlenreihe folgt dem Muster: + 5, – 2.

Zu 2.: a) Um auf den Wert 66 zu kommen wird von 96 zuerst 9, von diesem Ergebnis 8, anschließend 7 und schlussendlich 6 subtrahiert.

Zu 3.: b) Die Differenz aus den ersten beiden Zahlen wird berechnet, hier 34. So wird von der Zahl 13 die Zahl 34 subtrahiert, um den Folgewert –21 zu erlangen. Wird die Reihe weiter betrachtet, so steht die 34 als folgende Zahl. Damit ist die Lösung jeweils die Differenz zweier aufeinanderfolgender Werte; zu beachten ist, dass die Differenz nach einer positiven Zahl subtrahiert und nach einer negativen Zahl addiert wird.

Zu 4.: b) Das Muster ist: + 9 , – 8, + 7, – 6, + 5, – 4, + 3

Zu 5.: c) Hier lässt sich ein periodisches Muster feststellen: ÷ 10, – 10, × 10

Zu 6.: b) Die Lösung 63 ergibt sich durch wiederholtes Addieren der Zahl 7.

Zu 7.: b) ähnlich wie Aufgabe 6, jedoch durch Addition der Zahl 3

Zu 8.: b) Das Muster ist: – 1, + 2, – 3, + 4, – 5, + 6

Zu 9.: d) Die Zahlenreihe folgt dem Muster: × 2, – 7

Zu 10.: b) siehe Lösung Aufgabe 7

Zu 11.: c) Das Ergebnis 256 erlangt man durch Verdoppelung der Werte.

Zu 12.: b) Das periodische Vorgehen ist definiert durch: – 1, + 2, × 3

Zu 13.: a) Bei jedem Schritt wird durch 5 geteilt.

Zu 14.: d) Die Zahlenreihe folgt dem Muster: + 7, – 9

Zu 15.: b) Die Lösung ist, die ersten fünf Primzahlen jeweils mit dem Ergebnis zuvor zu multiplizieren. So ist 30 × 7 = 210 und 210 × 11 = 2.310.

Zu 16.: b) Hier wird eine Abfolge von Subtraktion und Multiplikation durchgeführt, wobei von der Zahl 1 hochgezählt wird: – 1, × 2, – 3, × 4, – 5, × 6

Zu 17.: e) × 7, + 8, × 6, × 7, – 8, × 6

Zu 18.: a) (Zahl 1 + Zahl 2) × 3 = Zahl 3, Zahl 2 + Zahl 3 = Zahl 4, (Zahl 4 + Zahl 5) × 3 = Zahl 6 usw., jede dritte Zahl × 3

Zu 19.: d) Rechenschritt 1 + Rechenschritt 2 = Rechenschritt 3, R 2 + R 3= R 4

Zu 20.: d) Zahl 1 ÷ 3= Zahl 4, Zahl 2 ÷ 3= Zahl 5 usw.

Zu 21.: a) Zahl 1 x 1,5 = Zahl 4, Zahl 2 x 1,5 = Zahl 5 usw.

Zu 22.: e) addieren aller vorherigen Zahlen

Zu 23.: a) Steigerung in der Additionszeile um 13 + 3 x (Stelle der Zahl – 1)

Zu 24.: b) × 5, ÷ 2, + 27

Zu 25.: e) Zahl 1 + Zahl 2 + Zahl 3 = Zahl 4, Zahl 2 + Zahl 3 + Zahl 4 = Zahl 5 usw.

Figuren und Matrizen

Figurenreihen und Matrizen sind ein beliebtes Mittel, um die logische Denkfähigkeit zu testen. Dabei müssen Figurenreihen entweder ergänzt oder Fehler in der Reihe aufgedeckt werden. Dabei ist zu beachten, wie die Form der Figuren aufgebaut ist, welche Positionen diese haben und welche Farben verwendet wurden.

1. Welche Figur passt nicht in die Reihe?

1

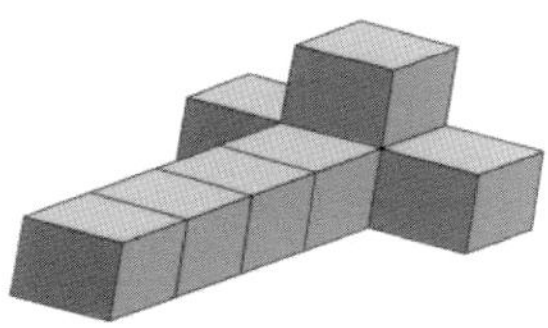

2

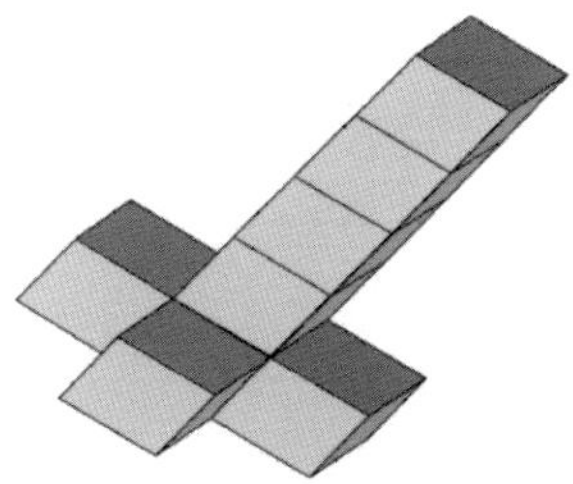

3

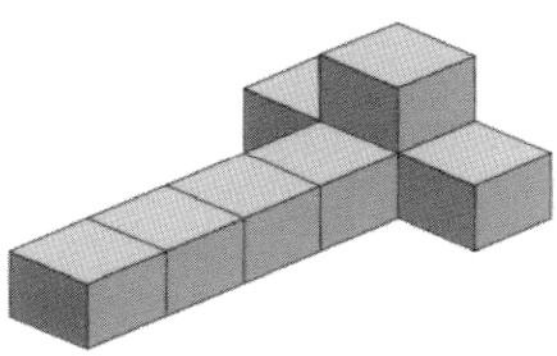

4

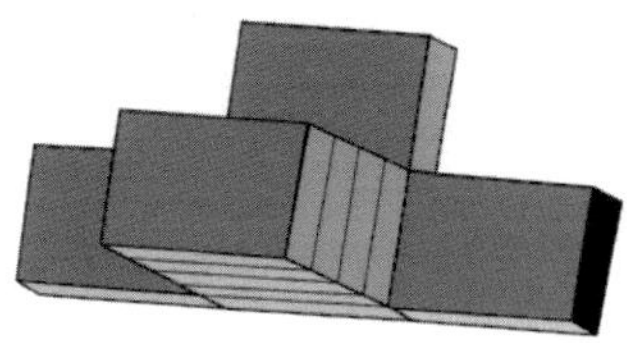

2. Welche Figur passt nicht in die Reihe?

1

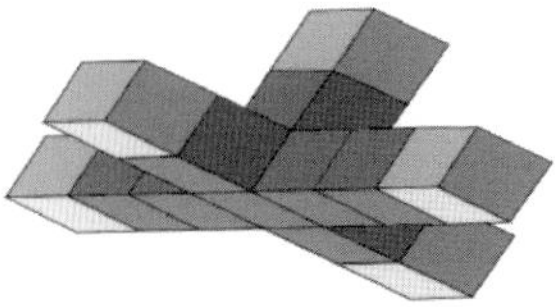

2

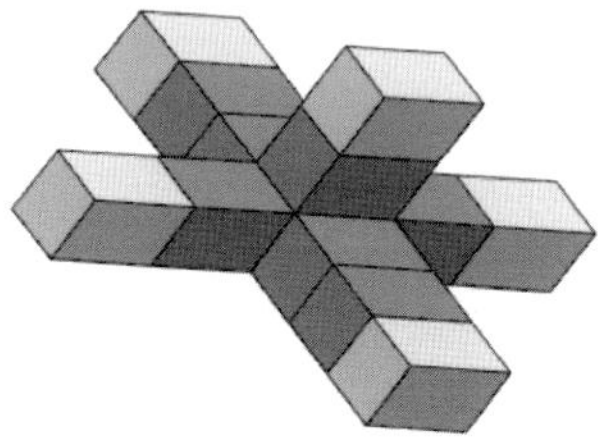

3

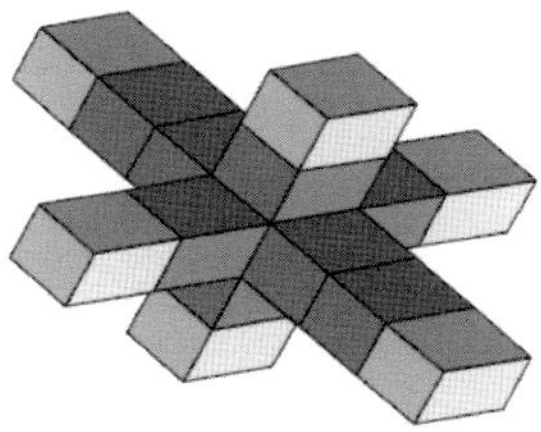

4

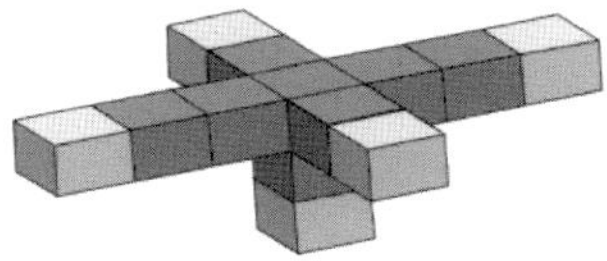

3. Welche Figur passt nicht in die Reihe?

1

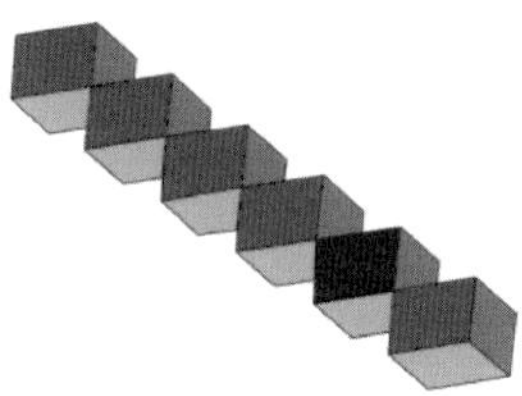

2

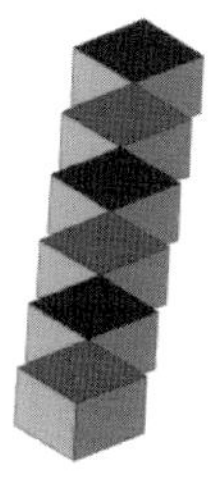

3

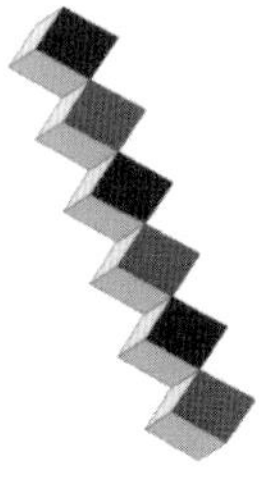

4

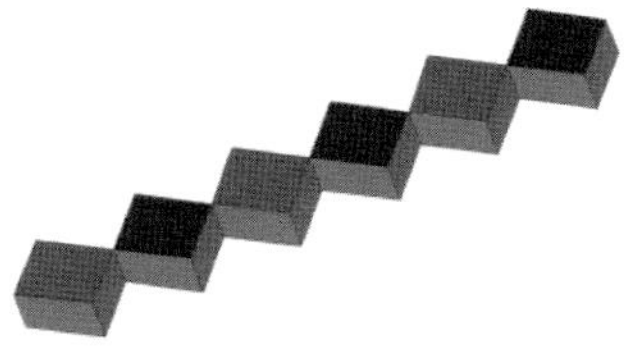

4. Welche Figur passt nicht in die Reihe?

1

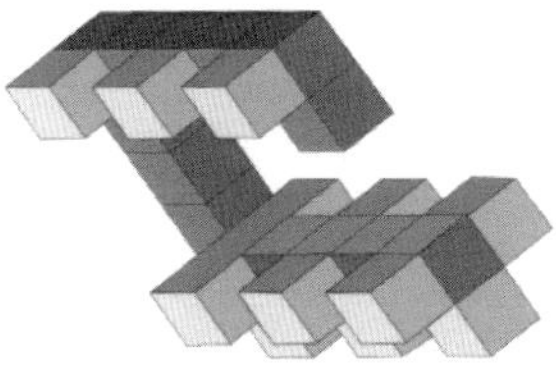

2

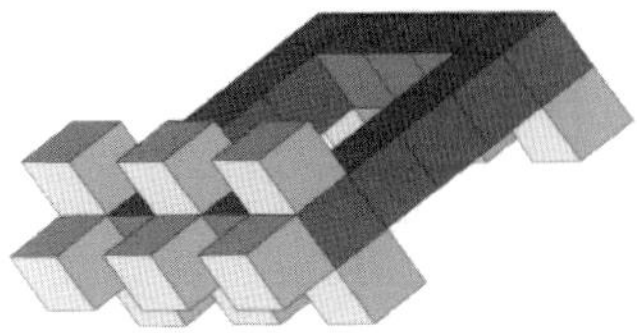

3

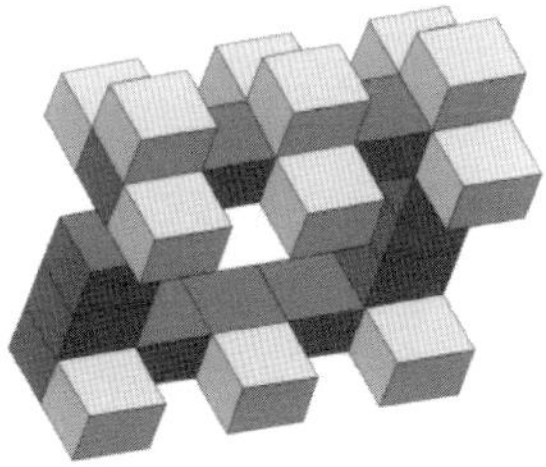

4

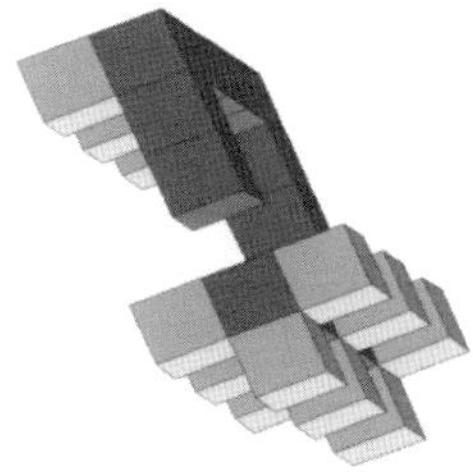

5. Welche Figur passt nicht in die Reihe?

1

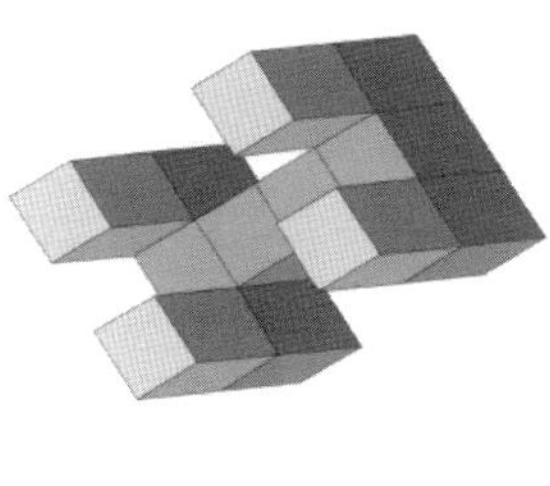

2

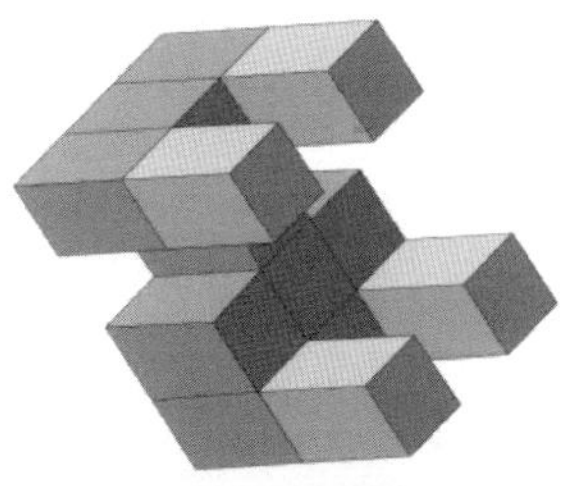

3

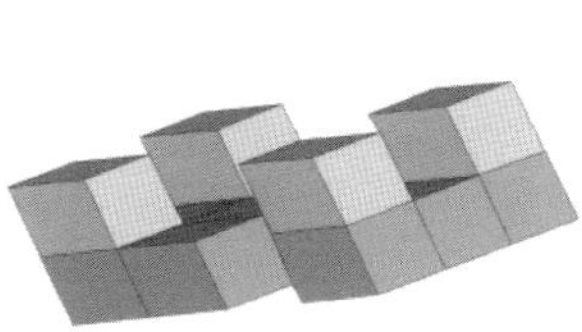

4

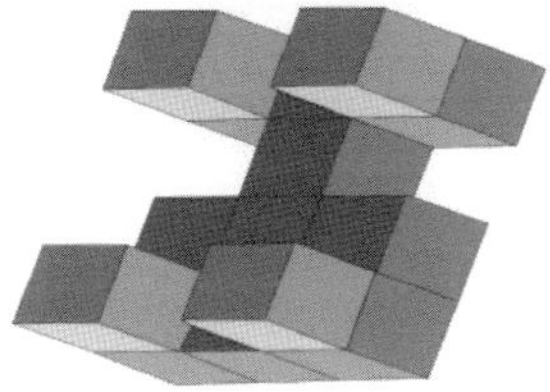

6. Welcher Ausschnitt passt in das leere Feld?

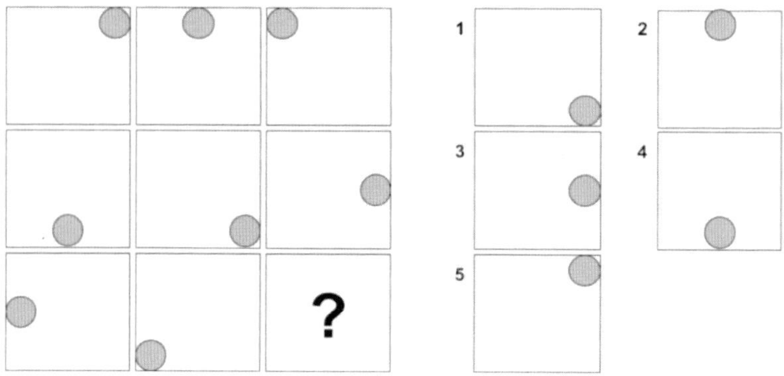

7. Welcher Ausschnitt passt in das leere Feld?

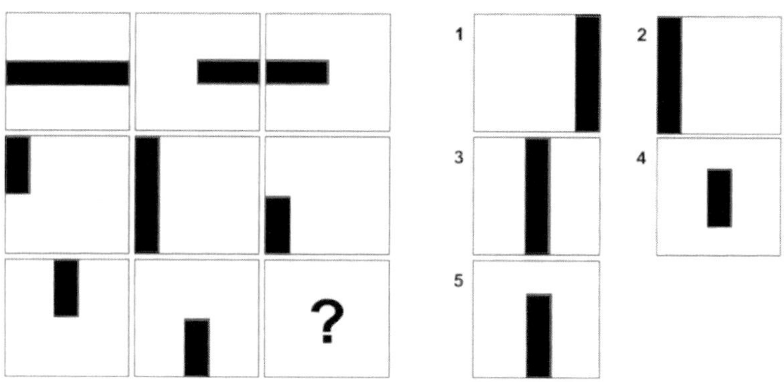

8. Welcher Ausschnitt passt in das leere Feld?

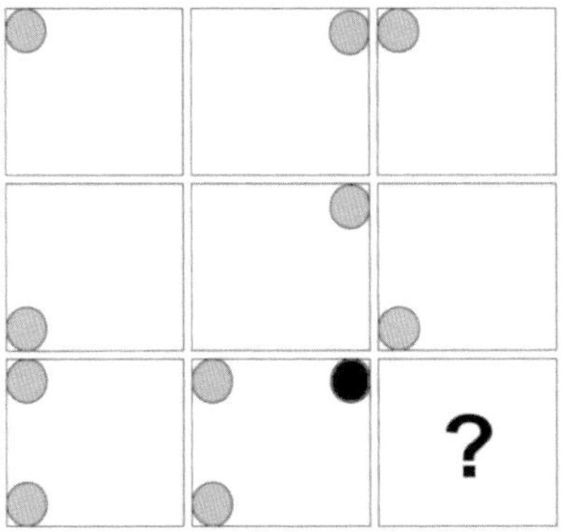

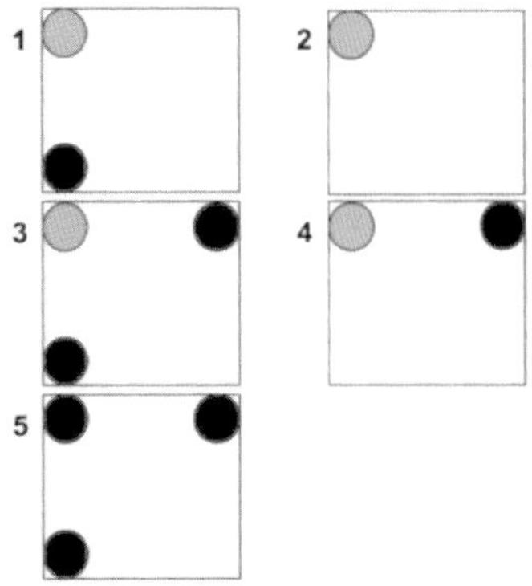

9. Welcher Ausschnitt passt in das leere Feld?

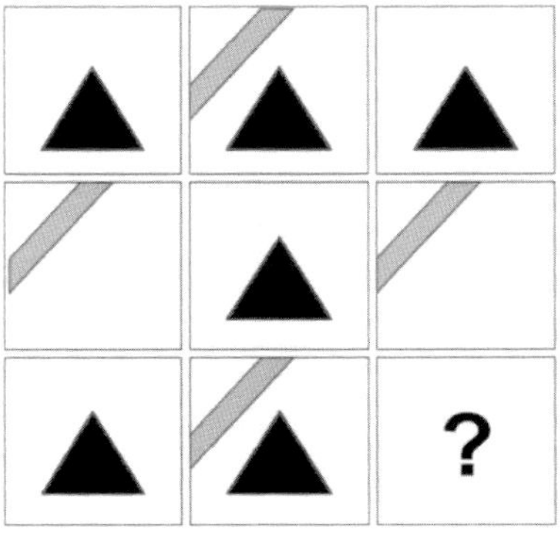

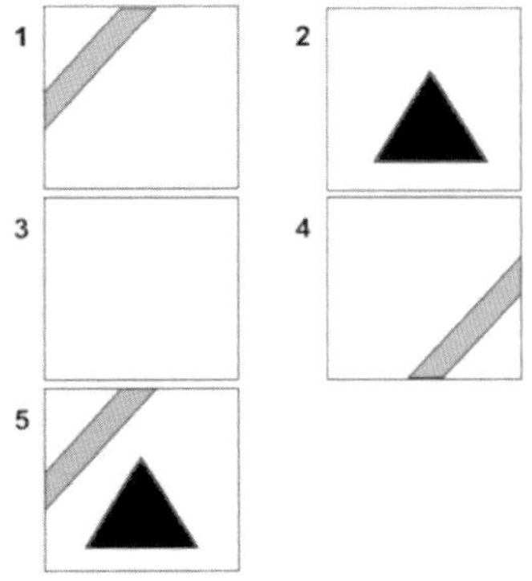

10. Welcher Ausschnitt passt in das leere Feld?

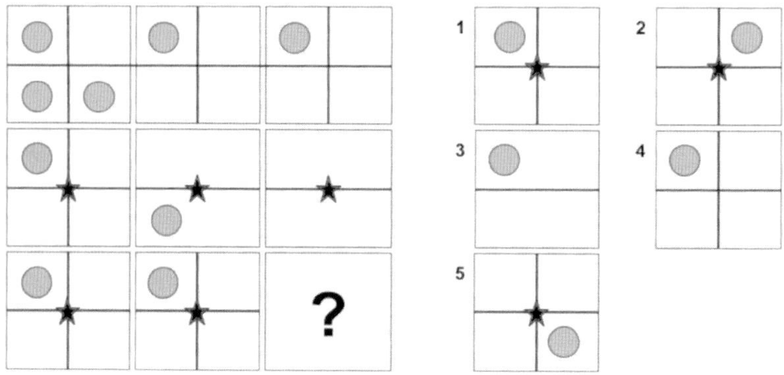

11. Welcher Ausschnitt passt in das leere Feld?

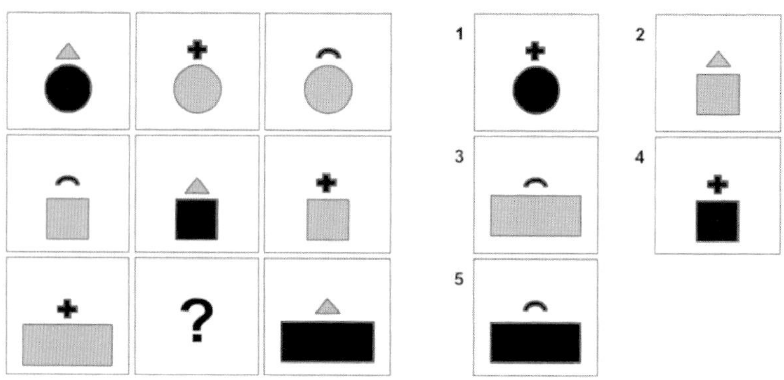

12. Welcher Ausschnitt passt in das leere Feld?

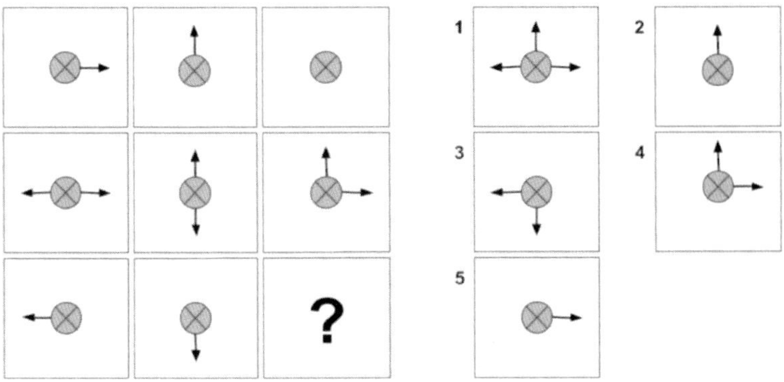

13. Welcher Ausschnitt passt in das leere Feld?

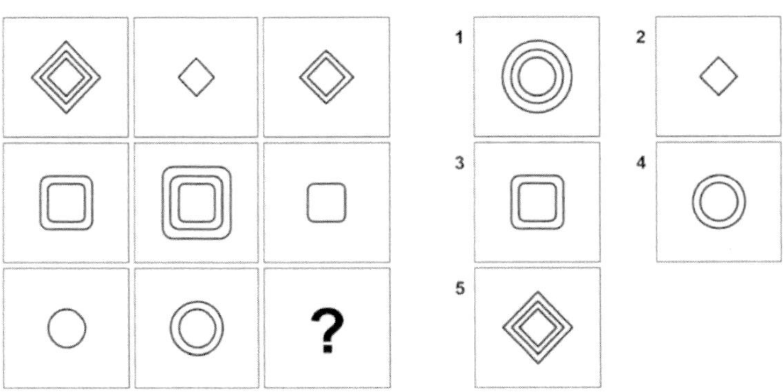

14. Welcher Ausschnitt passt in das leere Feld?

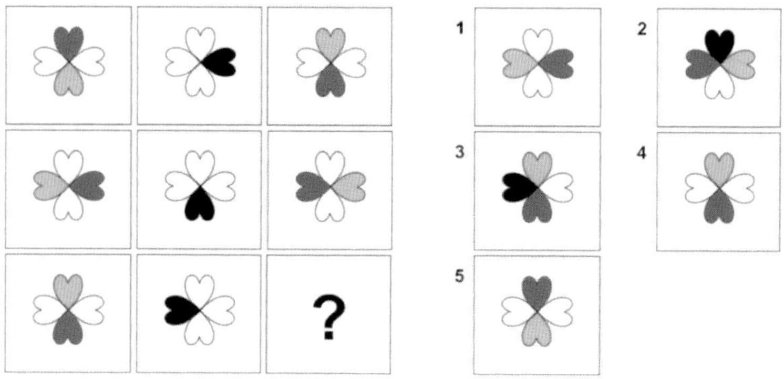

15. Welcher Ausschnitt passt in das leere Feld?

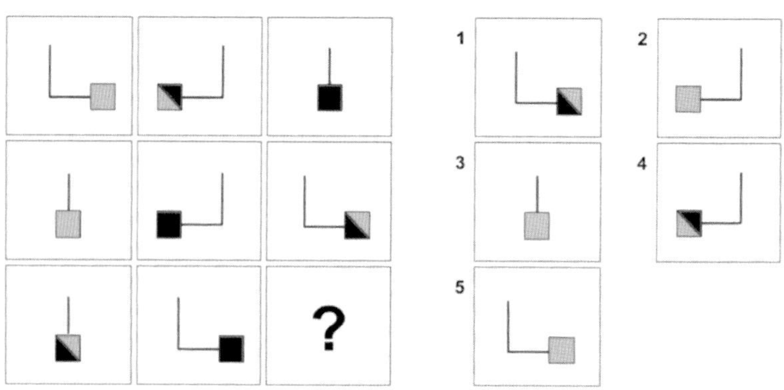

16. Welcher Ausschnitt passt in das leere Feld?

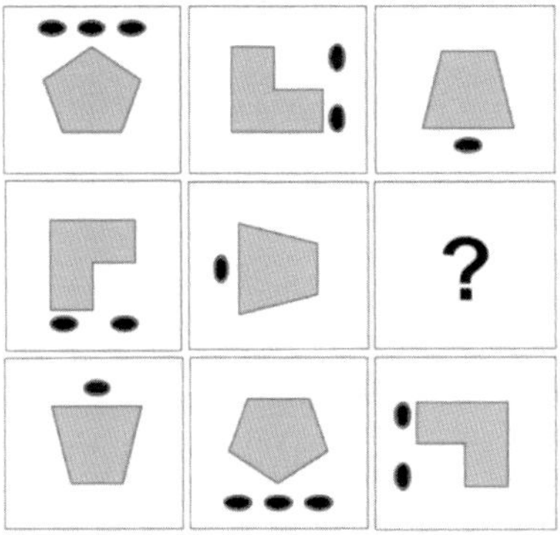

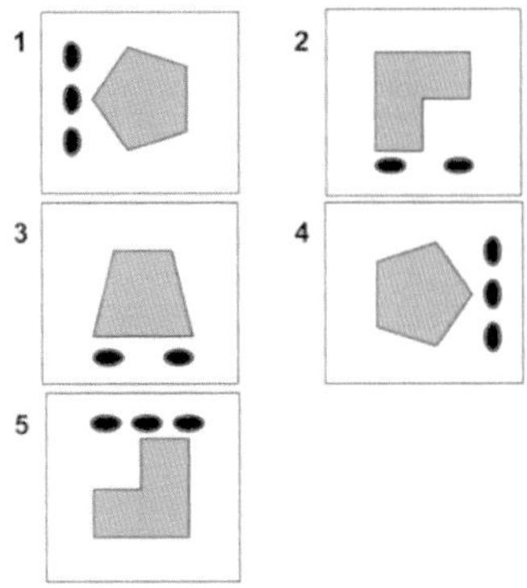

17. Welcher Ausschnitt passt in das leere Feld?

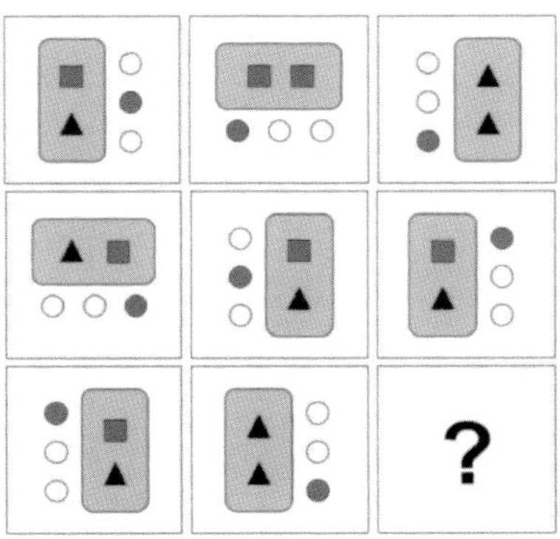

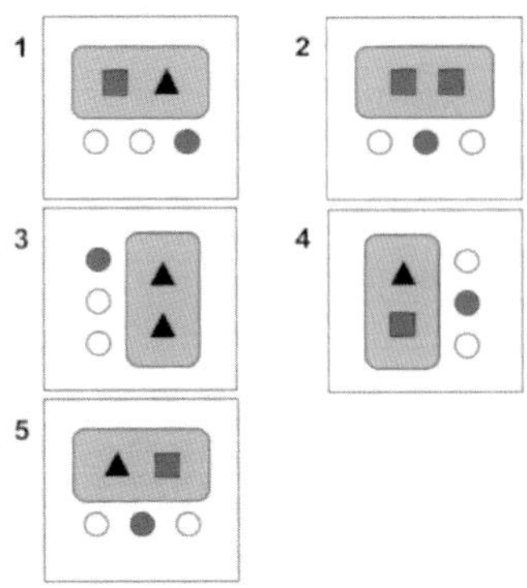

18. Welcher Ausschnitt passt in das leere Feld?

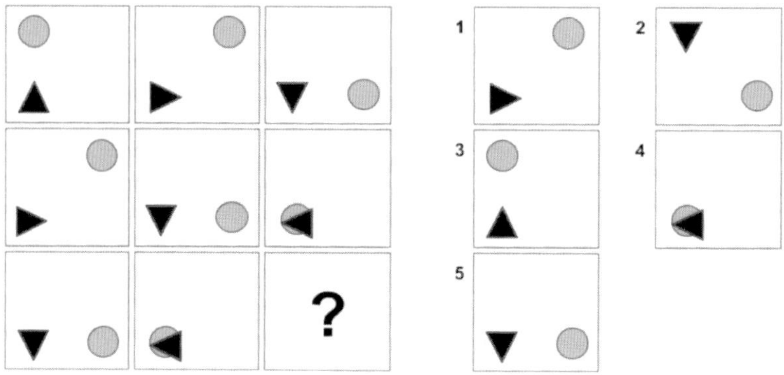

19. Welcher Ausschnitt passt in das leere Feld?

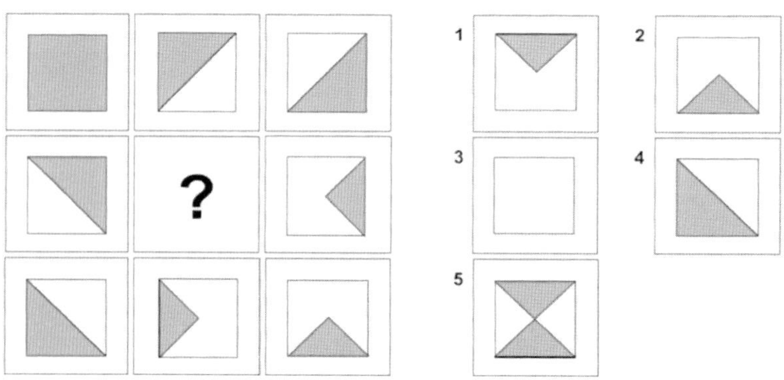

20. Welcher Ausschnitt passt in das leere Feld?

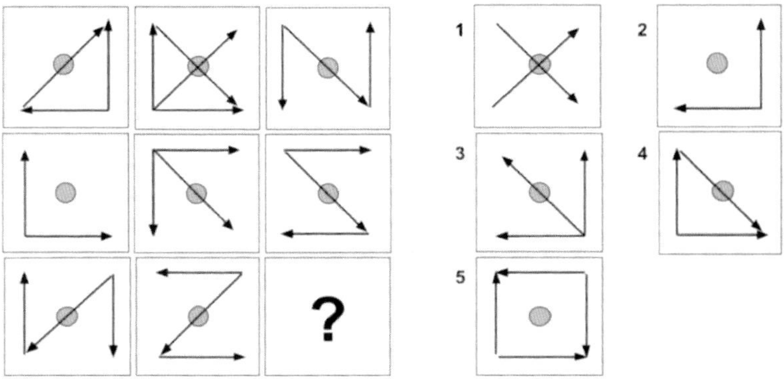

21. Welcher Ausschnitt passt in das leere Feld?

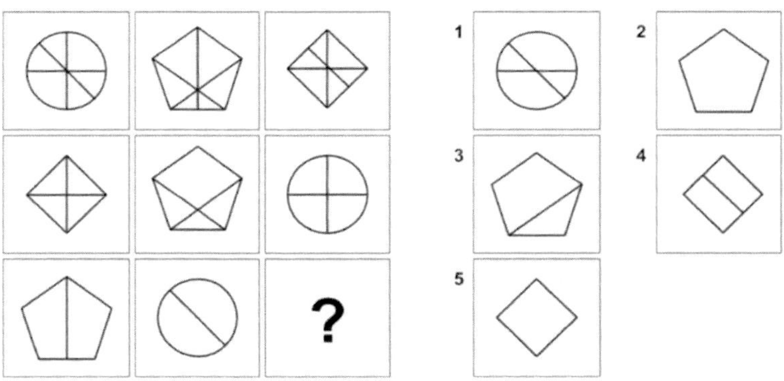

22. Welcher Ausschnitt passt in das leere Feld?

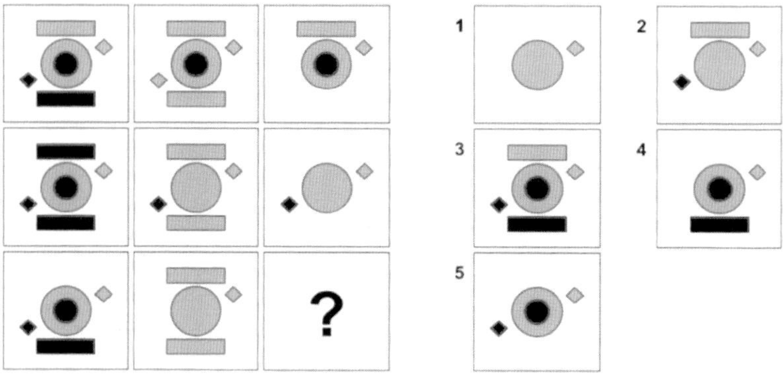

23. Welcher Ausschnitt passt in das leere Feld?

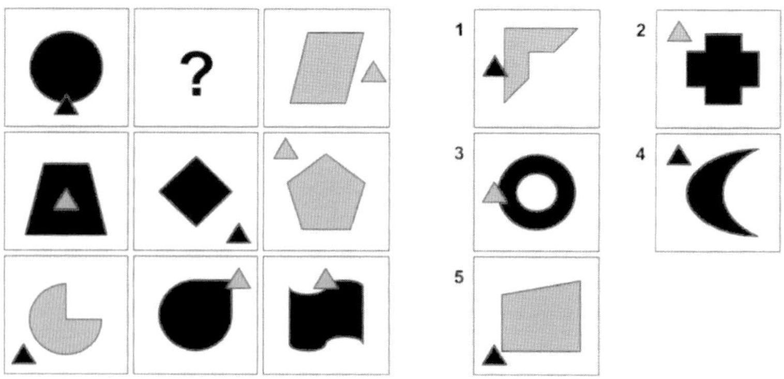

24. Welcher Ausschnitt passt in das leere Feld?

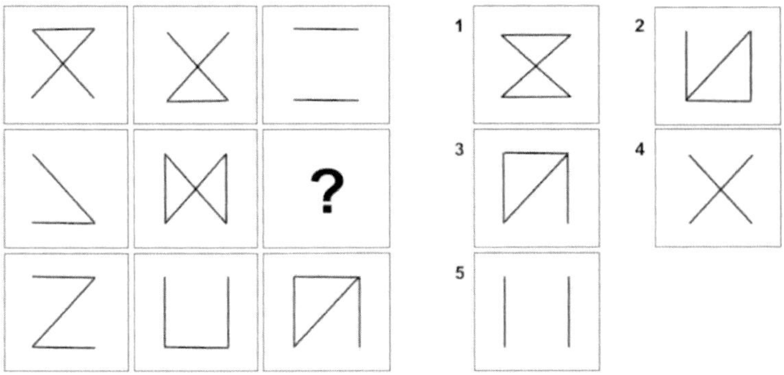

25. Welcher Ausschnitt passt in das leere Feld?

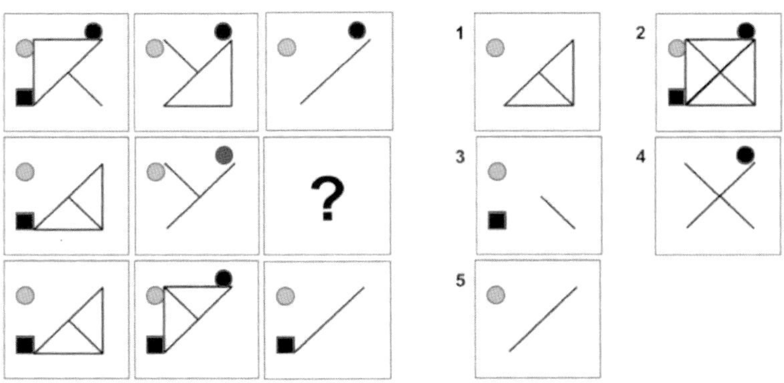

Lösungen: Figuren und Matrizen

1. 4 passt nicht	10. 1 passt	19. 1 passt
2. 3 passt nicht	11. 3 passt	20. 5 passt
3. 1 passt nicht	12. 4 passt	21. 4 passt
4. 1 passt nicht	13. 1 passt	22. 1 passt
5. 1 passt nicht	14. 5 passt	23. 3 passt
6. 4 passt	15. 2 passt	24. 2 passt
7. 3 passt	16. 4 passt	25. 5 passt
8. 5 passt	17. 2 passt	
9. 2 passt	18. 3 passt	

Zu 6.: 4. Es ist jede Zeile waagrecht zu betrachten. Die Kreise bewegen sich dabei gegen den Uhrzeigersinn eine Position weiter.

Zu 7.: 3. In den waagrechten Reihen ergeben die jeweils zwei kürzeren Striche zusammengesetzt die dritte Figur.

Zu 8.: 5. Das unterste Kästchen der ersten Spalte ergibt sich aus der Kombination der zwei darüber. Das unterste Kästchen der zweiten Spalte setzt sich ebenfalls aus den zwei darüber liegenden zusammen. Dabei überlappen sich zwei graue Kreise und ändern dadurch die Farbe zu schwarz. Zudem wird das unterste Kästchen der ersten Spalte hinzugefügt. Somit ergibt sich das gesuchte Kästchen aus den zwei darüberliegenden und den zwei links davon liegenden Kästchen. Auch hier färben sich überlappende Kreise schwarz.

Zu 9.: 2. Das mittlere Kästchen ist jeweils umgeben von identischen Figuren.

Zu 10.: 1. Die dritte Figur in der letzten Spalte setzt sich aus den Elementen der ersten beiden zusammen. Nur gemeinsame Elemente werden übernommen.

Zu 11.: 3. Horizontal ist in jeder Reihe die untere Figur gleich, davon zwei grau und eine schwarz. Das obere kleine Symbol muss in jeder horizontalen Reihe je einmal vorkommen.

Zu 12.: 4. Das Symbol der mittleren Reihe ergibt sich jeweils aus der Kombination des Kästchens darüber und darunter.

Zu 13.: 1. In jeder horizontalen Reihe muss die Figur jeweils ein-, zwei- und dreischichtig abgebildet sein.

Zu 14.: 5. Das Symbol wird in der vertikalen Reihe schrittweise jeweils um 90° im Uhrzeigersinn gedreht.

Zu 15.: 2. In jeder horizontalen Reihe muss eine Figur links, rechts und mittig angeordnet sein. Dabei soll eine schwarze, graue und schwarzgraue Figur vorkommen.

Zu 16.: 4. Jede Figur wird schrittweise pro Reihe um 90° im Uhrzeigersinn gedreht und muss je einmal vorkommen.

Zu 17.: 2. In jeder Reihe – egal ob horizontal oder vertikal – muss immer je einmal der kleine Kreis rechts, links und mittig dunkelgrau sein. Außerdem müssen entweder alle drei Figuren einer Reihe ein schwarzes Dreieck und ein dunkelgraues Viereck haben oder eines aus zwei schwarzen Dreiecken, eines aus zwei dunkelgrauen Vierecken und ein gemischtes vorhanden sein. Das ganze Gebilde muss zudem je Reihe nach rechts, links und unten ausgerichtet sein.

Zu 18: 3. Der hellgraue Kreis rotiert pro Figur jeweils von Ecke zu Ecke im Uhrzeigersinn. Das schwarze Dreieck bleibt dabei fest in einer Ecke und dreht sich jeweils um sich selbst um 90° im Uhrzeigersinn.

Zu 19.: 1. Zwei Figuren einer Reihe ergeben zusammengesetzt die dritte.

Zu 20.: 5. Die Figuren in der dritten Spalte ergeben sich durch das Zusammensetzen der zwei Figuren davor. Dabei werden sich überlappende Linien bzw. Pfeile gestrichen und nur die sich nicht überschneidenden Linien bleiben erhalten.

Zu 21.: 4. In jeder waagrechten Reihe befinden sich je ein Kreis, ein Quadrat und ein Fünfeck. Mit jeder Reihe nach unten nimmt die Anzahl der Striche ab – drei, zwei und zuletzt ein Strich.

Zu 22.: 1. Die dritte Figur in jeder Zeile setzt sich aus den Elementen der ersten beiden zusammen. Übernommen werden jedoch nur gemeinsame Elemente.

Zu 23.: 3. Die kleinen Dreiecke gehen alle Positionen im Kasten einmal durch – die einzige Position, die fehlt, ist mittig links. Dabei befinden sich in jeder waagrechten Seite zwei graue und ein schwarzes kleines Dreieck. Von den großen Figuren sind jeweils zwei schwarz und eine grau.

Zu 24.: 2. Die dritte Figur in jeder Zeile setzt sich aus den Elementen der ersten beiden zusammen. Gemeinsame Elemente werden jedoch nicht übernommen.

Zu 25: 5. Die dritte Figur in der letzten Spalte setzt sich aus den Elementen der ersten beiden zusammen. Nur gemeinsame Elemente werden übernommen.

Grundrechenaufgaben

Löse alle Aufgaben ohne Taschenrechner. Du darfst Nebenrechnungen auf ein Notizblatt machen. Schreibe die Ergebnisse ohne Trennung von Punkten. Beispiel: falsch = 12.500, richtig = 12500

Wie lautet das Ergebnis für die folgenden Aufgaben?

Zeit: **20 Minuten**

1. Aufgabe
5.473 + 8.569

2. Aufgabe
17.916,72 + 12.480,47

3. Aufgabe
4.982 + 1.675 + 3.102

4. Aufgabe
6.725 – 544 – 2.397

5. Aufgabe
548.912 – 375.869

6. Aufgabe
163.755 + 45.843 – 89.270

7. Aufgabe
75.178 – 69.430 – 390,75

8. Aufgabe
25.482,32 – 24.921,75

9. Aufgabe
9.489 × 8.112

10. Aufgabe
2.552 ÷ 44

11. Aufgabe
580,79 × 725,40

12. Aufgabe
12,15 × 0,08

13. Aufgabe
25,47 × 8,13

14. Aufgabe
989 ÷ 23

15. Aufgabe
26.415 ÷ 45

16. Aufgabe
380.138 ÷ 11

Lösungen: Grundrechenaufgaben

1. 14042	7. 5357,25	13. 207,0711
2. 30397,19	8. 560,57	14. 43
3. 9759	9. 76974768	15. 587
4. 3784	10. 58	16. 34558
5. 173043	11. 421305,066	
6. 120328	12. 0,972	

Rechenoperationen einsetzen

Bei dieser Aufgabe musst du die fehlenden Rechenzeichen (+, – , ×, ÷) in die Lücken einfügen, um auf das jeweilige Endergebnis zu kommen. Beim Lösen der Gleichungen gilt die Punkt- vor Strichrechnung.

Beispiel: 20 ___ 3 ___ 6 = 2

Die einzige Möglichkeit, um auf das korrekte Ergebnis zu kommen, ist:
$20 - 3 \times 6 = 20 - 18 = 2$

Zeit: **10 Minuten**

1. 16 ___ 13 ___ 3 = 6
2. 11 ___ 16 ___ 2 = 3
3. 12 ___ 2 ___ 4 = 14
4. 10 ___ 14 ___ 2 = 17
5. 4 ___ 8 ___ 19 = 51
6. 3 ___ 5 ___ 9 = 48
7. 8 ___ 13 ___ 13 = 7
8. 6 ___ 7 ___ 3 = 45
9. 16 ___ 3 ___ 4 = 4
10. 23 ___ 24 ___ 2 = 71
11. 1 ___ 12 ___ 4 = 3
12. 13 ___ 4 ___ 7 = 41
13. 3 ___ 10 ___ 5 = 1
14. 15 ___ 10 ___ 4 = 154
15. 10 ___ 6 ___ 15 = 19
16. 9 ___ 2 ___ 5 = 13

17. 28 ___ 22 ___ 11 = 26

18. 26 ___ 26 ___ 22 = 74

19. 13 ___ 13 ___ 6 = 7

20. 1 ___ 10 ___ 5 = 2

Lösungen

Zu 1.: 16 – 13 + 3 = 6

Zu 2.: 11 – 16 ÷ 2 = 11 – 8 = 3

Zu 3.: 12 – 2 + 4 = 14

Zu 4.: 10 + 14 ÷ 2 = 10 + 7 = 17

Zu 5.: 4 × 8 + 19 = 32 + 19 = 51

Zu 6.: 3 + 5 × 9 = 3 + 45 = 48

Zu 7.: 8 – 13 ÷ 13 = 8 – 1 = 7

Zu 8.: 6 × 7 + 3 = 42 + 3 = 45

Zu 9.: 16 – 3 × 4 = 16 – 12 = 4

Zu 10.: 23 + 24 × 2 = 23 + 48 = 71

Zu 11.: 1 × 12 ÷ 4 = 12 ÷ 4 = 3

Zu 12.: 13 + 4 × 7 = 13 + 28 = 41

Zu 13.: 3 – 10 ÷ 5 = 3 – 2 = 1

Zu 14.: 15 × 10 + 4 = 150 + 4 = 154

Zu 15.: 10 – 6 + 15 = 19

Zu 16.: 9 × 2 – 5 = 18 – 5 = 13

Zu 17.: 28 – 22 ÷ 11 = 28 – 2 = 26

Zu 18.: $26 + 26 + 22 = 74$

Zu 19.: $13 \div 13 + 6 = 1 + 6 = 7$

Zu 20.: $1 \times 10 \div 5 = 2$

Kopfrechnen

Deine mathematischen Fähigkeiten werden unter anderem durch verschiedene Kopfrechenaufgaben geprüft. Dabei sind alle Grundrechenarten, Wurzelziehen, Potenzen sowie Bruchrechnung von Belang.

Dir steht, wie auch beim richtigen Test, sehr wenig Zeit zur Verfügung. Wenn du nicht alle Aufgaben in der Zeit schaffst, ist das in Ordnung! Lasse dich nicht aus der Ruhe bringen. Rechne alle Aufgaben konzentriert und zügig durch.

Zeit: **4 Minuten**

1. Aufgabe
$\sqrt{121} =$

2. Aufgabe
$21^2 =$

3. Aufgabe
$44 + 17 + 88 =$

4. Aufgabe
$2.347 - 479 - 23 =$

5. Aufgabe
$24 \times 24 =$

6. Aufgabe
$57 \times 7 =$

7. Aufgabe
$13 \times 21 =$

8. Aufgabe
$4.619 + 193 - 348 =$

9. Aufgabe
$7 \times 31 - 30 =$

10. Aufgabe
$721 - 47 + 98 =$

11. Aufgabe
$12 \times 13 =$

12. Aufgabe
$35 \div 5 =$

13. Aufgabe
$23 \times 51 =$

14. Aufgabe
$15 \times 11 - 63 + 52 =$

15. Aufgabe
$57 + 14 + 36 =$

16. Aufgabe
$(5 + 3)^2 - 10 =$

17. Aufgabe
$14 \times 12 - 15 =$

18. Aufgabe
79 – 35 + 88 =

19. Aufgabe
56 – 28 =

20. Aufgabe
42 ÷ 6 =

Lösungen: Kopfrechnen

1. 11	8. 4.464	15. 107
2. 441	9. 187	16. 54
3. 149	10. 772	17. 153
4. 1.845	11. 156	18. 132
5. 576	12. 7	19. 28
6. 399	13. 1.173	20. 7
7. 273	14. 154	

Ergebnisse schätzen

Rechne das Ergebnis nicht genau aus, sondern schätze es. Das heißt, überschlage es grob oder stelle kurze rechnerische Überlegungen an.

Zeit: **10 Minuten**

1. Aufgabe: 548 × 315 =
a) 155.200
b) 175.644
c) 182.141
d) 172.620

2. Aufgabe: 17.495 – 8.795 – 712 =
a) 7.988
b) 8.088
c) 8.112
d) 7.898

3. Aufgabe: 25.187 + 12.327 + 37.589 =
a) 74.895
b) 75.235
c) 74.903
d) 75.103

4. Aufgabe: 389.455 – 294.981 =
a) 93.974
b) 94.474
c) 89.740
d) 104.447

5. Aufgabe: 3.840 × 1.420 =
a) 580.688
b) 3.880.120
c) 7.564.110
d) 5.452.800

6. Aufgabe: 47 × 98 + 1.223 =
a) 15.023
b) 5.829
c) 6.145
d) 5.459

7. Aufgabe: 49 × 49 =
a) 2.501
b) 2.401
c) 2.081
d) 2.481

8. Aufgabe: 69,2 % von 1.845 =
a) 1.195,45
b) 1.412,37
c) 1.276,74
d) 1.588,89

9. Aufgabe: 3,2 × 6,7 =
a) 21,44
b) 21
c) 22,14
d) 19,4

10. Aufgabe: 3,2 cm von 11,8 cm =
a) ≈ 27,11 %
b) ≈ 29,88 %
c) ≈ 24,56 %
d) ≈ 35,12 %

11. Aufgabe: 367,85 – 184,6 + 1.302,66 =
a) 1.405,81
b) 1.630,91
c) 1.485,91
d) 1.508,11

12. Aufgabe: 36.340 ÷ 92 =
a) 395
b) 508
c) 421
d) 348

13. Aufgabe: 23,23 – 14,5 + 6,06 =
a) 2,67
b) 13,79
c) 15,97
d) 14,79

14. Aufgabe: 8.589.723 – 6.993.930 =
a) 1.605.793
b) 1.495.883
c) 995.643
d) 1.595.793

15. Aufgabe: 85^2 =
a) 8.100
b) 7.225
c) 7.921
d) 6.825

16. Aufgabe: 6 € von 4,00 €=
a) 145%
b) 150%
c) 135%
d) 160%

Lösungen: Ergebnisse schätzen

1. d)	7. b)	13. d)
2. a)	8. c)	14. d)
3. d)	9. a)	15. b)
4. b)	10. a)	16. b)
5. d)	11. c)	
6. b)	12. a)	

Zu 1. d) Berechne die letzte Ziffer 5 × 8=40. Die letzte Ziffer muss also 0 sein. Rechne vereinfacht 5,5 × 3 = 16,5. Das Ergebnis liegt also über 160.000 somit kommt nur 172.620 in Frage.

Zu 2. a) Berechne die letzten Ziffern 95 – 95 – 12 = 88. Die letzte Ziffer muss also 88 sein. Überschlage den Rest, das Ergebnis muss unter 8.000 liegen. Somit kommt nur 7.988 in Frage.

Zu 3. d) Berechne die letzte Ziffer 7 + 7 + 9 = 23. Die letzte Ziffer muss also 3 sein. Per Überschlag mit gerundeten Werten stellt man außerdem fest, dass die Lösung über 75.000 ist.

Zu 4. b) Berechne die letzte Ziffer 5 – 1 = 4. Die letzte Ziffer muss also 4 sein. Nach Abzug mit gerundeten Werten muss das Ergebnis bei rund 95.000 liegen.

Zu 5. d) Berechne die letzte Ziffer 0 x 0 = 0. Die letzte Ziffer muss also 0 sein. Rechne vereinfacht 4 × 1,5 = 6 und 4 × 1 = 4. Das Ergebnis muss also kleiner als 6 und größer als 4 sein.

Zu 6. b) Berechne die letzte Ziffer 7 × 8 + 3 = 59. Die letzte Ziffer muss also 9 sein. Vereinfacht kann man dann 4,7 × 10 rechnen. 4.700 + 1.200 = 5.900, das Ergebnis muss also bei diesem Wert liegen. Hier kommt nur 5.829 in Frage.

Zu 7. b) Berechne die letzte Ziffer 9 × 9 = 81. Die letzte Ziffer muss also 1 sein. Wenn du per Überschlag mit 50 × 50 (5 × 5 = 25) rechnest, erhältst du 2.500. Der Wert muss aber mindesten um 98 (49 + 49) darunter liegen.

Zu 8. c) Für die Schätzung empfiehlt es sich, zuerst den Anteil von 10 % zu bestimmen: 1.845 ÷ 10 = 184,5. Da der Anteil bei gut 70 % liegt, kannst du jetzt vereinfacht rechnen: 18 × 7 = 126 (1.260). Das Ergebnis muss also bei einem Wert von 1.260 liegen.

Zu 9. a) Berechne die letzte Ziffer 2 × 7 = 14. Die letzte Ziffer muss also 4 sein. Rechne nun mit gerundeten Werten von 3 × 7 = 21. Die Lösung muss also in diesem Bereich liegen. Hier trifft nur 21,44 zu.

Zu 10. a) Hier empfiehlt es sich, die beiden Zahlen erst auf- bzw. abzurunden. Rechne nun mit den Zahlen 3 und 12. 3 cm sind 25 % von 12 cm (12 ÷ 3 = 4, 100 ÷ 4 = 25). Der Prozentwert liegt also bei 25 %. Da wir aber mit gerundeten Zahlen grob gerechnet haben, muss die Lösung etwas mehr als 25 % betragen.

Zu 11. c) Berechne die Nachkommastellen: 85 – 60 + 66 = 91. Die letzte Ziffer muss also 91 sein. Per Überschlag der restlichen Zahlen stellst du fest, dass das Ergebnis bei rund 1.500 liegen muss.

Zu 12. a) Um hier annähernd zum Ergebnis zu kommen, müssen erst einmal beide Zahlen gerundet werden. Wir runden wie folgt: 36.000 ÷ 90 = 400. Auch vereinfacht: 36 ÷ 9 = 4. Das Ergebnis liegt also bei etwa 400.

Zu 13. d) Berechne die letzte Ziffer 23 – 50 + 0,6 = 79. Per Überschlag erhältst du einen restlichen Wert von 15. Die Lösung muss also knapp darunter liegen.

Zu 14. d) Die Berechnung durch die letzte Ziffer kannst du dir hier sparen, da sie bei allen Lösungen 3 ist. Rechne mit aufgerundeten Millionenwerten: 8,6 – 7 = 1,6 (1.600.000). Da mit aufgerundeten Werten gerechnet wurde, muss das Ergebnis knapp darunter liegen.

Zu 15. b) Hier empfiehlt es sich, die Quadratzahlen bis 100 auswendig zu können. Die letzte Ziffer lässt sich berechnen: 5 × 5 = 25. Die letzte Ziffer ist also 5. Eine mögliche Rechnung sieht wie folgt aus: 8,5 × 8,5 = 72,25. Besser lässt es sich rechnen, wenn du eine 0,5 zu der anderen Zahl addierst: 8 × 9 = 72 (72 × 100 = 7.200) Nun bist du der Lösung schon sehr nah gekommen.

Zu 16. b) Hier bietet sich eine einfache Rechnung an. Wenn die 4 € 100 % sind, dann sind 8 € 200%. Da der Wert aber nur um 2 € steigt, steigt der Prozentwert auch nur um 50 %.

Maße und Einheiten

Hier musst du Maße und Einheiten umrechnen. Zeit: **5 Minuten**

1. Wie viele Kubikzentimeter sind 775 Liter?
a) 77.500
b) 750
c) 7.500
d) 775.000

2. Wie viele Kilogramm sind 0,23 Tonnen?
a) 230
b) 23
c) 23.000
d) 2.300

3. Wie viele Meter sind 5.300 Zentimeter?
a) 5,3
b) 53
c) 530
d) 50,3

4. Wie viele Quadratmeter sind 420 Quadratzentimeter?
a) 42
b) 0,042
c) 4,2
d) 0,0042

5. Wie viele Gramm sind 2,5 Zentner?
a) 250.000
b) 1.250.000
c) 125.000
d) 12.500

6. Wie viele Hektar sind 6.400 Quadratmeter?
a) 0,64
b) 6,4
c) 64
d) 0,064

7. Wie viele Dezimeter sind 0,8 Kilometer?
a) 8.000
b) 800
c) 80.000
d) 800.000

8. Wie viele Liter sind 0,93 Milliliter?
a) 0,0093
b) 0,093
c) 0,00093
d) 0,000093

9. Wie viele Tage sind 432.000 Sekunden?
a) 7
b) 5
c) 2
d) 9

10. Wie viele Zentner sind 2.325 Kilogramm?
a) 93
b) 23,25
c) 46,5
d) 465

Lösungen: Maße und Einheiten

1. d)	5. c)	9. b)
2. a)	6. a)	10. c)
3. b)	7. a)	
4. b)	8. c)	

Zu 1. d) Ein Liter sind 1.000 Kubikzentimeter, also entsprechen 775 Liter 775.000 Kubikzentimeter: 775 x 1.000 cm^3 = 775.000 cm^3

Zu 2. a) Eine Tonne sind 1.000 Kilogramm, also entsprechen 0,23 Tonnen 230 Kilogramm: 0,23 x 1.000 kg = 230 kg

Zu 3. b) Ein Meter sind 100 Zentimeter, also entsprechen 5.300 Zentimeter 53 Meter: 5.300 ÷ 100 cm = 53 m

Zu 4. b) Ein Quadratmeter sind 10.000 Quadratzentimeter, also entsprechen 420 Quadratzentimeter 0,042 Quadratmeter: 420 ÷ 10.000 m^2 = 0,042 m^2

Zu 5. c) Ein Zentner sind 50 Kilogramm und ein Kilogramm entsprechen 1.000 Gramm bzw. 50 Kilogramm sind 50.000 Gramm, also entsprechen 2,5 Zentner 125.000 Gramm: 2,5 x 50.000 g = 125.000 g

Zu 6. a) Ein Hektar sind 10.000 Quadratmeter, also entsprechen 6.400 Quadratmeter 0,64 Hektar: 6.400 ÷ 10.000 m^2 = 0,64 ha

Zu 7. a) Ein Kilometer sind 1.000 Meter bzw. 10.000 Dezimeter, also entsprechen 0,8 Kilometer 8.000 Dezimeter: 0,8 x 10.000 dm = 8.000 dm

Zu 8. c) Ein Liter sind 1.000 Milliliter, also entsprechen 0,93 Milliliter 0,00093 Liter: 0,93 ÷ 1.000 ml = 0,00093 l

Zu 9. b) Ein Tag sind 24 Stunden bzw. 1.440 Minuten bzw. 86.400 Sekunden, also entsprechen 432.000 Sekunden 5 Tage: 432.000 ÷ 60 ÷ 60 ÷ 24 = 5

Zu 10. c) Ein Zentner sind 50 Kilogramm, also entsprechen 2.325 Kilogramm 46,5 Zentner: 2.325 ÷ 50 kg = 46,5 Ztr

Geometrie

Bei dieser Aufgabe musst du die fehlenden Ergebnisse für die jeweiligen Flächen und Körper berechnen. Bitte runde die Ergebnisse auf beziehungsweise rechne bis zur dritten Nachkommastelle. Trage die Lösungen in die freien Felder ein. Zeit: **15 Minuten**

1. Ergänze das Rechteck.

Seite a:	6
Seite b:	____
Flächeninhalt:	____
Umfang:	32

2. Ergänze das Rechteck.

Seite a:	6
Seite b:	4
Flächeninhalt:	____
Umfang:	____

3. Ergänze das Rechteck.

Seite a:	____
Seite b:	8
Flächeninhalt:	192
Umfang:	____

4. Ergänze das Rechteck.

Seite a:	14
Seite b:	____
Flächeninhalt:	____
Umfang:	52

5. Ergänze den Würfel.

Seite a:	10
Grundfläche:	____
Oberfläche:	____
Volumen:	____

6. Ergänze den Würfel.

Seite a:	____
Grundfläche:	____
Oberfläche:	____
Volumen:	2.744

7. Ergänze den Würfel.

Seite a:	____
Grundfläche:	____
Oberfläche:	4.056
Volumen:	____

8. Ergänze den Würfel.

Seite a:	____
Grundfläche:	36
Oberfläche:	____
Volumen:	____

9. Ergänze den Kreis.

Radius:	____
Durchmesser:	____
Umfang:	____
Flächeninhalt:	50,265

10. Ergänze den Kreis.

Radius:	____
Durchmesser:	____
Umfang:	119,381
Flächeninhalt:	____

Lösungen: Geometrie

Zu 1.:

Seite a:	6
Seite b:	10
Flächeninhalt:	60
Umfang:	32

Zu 2.:

Seite a:	6
Seite b:	4
Flächeninhalt:	24
Umfang:	20

Zu 3.:

Seite a:	24
Seite b:	8
Flächeninhalt:	192
Umfang:	64

Zu 4.:

Seite a:	14
Seite b:	12
Flächeninhalt:	168
Umfang:	52

Zu 5.:

Seite a:	10
Grundfläche:	100
Oberfläche:	600
Volumen:	1.000

Zu 6.:

Seite a:	14
Grundfläche:	196
Oberfläche:	1.176
Volumen:	2.744

Zu 7.:

Seite a:	26
Grundfläche:	676
Oberfläche:	4.056
Volumen:	17.576

Zu 8.:

Seite a:	6
Grundfläche:	36
Oberfläche:	216
Volumen:	216

Zu 9.:

Radius:	4
Durchmesser:	8
Umfang:	25,133
Flächeninhalt:	50,265

Zu 10.:

Radius:	19
Durchmesser:	38
Umfang:	119,381
Flächeninhalt:	1.134,115

Rechteckberechnung
Flächeninhalt $A = a \times b$
Umfang $U = 2 \times a + 2 \times b$

Würfelberechnung
Grundfläche $A = a \times b$
Oberfläche $O = 6 \times A$
Volumen $V = A^3$ $(a \times a \times a)$

Kreisberechnung
Radius $r = d \div 2$
Durchmesser $d = 2 \times r$
Umfang $U = d \times \pi$
Flächeninhalt $A = \pi \times r^2$

Symbolrechnen

In dieser Aufgabe musst du die Symbole durch Zahlen ersetzen, dabei stehen gleiche Symbole für gleiche Zahlen. Ein Symbol kann mit einer Zahl von 0 bis 9 ersetzt werden. Zeit: **10 Minuten**

1. Welche Zahl steht für Δ?
Δ × ΔΔ = ΩΩ
a) 4
b) 9
c) 3
d) 1

2. Welche Zahl steht für O?
Π + O – O – O = Π
a) 2
b) 0
c) 3
d) 6

3. Welche Zahl steht für Λ?
Λ × Λ = Λ + Λ
a) 2
b) 3
c) 6
d) 1

4. Welche Zahl steht für Π?
ΔΠ × Ψ = ΨΠ
a) 1
b) 7
c) 2
d) 0

5. Welche Zahl steht für Π?
TXШ – Σ = ΠΠ
a) 9
b) 5
c) 7
d) 1

6. Welche Zahl steht für Ω?
ΛΛ + ΛΩ = ΩX
a) 2
b) 0
c) 5
d) 4

7. Welche Zahl steht für Π?
(Π + Π) × (Π + Π) = ΠΨ
a) 3
b) 6
c) 2
d) 4

8. Welche Zahl steht für Δ?
ΔШ ÷ Ш = Ш
a) 7
b) 4
c) 5
d) 2

9. Welche Zahl steht für Ω?
$\Pi\Pi^2 = \Pi\Omega\Pi$
a) 1
b) 4
c) 2
d) 8

10. Löse alle Symbole.
ΛΠ – OΔ = ΨX
÷ Λ × Λ = OX –
= OΔ + Π = ΔΣ

Λ =	Ψ =
Π =	Χ =
Ο =	Σ =
Δ =	

Lösungen: Symbolrechnen

1. c)	5. a)	9. c)
2. b)	6.) d)	10. siehe unten
3. a)	7. a)	
4. d)	8. d)	

Zu 1.: c) 3

Δ × ΔΔ = ΩΩ

3 × 33 = 99

Zu 2.: b) 0

Π + Ο – Ο – Ο = Π

Ο steht für die Zahl 0. Für das Symbol Π kann jede Zahl von 1 bis 9 eingesetzt werden.

2 + 0 – 0 – 0 = 2

Zu 3.: a) 2

Λ × Λ = Λ + Λ

2 × 2 = 2 + 2

Zu 4.: d) 0

ΔΠ × Ψ = ΨΠ

Π steht für die Zahl 0. Für das Symbol Ψ kann jede Zahl von 1 bis 9 eingesetzt werden.

10 × 4 = 40

Zu 5.: a) 9
TXШ – Σ = ΠΠ
Π steht für die Zahl 9.
Für die erste Symbolreihe kommen mehrere Zahlen in Frage.
102 – 3 = 99 I 103 – 4 = 99 I 104 – 5 = 99 usw.

Zu 6.: d) 4
ΛΛ + ΛΩ = ΩX
22 + 24 = 46

Zu 7.: a) 3
(Π + Π) × (Π + Π) = ΠΨ
(3 + 3) × (3 + 3) = 36

Zu 8.: d) 2
ΔШ ÷ Ш = Ш
25 ÷ 5 = 5

Zu 9.: c) 2
$ΠΠ^2$ = ΠΩΠ
$11^2 = 121$

Zu 10.:
ΛΠ – OΔ = ΨX
÷ Λ × Λ = OX –
= OΔ + Π = ΔΣ

Λ = 4
Π = 8
O = 1
Δ = 2
Ψ = 3
X = 6
Σ = 0

48 – 12 = 36
÷ 4 × 4 = 16
12 + 8 = 20

Klammerrechnung

Rechne alle Aufgaben im Kopf aus und notiere gegebenenfalls Nebenrechnungen auf einem Notizblatt. Zeit: **20 Minuten**

1. Aufgabe:
50 + (47 – 16) + 89 – (59 – 9) =

2. Aufgabe:
(82 – 45) + 32 – (11 – 5) – 16 =

3. Aufgabe:
68 – (49 – 38) + 58 – (40 – 7) =

4. Aufgabe:
70 – (38 – 13) + (41 – 11) – 19 =

5. Aufgabe:
76 + 24 – (30 – 23) + 19 + 62 =

6. Aufgabe:
56 + (52 – [26 + 11 – 40]) + 25 =

7. Aufgabe:
104 – 20 – (12 – [25 – 10]) + 12 =

8. Aufgabe:
64 + 26 – (37 – [20 + 18]) – 16 =

9. Aufgabe:
97 – (39 – 14) – (57 – [20 + 18]) =

10. Aufgabe:
5 × (3 – 1) × (8 + 8) =

11. Aufgabe:
8 × 5 – (7 + [5]) =

12. Aufgabe:
7 × 1 × (2) + (5 – 8) =

13. Aufgabe:
5 – (2 × 2 + [9 × 5]) =

14. Aufgabe:
6 – (6 × [7] – 9) =

15. Aufgabe:
7 + 7 × 6 – (8 – [3]) =

16. Aufgabe:
8 × 8 + (4 × [6]) =

17. Aufgabe:
6 × 8 × (9 – [8]) =

18. Aufgabe:
8 + (6 – 5 + [7] × 7) =

19. Aufgabe:
7 × (2) – 3 – (8 – 6) =

20. Aufgabe:
2 + 1 – 7 × (8) × (4) =

21. Aufgabe:
(-8) × 3 – (–12) × 3 =

22. Aufgabe:
–24 + 15 – (-3 × 33 – [7 × 5]) =

23. Aufgabe:
217 – 85 – (14 × [– 3] + 518) – 42 =

24. Aufgabe:
12 × 5 – 3 × (–3 × 8 + [–76]) =

25. Aufgabe:
(–212) × 3 + 110 + (9 × 6) =

26. Aufgabe:
2.750 – (5 × 325) – (69 ÷ 3) =

27. Aufgabe:
32 – (840 – 584) ÷ (64 ÷ 4) × 3 =

28. Aufgabe:
3 × {99 – [4 + 2 (21 ÷ 3) × 2] + 8} – 6 =

29. Aufgabe:
$(-3)^3 + (-2)^4 =$

30. Aufgabe:
$(-5)^4 + (-3)^5 =$

Lösungen: Klammerrechnung

1. 120	11. 28	21. 12
2. 47	12. 11	22. 125
3. 82	13. –44	23. –386
4. 56	14. –27	24. 360
5. 174	15. 44	25. –472
6. 136	16. 88	26. 1.102
7. 99	17. 48	27. –16
8. 75	18. 58	28. 219
9. 53	19. 9	29. –11
10. 160	20. –221	30. 382

Was ist bei der Klammerrechnung zu beachten?
Klammern drücken eine vorrangige Rechenoperation, vor anderen in der Rechenreihenfolge, aus.

- Regel 1: Punktrechnung geht vor Strichrechnung
- Regel 2: den Wert innerhalb der Klammern immer zuerst ermitteln
- Regel 3: Klammern innerhalb von Klammern sind zuerst aufzulösen. Klammern werden immer von innen nach außen aufgelöst.

Bruchrechnung

Löse alle Aufgaben im Kopf und notiere gegebenenfalls Nebenrechnungen auf einem Notizblatt.

Zeit: **15 Minuten**

1. Aufgabe: $\frac{4}{2} + \frac{6}{3} =$

2. Aufgabe: $\frac{6}{4} + \frac{1}{5} =$

3. Aufgabe: $\frac{4}{5} - \frac{3}{6} =$

4. Aufgabe: $\frac{5}{3} - \frac{5}{6} =$

5. Aufgabe: $\frac{1}{3} \times \frac{5}{3} =$

6. Aufgabe: $\frac{2}{2} \div \frac{5}{4} =$

7. Aufgabe: $3\frac{12}{6} =$

8. Aufgabe: $5\frac{8}{7} =$

9. Aufgabe: $6 \times \frac{5}{24} =$

10. Aufgabe: $14 \times \frac{5}{56} =$

11. Aufgabe: $4\frac{2}{3} \times 6\frac{2}{1} =$

12. Aufgabe: $4\frac{3}{2} \div 2\frac{3}{2} =$

Lösungen: Bruchrechnung

Zu 1.:

$\frac{4}{2}+\frac{6}{3}=\frac{12}{6}+\frac{12}{6}=\frac{24}{6}=$

4

Zu 2.:

$\frac{6}{4}+\frac{1}{5}=\frac{30}{20}+\frac{4}{20}=\frac{34}{20}=$

$1\frac{7}{10}$

Zu 3.:

$\frac{4}{5}-\frac{3}{6}=\frac{24}{30}-\frac{15}{30}=\frac{9}{30}=$

$\frac{3}{10}$

Zu 4.:

$\frac{5}{3}-\frac{5}{6}=\frac{10}{6}-\frac{5}{6}=\frac{5}{6}$

Zu 5.:

$\frac{1}{3}x\frac{5}{3}=\frac{1x5}{3x3}=\frac{5}{9}$

Zu 6.:

$\frac{2}{2}\div\frac{5}{4}=\frac{2}{2}x\frac{4}{5}=\frac{2x4}{2x5}=$

$\frac{8}{10}=\frac{4}{5}$

Zu 7.:

Zähler: 6 x 3+12=30

$3\frac{12}{6}=\frac{30}{6}=5$

Zu 8.:

Zähler: 7 x 5+8=43

$5\frac{8}{7}=\frac{43}{7}=6\frac{1}{7}$

Zu 9.:

Zähler: 6 x 5 = 30

$6\ x\ \frac{5}{24}=\frac{30}{24}=\frac{5}{4}=1\frac{1}{4}$

Zu 10.:

Zähler: 14 x 5 = 70

$14\ x\ \frac{5}{56}=\frac{70}{56}=\frac{5}{4}=1\frac{1}{4}$

Zu 11.:

$4\frac{2}{3}x \qquad 6\frac{2}{1}=\frac{14}{3}x\frac{8}{1}=$

$\frac{112}{3}=37\frac{1}{3}$

Zu 12.:

$4\frac{3}{2}\div2\frac{3}{2}=\frac{11}{2}\div\frac{7}{2}=\frac{11}{2}x$

$\frac{2}{7}=\frac{22}{14}=\frac{11}{7}=1\frac{4}{7}$

Gleichungen lösen

Löse alle Aufgaben im Kopf und notiere dir gegebenenfalls deine Zwischenschritte auf ein Notizblatt. Löse die Gleichungen nach x auf.

Zeit: **10 Minuten**

1. Aufgabe
$13x - 4 = 52 + 5x$
|
|
|
x =

2. Aufgabe
$2x - 9 = -49 + 7x$
|
|
|
x =

3. Aufgabe
$3x + 12 = 92 - 7x$
|
|
|
x =

4. Aufgabe
$8x + 8 = 2 + 14x$
|
|
|
x =

5. Aufgabe
$13x + 5 = 33 + 9x$
|
|
|
x =

6. Aufgabe
$7x - 8 = -17 + 8x$
|
|
|
x =

7. Aufgabe
$21x + 10 = 74 + 13x$
|
|
|
x =

8. Aufgabe
$-4x - 6 = -18 + 2x$
|
|
|
x =

Lösungen

1. Aufgabe

$13x - 4 = 52 + 5x$

$13x - 5x - 4 = 52 \quad | - 5x$

$8x - 4 = 52 \quad | + 4$

$8x = 56 \quad | \div 8$

x = 7

2. Aufgabe

$2x - 9 = -49 + 7x$

$2x - 9 = -49 + 7x \quad | - 7x$

$-5x - 9 = -49 \quad | + 9$

$-5x = -40 \quad | \div (-5)$

x = 8

3. Aufgabe

$3x + 12 = 92 - 7x$

$3x + 7x + 12 = 92 \quad | + 7x$

$10x + 12 = 92 \quad | - 12$

$10x = 80 \quad | \div 10$

x = 8

4. Aufgabe

$8x + 8 = 2 + 14x$

$8x - 14x + 8 = 2 \quad | - 14x$

$-6x = 2 - 8 \quad | - 8$

$-6x = -6 \quad | \div (-6)$

x = 1

5. Aufgabe

$13x + 5 = 33 + 9x$

$13x - 9x + 5 = 33 \quad | - 9x$

$4x + 5 = 33 \quad | - 5$

$4x = 28 \quad | \div 4$

x = 7

6. Aufgabe

$7x - 8 = -17 + 8x \quad | - 8x$

$-1x - 8 = -17 \quad | + 8$

$-1x = -9 \quad | \div (-1)$

x = 9

7. Aufgabe

$21x + 10 = 74 + 13x$

$21x - 13x + 10 = 74 \quad | - 13x$

$8x + 10 = 74 \quad | - 10$

$8x = 64 \quad | \div 8$

x = 8

8. Aufgabe

$-4x - 6 = -18 + 2x$

$-4x - 2x - 6 = -18 \quad | - 2x$

$-6x - 6 = -18 \quad | + 6$

$-6x = -12 \quad | \div (-6)$

x = 2

Prozentrechnung

Aufgaben zur Prozentrechnung sind im Bundeswehr-Einstellungstest sehr beliebt. Um die richtige Lösung zu finden, sollten die drei Werte Grundwert (G), Prozentwert (W) und Prozentsatz (p) ein Begriff sein, denn einer dieser Werte ist meistens gefragt und muss anhand der allgemeinen Formel ($p\ \% = W \div G$) ermittelt werden. Bitte beachte an dieser Stelle, dass die Formel gegebenenfalls umgeformt werden muss.

$p\ \% = p \div 100$

Beispiel
In der folgenden Beispielaufgabe wollen wir die Formel nun anwenden und aufzeigen, wie eine Aufgabe aus dem Bereich Prozentrechnung gelöst werden kann.

Beispielaufgabe: Wie viel sind 5 % von 200?
$p = 5\ \%$
$G = 200$
$W = ?$

Die oben gegebene Formel lässt sich nach den verschiedenen Variablen G, W und p umstellen.

$p\ \% = W \div G$
$W = p\ \% \times G$
$G = W \div p\ \%$

In diesem Fall ist W gesucht. Daher berechnen wir $W = 5\ \% \times 200$ beziehungsweise $W = (5 \div 100) \times 200 = 10$.

Zeit: **15 Minuten**

1. Von den 32 Schülern haben drei Schüler eine 1 geschrieben und weitere fünf haben die Note 2. Die anderen waren bei einer 3 oder schlechter. Wie viel Prozent der Schüler waren besser als eine 3?
a) 20 %
b) 40 %

c) 25 %
d) 30 %

2. Vor zehn Jahren gab es 35 % Singlehaushalte in der EU. Und es gab 260 Mio. Haushalte mit mehr als einer Person. Wie viele Singlehaushalte gab es in der EU?
a) 130 Mio.
b) 140 Mio.
c) 35 Mio.
d) 120 Mio.

3. Der Joghurt, den Meike kaufen möchte, ist 250 g schwer. Auf der Verpackung steht, dass dieser 16 g Fett enthält. Wie viel Prozent Fett enthält der Joghurt?
a) 6,4 %
b) 7,8 %
c) 16 %
d) 2,5 %

4. Herr Glück hat 900 Euro inklusive Zinsen von seinem Bankkonto abgehoben. Das Geld wurde ein Jahr lang zu einem stolzen Zinssatz von 20 % fest verzinst. Wie viel Kapital musste Herr Glück vor einem Jahr anlegen, um diese Summe zu erhalten?
a) 180 Euro
b) 750 Euro
c) 700 Euro
d) 450 Euro

5. Herr Schmidt kauft ein neues Auto für 50.000 Euro. Leider hat das Auto bereits nach kurzer Zeit einen Getriebeschaden, was hohe Reparaturkosten verursacht. Herr Schmidt erhält aus diesem Grund von seinem Händler 20 % des Kaufpreises erstattet. Wie viel Euro erhält Herr Schmidt vom Händler?
a) 10.000 Euro
b) 20.000 Euro
c) 25.000 Euro
d) 30.000 Euro

6. Frau Feldbusch kauft sich für 500 Euro Aktien. Aufgrund einer guten wirtschaftlichen Entwicklung steigen die Aktienkurse auf 200 % des eingesetzten Kapitals. Wie viel Euro sind diese Aktien nun Wert?
a) 500 Euro
b) 1.000 Euro
c) 2.000 Euro
d) 5.000 Euro

7. Wie drückt man das Verhältnis 16 von 32 in Prozent aus (Prozentsatz)?
a) 16 %
b) 32 %
c) 60 %
d) 50 %

8. 8 % sind 80 Einheiten, wie viel sind 100 % (Grundwert)?
a) 100 Einheiten
b) 1.000 Einheiten
c) 400 Einheiten
d) 4.000 Einheiten

9. Der Preis für eine Kilowattstunde wird von 0,25 Euro auf 0,30 Euro erhört. Wie hoch ist die Steigerung in %?
a) 20 %
b) 25 %
c) 30 %
d) 5 %

10. Bei meiner Stamm-Apotheke erhalte ich drei Prozent Rabatt auf alle Rechnungen. Meine letzte Rechnung betrug vor Abzug 40,00 Euro. Wie hoch war die Ersparnis?
a) vier Euro
b) zwölf Euro
c) 1,20 Euro
d) 0,40 Euro

11. Im Polizeibezirk Bochum arbeiten 1.500 Männer und 500 Frauen. Wie hoch ist der prozentuale Frauenanteil in diesem Bezirk?

a) 15 %
b) 20 %
c) 25 %
d) 30 %

12. Der Bauer hat insgesamt 90 Apfelbäume und will 18 weitere anpflanzen. Wie viel Prozent sind das?
a) 18 %
b) 20 %
c) 24 %
d) 19 %

13. Der Pizza-Lieferservice wirbt mit 20 % Rabatt bei der nächsten Bestellung. Luisa möchte sich eine 15,00 Euro Pizza bestellen. Wie hoch wäre die Ersparnis?
a) 2,50 Euro
b) 3,00 Euro
c) 2,00 Euro
d) 1,50 Euro

14. Wie hoch ist die Wahrscheinlichkeit in Prozent, als Kandidat bei der Show „Wer wird Millionär" eine Million Euro zu gewinnen, wenn es nur sechs Kandidaten von 300 schaffen?
a) 0,6 %
b) 1,5 %
c) 3 %
d) 2 %

15. Bei einer mobilen Blitzkontrolle beträgt die Wahrscheinlichkeit, dass jemand zu schnell fährt, etwa zehn Prozent. Die Blitzkontrolle wurde an einer vielbefahrenen Straße aufgebaut. Hier fahren von 7.00 Uhr bis 16.00 Uhr etwa 2.100 Autos entlang. Pro Ticket fallen Kosten von durchschnittlich zehn Euro an. Wie hoch ist der Betrag, der hier im genannten Zeitraum an Strafen eingenommen wird?
a) 2.100 Euro
b) 2.200 Euro
c) 2.300 Euro
d) 2.400 Euro

16. Wie viele Birnen können gekauft werden, wenn zehn Prozent von 80 Birnen vom Markt genommen wurden?
a) 76 Birnen
b) 88 Birnen
c) 70 Birnen
d) 72 Birnen

17. Ende April 2015 waren in den Bremer Justizvollzugsanstalten 1.350 Strafgefangene inhaftiert. Das sind etwa vier Prozent weniger als im Vorjahr, so das Statistikamt. Wie viele Strafgefangene waren im Vorjahr inhaftiert?
a) 1.445 Strafgefangene
b) 1.296 Strafgefangene
c) 1.404 Strafgefangene
d) 1.498 Strafgefangene

18. Im Jahr 2013 wurden deutschlandweit 9.640 Tote durch Verkehrsunfälle verzeichnet. Darunter waren 1.364 Motorradunfälle und 3.456 PKW-Unfälle. Wie viel Prozent der Tode wurden nicht durch Motorräder oder PKWs verursacht?
a) 15 %
b) 25 %
c) 50 %
d) 75 %

Lösungen: Prozentrechnung

1. c)	7. d)	13. b)
2. b)	8. b)	14. d)
3. a)	9. a)	15. a)
4. b)	10. c)	16. d)
5. a)	11. c)	17. c)
6. b)	12. b)	18. c)

Zu 1.: c) Zuerst muss die Anzahl der Schüler, die besser als eine 3 waren, berechnet werden: drei (Anzahl der Note 1) + fünf (Anzahl der Note 2) = acht. Eingesetzt in die Formel für Prozentrechnung, ergibt sich ein Wert von $p = 8 \div 32 \times 100\ \% = 25\ \%$.

Zu 2.: b) Um herauszufinden, wie viele Singlehaushalte es gegeben hat, muss zuerst die Gesamthaushaltszahl bestimmt werden. Hierzu stellen wir die Formel um: $G = W \div p\ \% \times 100\ \% = 260$ Mio. $\div\ 65\ \% \times 100\ \% = 400$ Mio. Mit Hilfe des berechneten Grundwerts lässt sich in Teilschritt zwei der Prozentwert durch $W = p\ \% \times G = 35\ \% \div 100\ \% \times 400$ Mio. = 140 Mio. ermitteln.

Zu 3.: a) Einsetzen in die Formel bringt: $p = 16 \div 250 \times 100\ \% = 6{,}4\ \%$.

Zu 4.: b) Mit $p = 120\ \%$ und $W = 900$ Euro erhält man: $G = W \div p \times 100\ \% = 750$ Euro. Der Prozentsatz p wird so gewählt, da man im Vorjahr 100 % hatte und jetzt durch die Zinsen 20 % dazugekommen sind.

Zu 5.: a) Wird die Gleichung nach dem Prozentwert W umgestellt und für $p = 20\ \%$ und $G = 50.000$ Euro gewählt, so erhält man: $W = p\ \% \times G = 10.000$ Euro

Zu 6.: b) Entsprechen 500 Euro gleich 100 %, so verdoppelt sich dieser Wert, um auf 200 % zu kommen. Antwort b) ist korrekt.

Zu 7.: d) $p = 16 \div 32 \times 100\ \% = 50\ \%$. In diesem Fall wird mit 100 % multipliziert, da das Resultat in Prozent gewünscht ist. Ist nur das Verhältnis gefragt, so stimmt Antwort d) ebenfalls.

Zu 8.: b) Mit $W = 80$ Einheiten und $p = 8\ \%$: $G = W \div p \times 100\ \% = 1.000$ Einheiten.

Zu 9.: a) Bei dieser Aufgabe ist zu beachten, dass G und W richtig gewählt werden: Da es sich um eine Steigerung handelt, wird der Prozentsatz auch über 100 % betragen. Daher müssen nach der Berechnung $p = 0{,}30 \div 0{,}25 \times 100\ \% = 120\ \%$, mit $W = 0{,}30$ Euro und $G = 0{,}25$ Euro, die anfänglichen 100 % abgezogen werden, um auf die reine Steigerung zu kommen.
Zu 10.: c) Siehe Lösung Aufgabe 5: $W = p\ \% \times G = 1{,}20$ Euro

Zu 11.: c) Die große Gefahr ist hierbei, dass anstatt mit 2.000 Beschäftigten nur mit dem Anteil der Männer von 1.500 Arbeitern gerechnet wird. Eingesetzt ergibt dies: p = 500 ÷ 2.000 × 100 % = 25 %

Zu 12.: b) p = 18 ÷ 90 × 100 % = 20 %

Zu 13.: b) Siehe Lösung Aufgabe 5: W = p % × G = 3,00 Euro

Zu 14.: d) p = 6 ÷ 300 × 100 % = 2 %

Zu 15.: a) Diese Aufgabe besteht aus zwei Teilschritten: die Berechnung der Anzahl an Autos, die mit großer Wahrscheinlichkeit zu schnell fahren, und der daraus resultierenden Gesamtsumme. Für Ersteres dient die Formel W = p % × G = 210 Autos, mit p = 10 % und G = 2.100 Autos. Da jedes Auto durchschnittlich 10 € bezahlt, lautet das Resultat in Teilschritt 2: 210 × 10 € = 2.100 €.

Zu 16.: d) Siehe Lösung Aufgabe 5: W = p % × G = 72 Stück. Hierbei ist zu beachten, dass nicht die im Text erwähnten 10 % für p gewählt werden, sondern die verbleibenden 90 %.

Zu 17.: c) Die Ende April 2015 1.350 Inhaftierten entsprechen 96%, die aus dem Vorjahr 100%. Daraus ergibt sich: 1.350 × 4% =54
100 % = 1.350 + 54 = 1.404

Zu 18.: c) Da nach den Verkehrsunfällen gefragt ist, welche weder von PKWs noch Motorrädern verursacht worden sind, müssen von den 9.640 Toten insgesamt 4.820 Opfer (Summe der Motorrad- und PKW-Unfälle) subtrahiert werden. So berechnet sich p nach: p = 4.820 ÷ 9.640 × 100 % = 50 %

Zinsrechnung

Die **Deutsche Zinsmethode** sieht vor, dass jeder Monat mit 30 Zinstagen und ein gesamtes Jahr mit 360 Zinstagen gerechnet wird. Somit werden Monate, die als Ganzes zwischen Anfangsdatum und Enddatum des Zinszahlungszeitraums liegen, unabhängig von ihrer tatsächlichen Tagesanzahl mit je 30 Tagen gezählt.

Löse alle Aufgaben und trage das Ergebnis entsprechend ein. Bei Rechenaufgaben darfst du Nebenrechnungen auf ein Notizblatt schreiben.

Zeit: **10 Minuten**

1. Ein Kapital von 22.500 € wird zu einem Zinssatz von 7,5 % angelegt. Wie hoch ist der Zins nach neun Monaten und zehn Tagen?

Ergebnis: ___________ €

2. Das Haus der Familie Müller ist mit einer Hypothek belastet. Familie Müller zahlt bei einem Zinssatz von 8,5 % monatlich 637,50 € Zinsen. Wie hoch ist die Hypothek?

Ergebnis: ___________ €

3. Herr Schmidt kauft ein Auto zum Preis von 13.750 € und lässt diese Summe vom Auto-händler finanzieren. In einem Jahr hat Herr Schmidt 15.331,25 € gezahlt. Wie hoch war der Zinssatz?

Ergebnis: ___________ %

4. Zum Bau eines Einfamilienhauses benötigt Familie Koch eine Hypothek von 150.000 €. Die Zinsen für die ersten fünf Jahre sind auf 6 % pro Jahr festgelegt. Außerdem muss Familie Koch 1 % Tilgung pro Jahr zahlen. Wie hoch sind die monatlichen Kosten der Familie Koch?

Ergebnis: ___________ €

5. Ein Sparer erhält für sein Kapital von 42.500 € bei einem Zinssatz von 6,5 % 552,50 € ausgezahlt. Wie lange war das Kapital angelegt?

Ergebnis: ___________ Tage

6. Für ein Darlehen von 33.000 € mussten bei einem Zinssatz von 8 % insgesamt 9.240 € an Zinsen gezahlt werden. Nach welcher Zeit wurde das Darlehen abgelöst?

Ergebnis: __________ Monate

7. Ein Kleinwagen kostet 15.600€, wenn er bar bezahlt wird. Das Auto kann auch in zwei Raten zu 8.000€ bezahlt werden, wobei die erste Rate sofort und die zweite nach einem halben Jahr fällig ist. Wie viel beträgt der Zinssatz, den der Verkäufer bei diesem Abzahlungsgeschäft verlangt?

Ergebnis: ___________ %

8. Deine Eltern haben für dich auf der Bank Festgeld bei einem Zinssatz von 3,00 % angelegt. Nach einem Jahr werden dir auf deinem Sparbuch dafür 45 € Zinsen gutgeschrieben.

a) Berechne, wie viel Geld deine Eltern für dich angelegt haben.

b) Berechne, wie viel Zinsen du in zehn Tagen erhältst.

Ergebnis:

a) = ___________ €

b) = ___________ €

Mögliche Lösungswege: Zinsrechnung

Zu 1.: **1.312,50 €**
Jahreszins = 22.500 € × 7,5 % ÷ 100 %= 1.687,50€
Tageszins = 1.687,50 € ÷ 360 = 4,6875 €
Gesamtzins = 4,6875 € × 280 = 1.312,50 €

Zu 2.: **90.000 €**
Jahreszahlung= 637,50 € × 12 = 7.650 €
Kapital = 7.650 € ÷ 8,5 % × 100 % = 90.000 €

Zu 3.: **11,5 %**
Zinszahlung = 15.331,25 € - 13.750 €= 1.581,25 €
Prozentwert= 1.581,25 € ÷ 13.750 € × 100 % = 11,5 %

Zu 4.: **875 €**
Jahreszins = 150.000 € ÷ 100 % × 7 % = 10.500 €
Monatszins = 10.500 € ÷ 12 = 875€

Zu 5.: **72 Tage**
Jahreszins = 42.500 € × 6,5 % ÷ 100 %= 2.762,50 €
Tageszins = 2.762,50 € ÷ 360 = 7,67361111 €
Anlagedauer = 552,50 € ÷ 7,67361111 € = 72

Zu 6.: **42 Monate**
Jahreszins = 33.000 € × 8 % ÷ 100 % = 2.640 €
Monatszins = 2.640 € ÷ 12 = 220 €
Anlagedauer = 9.240 € ÷ 220 € = 42

Zu 7.: **5,263 %**
Der Verkäufer leiht dem Käufer 7.600 Euro für ein halbes Jahr und verlangt dafür eine „Gebühr“ von 400 Euro.
Zinssatz = 400 € × 100 % ÷ 7.600 € = 5,263 %

Zu 8. a) **1.500€**, b) **1,25 €**
Zu a): Anlagesumme = 45 € × 100 % ÷ 3 % = 1.500 €
Zu b) Tageszins = 45 € ÷ 360 = 0,125 €
Tageszins = 0,125 € x 10 = 1,25 €

Dreisatz

Der Dreisatz (auch Verhältnisgleichung genannt) ist ein Lösungsverfahren, um in den meisten Fällen aus drei gegebenen Werten eines Verhältnisses den unbekannten vierten Wert zu berechnen. Dabei unterscheidet man bei der Schwierigkeit der Aufgaben zwischen einem einfachen Dreisatz (je mehr A, desto mehr B), umgekehrten Dreisatz (Je mehr A, desto weniger B) und zusammengesetzten Dreisatz (beispielsweise je mehr A und je weniger B, desto mehr C).

Beispiel
Das folgende Beispiel soll dir helfen, die Vorgehensweise zur Lösung von Dreisatzaufgaben ins Gedächtnis zu rufen:

Beispielaufgabe: Drei Hamburger kosten neun Euro. Wie viel kosten vier Hamburger?

Meistens wird bei Dreisatzaufgaben versucht, zunächst den Wert für eine Sache zu berechnen. In diesem Fall also der Preis für einen Hamburger.

Da drei Hamburger neun Euro kosten, berechnen wir neun Euro ÷ drei Hamburger = drei Euro pro Hamburger. Ein Hamburger kostet also drei Euro.

Da an der Stelle nach vier Hamburgern gefragt ist, berechnen wir: vier × drei Euro = zwölf Euro. Vier Hamburger kosten also zwölf Euro.

Zeit: **20 Minuten**

1. Anlässlich des Firmenjubiläums von sechs Mitarbeitern, welche zusammen 60 Jahre bei dieser Firma arbeiten, erhalten diese eine Prämie von insgesamt 1.200 Euro. Die Prämie errechnet sich nach der Anzahl der Dienstjahre. Karim Schuster wird nächstes Jahr sein 15-jähriges Jubiläum erreichen und überlegt, ob er mit der Prämie seinen Jahresurlaub zahlen kann, der 540 Euro kosten wird. Kann er das?
a) Ja, er kann den Urlaub mit der Prämie zahlen.
b) Nein, er kann den Urlaub nicht mit der Prämie zahlen.

c) Ja, es bleibt sogar noch was für Cocktails übrig.
d) Ja, wenn er noch 80 Euro dazuzahlt.

2. Eine Belegschaft von zwölf Arbeitern hat in je acht Stunden an sieben Tagen 390.000 Federn produziert. Über einen Zeitraum von 16 Tagen sollen 2.340.000 Federn produziert werden. Wie viele Arbeiter werden am Band benötigt, wenn acht Stunden am Tag gearbeitet wird?
a) unter 20 Arbeiter
b) zwischen 20 und 29 Arbeiter
c) zwischen 30 und 36 Arbeiter
d) mehr als 36 Arbeiter

3. Zwei Pumpen füllen in sechseinhalb Stunden einen Pool, welcher 13.000 Liter fasst. Für einen Pool, der 21.000 Liter fasst, werden drei dieser Pumpen verwendet. Wie lange benötigen diese Pumpen, um den Pool zu füllen?
a) vier Stunden
b) fünf Stunden
c) sechs Stunden
d) sieben Stunden

4. Hans möchte Rindfleisch kaufen. 450 g kosten 13,50 Euro. Was kostet ein Kilogramm Rindfleisch?
a) 28 Euro
b) 27 Euro
c) 45 Euro
d) 30 Euro

5. Für die Vorbereitungen auf einen Tornado stattet Familie Frisch ihren Bunker aus. Vor einigen Jahren ist das Ehepaar mit neun Konserven und zwölf Litern Wasser für drei Tage ausgekommen. Mittlerweile hat das Ehepaar zwei Kinder und möchte sich im Notfall für fünf Tage versorgen können. Wie viele Konserven und wie viel Liter Wasser sollte die Familie in den Bunker bringen, wenn jede Person die gleiche Menge verbraucht?
a) zehn Konserven und 15 Liter Wasser
b) 15 Konserven und 25 Liter Wasser
c) 20 Konserven und 30 Liter Wasser
d) 30 Konserven und 40 Liter Wasser

6. Aus drei Brunnen können maximal 24 Familien mit Wasser versorgt werden. Wie viele Familien können aus 20 Brunnen mit Wasser versorgt werden?
a) 160 Familien
b) 140 Familien
c) 120 Familien
d) 150 Familien

7. Ein Weizenfeld wird von fünf Mähdreschern in neun Tagen bestellt. Wie lange brauchen 15 Mähdrescher dafür?
a) drei Tage
b) vier Tage
c) fünf Tage
d) sechs Tage

8. Zwei Maurer brauchen 48 Stunden, um eine Mauer hochzuziehen. Wie viele Stunden benötigen sechs Maurer für die gleiche Arbeit?
a) zehn Stunden
b) 16 Stunden
c) 18 Stunden
d) 24 Stunden

9. Mona ist 24 Kilometer gefahren und hat 1,2 Liter Benzin verbraucht. Wie viel Liter verbraucht sie auf 100 Kilometern?
a) zehn Liter
b) fünf Liter
c) acht Liter
d) 2,4 Liter

10. Um ein Waldstück von 80.000 Quadratmetern abzusuchen, benötigen zehn Polizisten 40 Stunden. Wie lange benötigen fünf Polizisten für eine Fläche von 50.000 Quadratmetern?
a) 25 Stunden
b) 50 Stunden
c) 80 Stunden
d) 100 Stunden

11. Für die Strecke von der Polizeiwache zum Einsatzort benötigt der Fahrer 24 Minuten bei der zulässigen Höchstgeschwindigkeit von 80 km/h. Mit Blaulicht kann er etwa 40 km/h schneller fahren. Wie lange benötigt er für die Strecke, wenn er das Blaulicht verwendet?
a) vier Minuten
b) 16 Minuten
c) 20 Minuten
d) 48 Minuten

12. Für die Fertigstellung eines Rohbaus von einem neuen Gebäudeteil benötigen vier Bauarbeiter, die täglich sieben Stunden arbeiten, 20 Tage. Ein Maurer hatte einen Arbeitsunfall. Die übrigen Bauarbeiter können den Verlust etwas kompensieren, indem sie täglich eine Stunde länger arbeiten, also acht Stunden am Tag. Wie viele Tage dauert es nun, bis der neue Gebäudeteil fertiggestellt wird?
a) ca. 20 Tage
b) ca. 21 Tage
c) ca. 23 Tage
d) ca. 33 Tage

13. Zwei Fliesenleger benötigen für das Fliesen einer 32 Quadratmeter großen Garage vier Stunden. Wie lange brauchen fünf Fliesenleger für 40 Quadratmeter?
a) fünf Stunden
b) vier Stunden
c) drei Stunden
d) zwei Stunden

14. Um eine Mauer von 32 Quadratmeter zu ziehen, brauchen zwei Maurer vier Stunden. Wie lange brauchen drei Maurer für eine 144 Quadratmeter Mauer?
a) zehn Stunden
b) elf Stunden
c) zwölf Stunden
d) 15 Stunden

15. Für eine Strecke benötigt man neun Stunden bei einer Geschwindigkeit von 80 km/h. Wie hoch muss die Geschwindigkeit sein, wenn man diese Strecke in sechs Stunden schaffen möchte?
a) 90 km/h
b) 100 km/h
c) 110 km/h
d) 120 km/h

16. Ein leitender Angestellter möchte vom Unternehmen ein Geschäftsauto gestellt bekommen. Er muss allerdings ein Prozent des Kaufwertes monatlich versteuern. Wie viel Euro muss er im Jahr zusätzlich versteuern, wenn das Geschäftsauto 32.000 Euro kostet?
a) 8.340 Euro
b) 3.840 Euro
c) 320 Euro
d) 3.200 Euro

17. Ein Polizeiauto verbraucht auf 100 Kilometer etwa neun Liter Benzin. Wie viel Benzin benötigt dieses Auto für 350 Kilometer?
a) 31,5 Liter Benzin
b) 32 Liter Benzin
c) 32,5 Liter Benzin
d) 33,5 Liter Benzin

18. Für eine kleine Feier zum Einstand plant Lara, für sich und ihre elf Kollegen 60 Euro für Getränke ein. Kurzfristig melden sich vier Personen ab. Für das übrige Geld möchte sie nun noch einen edlen Tropfen kaufen. Wie viel Geld kann sie dafür ausgeben?
a) 15 Euro
b) 20 Euro
c) 25 Euro
d) 30 Euro

19. In fünf Tagen schaffen es zwei Paketdienste 800 Päckchen auszuliefern. Wie viele Päckchen können maximal ausgeliefert werden, wenn drei Paketdienste nur zwei Tage Zeit haben?
a) 480 Päckchen
b) 1.200 Päckchen

c) 240 Päckchen
d) 320 Päckchen

20. Von einem Containerschiff werden in 30 Minuten sieben Container entladen. Wie lange dauert die Entladung von 56 weiteren Containern?
a) vier Stunden
b) fünf Stunden
c) sechs Stunden
d) sieben Stunden

21. Vier Arbeiter benötigen zwölf Arbeitsstunden, um ein Waldstück vollständig zu roden. Welche Zeit benötigen zehn Arbeiter für dieselben Rodungsarbeiten?
a) vier Stunden 48 Minuten
b) vier Stunden acht Minuten
c) vier Stunden 36 Minuten
d) vier Stunden 54 Minuten

22. Ein Student gibt an 14 Tagen im Monat jeweils fünf Euro in der Mensa aus. Für wie viele Tage würde das gleiche Geld reichen, wenn er jeweils nur 3,50 Euro ausgeben würde?
a) 20 Tage
b) 25 Tage
c) 17 Tage
d) 19 Tage

Lösungen: Dreisatz

1. b)	9. b)	17. a)
2. c)	10. b)	18. b)
3. d)	11. b)	19. a)
4. d)	12. c)	20. a)
5. d)	13. d)	21. a)
6. a)	14. c)	22. a)
7. a)	15. d)	
8. b)	16. b)	

Zu 1.: b) Da die Prämie anhand der geleisteten Dienstjahre aufgeteilt wird, muss als Erstes ermittelt werden, wie viel Prozent Karim Schuster von dem Geld erhält. Dazu erfolgt die Rechnung: p = 15 ÷ 60 × 100 % = 25 % (siehe hierzu Kapitel Prozentrechnung). Um nun Karim Schusters Summe zu errechnen, multipliziert man die 1.200 Euro mit 0,25 (1 = 100 %, 0,25 = 25 %) und erhält einen Betrag von 300 Euro. Daher kann er den Urlaub nicht vollständig mit seiner Prämie bezahlen.

Zu 2.: c) Zuerst wird berechnet, wie viele Federn ein Arbeiter pro Tag herstellen kann: 390.000 Federn ÷ 7 Tage = 55.714 Federn/Tag. Auf einen Mitarbeiter kommen somit 55.714 Federn ÷ 12 Arbeiter = 4.643 Federn. Wenn nun 2.340.000 Federn in 16 Tagen produziert werden sollen, müssen 2.340.000 Federn ÷ 16 Tage = 146.250 Federn/Tag hergestellt werden. Durch den ersten Schritt liegt die Erkenntnis vor, dass ein Mitarbeiter 4.643 Federn/Tag schafft. Somit werden 146.250 Federn ÷ 4.643 Federn = 31,5 (Mitarbeiter) benötigt.

Zu 3.: d) Wenn zwei Pumpen 13.000 Liter befördern, trägt jede der beiden mit 6.500 Liter bei. Da sie den Pool in 6,5 Stunden befüllen, werden 1.000 Liter pro Stunde gepumpt (6.500 Liter/6,5h = 1.000 Liter/h). Für einen Pool mit 21.000 Liter Fassvermögen und drei Pumpen wird die gleiche

Rechnung angewendet. Jede Pumpe trägt mit 7.000 Liter Gesamtvolumen bei. Bei 1.000 Liter pro Stunde brauchen die drei Pumpen also sieben Stunden, um den Pool zu füllen.

Zu 4.: d) Der klassische Dreisatz lässt sich auch grafisch lösen:
450 g → 13,50 Euro
1.000 g → x
x = 1.000 ÷ 450 × 13,50 Euro = 30 Euro

Zu 5.: d) Wenn zwei Personen zwölf Liter Wasser und neun Konserven in drei Tagen verbrauchen, so verbrauchen sie zu zweit pro Tag 12 Liter ÷ 3 = 4 Liter Wasser und 9 Konserven ÷ 3 = 3 Konserven pro Tag. Um nun den Fünf-Tages-Vorrat für vier Personen zu bestimmen, werden die Pro-Tag-Mengen mal zwei multipliziert und anschließend mal fünf: 4 Liter × 2 (Zwei Menschen werden zu einer „Einheit" zusammengefasst.) × 5 Tage = 40 Liter und 3 Konserven × 2 × 5 = 30 Konserven

Zu 6.: a) Wenn drei Brunnen 24 Familien versorgen, versorgt ein Brunnen alleine maximal acht Familien. Somit können von 20 Brunnen acht Familien × 20 = 160 Familien leben.

Zu 7.: a) Fünf Mähdrescher benötigen neun Tage für ein Feld. Wird nun aber die dreifache Menge an Mähdreschern eingesetzt, so brauchen sie nur ein Drittel der Zeit, ergo drei Tage.

Zu 8.: b) Zwei Maurer arbeiten 48 Stunden für eine Mauer, somit beträgt die Arbeitszeit für einen Maurer, um eine Mauer hochzuziehen, 96 Stunden.

Arbeiten nun sechs Maurer gleichzeitig, minimiert sich die Arbeitszeit auf 96 Stunden ÷ 6 Arbeiter = 16 Stunden.

Zu 9.: b) Siehe Lösung Aufgabe 4: x = 100 ÷ 24 × 1,2 l = 5 Liter

Zu 10.: b) Ein Polizist sucht pro Stunde 200 Quadratmeter ab (80.000 ÷ 10 ÷ 40 = 200). Für eine Fläche von 50.000 Quadratmetern benötigen somit fünf Polizisten 50 Stunden Zeit. (50.000 ÷ 200 ÷ 5 = 50 Stunden).

Zu 11.: b) Mit Blaulicht fährt der Fahrer 120 km/h. Ohne Blaulicht bewegt sich der Fahrer nur mit zwei Drittel der Geschwindigkeit fort. Braucht er also mit 80 km/h 24 Minuten, so legt er die Strecke mit höherem Tempo in einer Zeit von ⅔ × 24 Minuten = 16 Minuten zurück (Er spart sich somit ein Drittel der Zeit, da er um ein Drittel schneller fährt mit Blaulicht.).

Zu 12.: c) Insgesamt arbeiten vier Bauarbeiter 560 Stunden, um den Rohbau fertigzustellen: 4 Arbeiter × 7 Stunden = 28 Stunden Gesamtarbeitszeit pro Tag, 28 Stunden × 20 Tage = 560 Stunden. Drei Arbeiter, die jeden Tag acht Stunden arbeiten, weisen eine Gesamtarbeitszeit von 24 Stunden pro Tag auf. Somit folgt: 560 Stunden ÷ 24 Stunden (je Tag) = 23,33 Tage

Zu 13.: d) Zwei Fliesenleger brauchen vier Stunden für 32 Quadratmeter. Ein Fliesenleger bearbeitet somit in vier Stunden 16 Quadratmeter. In einer Stunde daher 16 Quadratmeter ÷ 4 Stunden = 4 Quadratmeter. Arbeiten fünf Fliesenleger gleichzeitig, schaffen sie in einer Stunde 20 Quadratmeter. Da die doppelte Fläche zu fliesen ist, benötigen sie zwei Stunden.

Zu 14.: c) Siehe Lösung Aufgabe 13: In einer Stunde schafft ein Maurer vier Quadratmeter, daher ziehen drei Maurer zwölf Quadratmeter Mauer in einer Stunde hoch.

Da die zu bauende Mauer 144 Quadratmeter Fläche besitzt, benötigen drei Maurer zwölf Stunden: 144 Quadratmeter ÷ 12 Quadratmeter pro Stunde = 12 Stunden

Zu 15.: d) Mit Hilfe der Formel $s = v \times t$, wobei s für die zurückgelegte Strecke, t für die Zeit und v für die Geschwindigkeit steht, ermittelt man zuerst die Gesamtstrecke: $s = 80$ km/h × 9 h = 720 km. Wird die Zeitspanne verringert, so muss die Geschwindigkeit zunehmen: $v = s \div t$ = 720 km ÷ 6 h = 120 km/h

Zu 16.: b) Die monatliche Steuer des Angestellten beträgt 32.000 Euro × 0,01 = 320 Euro. Somit muss er jährlich 320 Euro × 12 = 3.840 Euro Abgaben zahlen.

Zu 17.: a) Für 100 km verbraucht das Auto neun Liter Benzin. Fährt er jetzt 3,5-mal so viel, steigt auch sein Verbrauch um das 3,5-fache: 9 Liter Benzin × 3,5 = 31,5 Liter Benzin.

Zu 18.: b) Die eingeplanten 60 Euro verteilen sich gleichmäßig auf zwölf Gäste: 60 Euro ÷ 12 Gäste = 5 Euro pro Gast. Sagen nun vier Gäste ab, stehen Lara 20 Euro zum Kauf eines edlen Tropfens zur Verfügung: 5 Euro × 4 = 20 Euro

Zu 19.: a) Zwei Paketdienste liefern in fünf Tagen 800 Päckchen aus. Daher liefert ein Paketdienst 400 Päckchen in fünf Tagen und 80 Pakete an einem Tag aus: 800 Päckchen ÷ 2 = 400 Päckchen, 400 Päckchen ÷ 5 Tage = 80 Pakete pro Tag. Stellen drei Lieferanten gleichzeitig 80 Pakete am Tag zu, schaffen sie in Summe 240 pro Tag. Da sie zwei Tage Zeit haben, verdoppelt sich der Wert: 240 Pakete pro Tag × 2= 480 Pakete pro Tag

Zu 20.: a) In 30 Minuten können sieben Container entladen werden. Insgesamt fehlen noch 56 = 7 × 8 Container. Wie zu erkennen ist, ist die Zahl 56 das Achtfache von sieben, daher dauert die Entladung noch 8 × 0,5 Stunden = 4 Stunden.

Zu 21.: a) Die Gesamtarbeitszeit der vier Arbeiter beträgt 4 × 12 Stunden = 48 Stunden. Verteilen sich diese Stunden auf zehn Arbeiter, so benötigen sie 4,8 Stunden bei gleichzeitigem Roden.

Zu beachten ist, dass eine Umrechnung in Minuten erfolgen muss: 60 Minuten × 0,8 (da 80 % der Stunde benötigt wird) = 48 Minuten

Zu 22.: a) Der Student verbraucht insgesamt 14 Tage × 5 Euro = 70 Euro in der Mensa. Reduziert er seinen täglichen Verzehr auf 3,50 Euro, so kann er an 70 ÷ 3,50 Euro pro Tag = 20 Tagen davon essen.

Sprachanalogien

Sogenannte Sprachanalogien werden in zahlreichen Aufnahmetests verwendet. Die Aufgabe dabei ist, die Wortgleichung sinnvoll zu ergänzen. Das erste und zweite Wort in der Gleichung stehen in einer Beziehung zueinander. Ziel ist es, zwischen dem dritten und dem Lösungswort eine ähnliche Beziehung herzustellen. Richtig ist immer nur eine Lösung.

Zeit: **10 Minuten**

1. Linde / Eiche = Dackel / ?
a) Boxer
b) Hund
c) Vierbeiner
d) Schnauze

2. Bleistift / spitzen = Messer / ?
a) schneiden
b) stechen
c) schleifen
d) scharf

3. Bluse / T-Shirt = kurze Hose / ?
a) Rock
b) Unterhose
c) BH
d) Unterwäsche

4. Herbst / Apfel = Obst / ?
a) Sommer
b) Monat
c) Jahreszeit
d) Gemüse

5. Mensch / Nahrung = Auto / ?
a) Getriebe
b) Benzin
c) Reifen
d) Vordersitz
e) Windschutzscheibe

6. Obst / Banane = Gemüse / ?
a) Gurke
b) Kiwi
c) Apfel
d) Orange
e) Grapefruit

7. Küken / Vögel = Baby / ?
a) Rentner
b) Erwachsener
c) Jugendlicher
d) Homo Sapiens
e) Kleinkind

8. Skateboard / fahren = Pferd / ?
a) dressieren
b) reiten
c) füttern
d) schlachten
e) streicheln

9. hoch / tief = schnell / ?
a) lang
b) unendlich
c) breit
d) weit
e) langsam

10. Papier / Stift = Wand / ?
a) Schere
b) Kleber
c) Perforator
d) Wandfarbe
e) Tapete

11. Tee / Wasser = Kaffee / ?
a) Bohnen
b) Tasse
c) Wasser
d) Kanne
e) Schwarz

12. wenig / viel = null / ?
a) unendlich
b) nichts
c) mehr
d) ein bisschen
e) 1.000

13. Flugzeug / Himmel = Deutschland / ?
a) Universum
b) Berge
c) Land
d) Amerika
e) Europa

14. lachen / Freude = weinen / ?
a) Spaß
b) lustig
c) Trauer
d) Ekel
e) Tränen

15. Sommer / Sonne = Winter / ?
a) Blumen
b) kalt
c) langweilig
d) Schnee
e) Frühling

16. Morgen / Kind = Abend / ?
a) Mensch
b) Erwachsener
c) Frau
d) Junge
e) Affe

17. Herz / Mensch = Adler / ?
a) Krieg
b) Himmel
c) Sand
d) Frieden
e) Hass

18. Tier / Fell = Baum / ?
a) Wurzel
b) Rinde
c) Ast
d) Blätter
e) Stamm

19. Kilogramm / Gewicht = Minute / ?
a) Armbanduhr

b) Stunde
c) Tag
d) Zeit
e) Jahr

20. Meter / Länge = Unze / ?
a) Gold
b) Römer
c) Entfernung
d) Zeit
e) Masse

21. Hamburger / USA = Fish and Chips / ?
a) Deutschland
b) Großbritannien
c) Polen
d) Russland
e) Frankreich

22. vorwärts / rückwärts = rechts / ?
a) oben
b) unten
c) links
d) vorne
e) hinten

23. Knopf / Plastik = T-Shirt / ?
a) Glas
b) Holz
c) Eisen
d) Stoff
e) Feder

24. Kürbis / Herbst = Plätzchen / ?
a) Sommer
b) Winter
c) Frühsommer
d) Frühling
e) Juli

Lösungen: Sprachanalogien

1. a)	9. e)	17. b)
2. c)	10. d)	18. b)
3. a)	11. c)	19. d)
4. c)	12. a)	20. e)
5. b)	13. e)	21. b)
6. a)	14. c)	22. c)
7. e)	15. d)	23. d)
8. b)	16. b)	24. b)

Zu 1.: a) In diesem Fall passt nur Lösung a), da es sich hierbei um eine Hunderasse handelt. Linde und Eiche sind zwei verschiedene Baumarten, Dackel und Boxer zwei Hunderassen.

Zu 2.: c) Einen Bleistift spitzt man, ein Messer schleift man. Beides sind Methoden, um den jeweiligen Gegenstand in den Optimal-Zustand zu versetzen.

Zu 3.: a) Bluse ist die elegante, T-Shirt die legere Variante eines Oberteils. Gleicher Zusammenhang gilt für Rock und kurzer Hose.

Zu 4.: c) Es werden die Oberbegriffe gesucht: Apfel → Obst, Herbst → Jahreszeit.

Zu 5.: b) Ein Mensch benötigt Nahrung zum Überleben, ein Auto funktioniert nur mit ausreichend Benzin.

Zu 6.: a) Die Banane gehört eindeutig in die Kategorie Obst. In den Antwortmöglichkeiten steht nur eine Gemüsesorte, daher muss Gurke die richtige Lösung sein.

Zu 7.: e) Küken entwickeln sich ohne Zwischenschritt zu Vögeln. Da der Mensch mehrere Stadien durchläuft, aber nur nach dem Folgeprozess gefragt wurde, ist Antwort e) Kleinkind richtig.

Zu 8.: b) Der Zusammenhang besteht in der richtigen Fortbewegungsmöglichkeit. Ein Skateboard fährt man, ein Pferd wird geritten.

Zu 9.: e) In dieser Aufgabe werden Gegensätze abgefragt: hoch / tief und schnell / langsam.

Zu 10.: d) Mit einem Stift wird ein Papier beschrieben, analog dazu mit Wandfarbe die Wand gestrichen.

Zu 11.: c) Das Entscheidende ist nicht die Herstellung des Grundprodukts (Teeblätter, Kaffeebohnen), sondern die Zutat, die zur Fertigstellung des Getränks verwendet wird – in beiden Fällen ist dies Wasser.

Zu 12.: a) siehe Lösung Aufgabe 9

Zu 13.: e) Das Flugzeug fliegt im Himmel, Deutschland liegt auf dem Kontinent Europa. Die geografische Lage ist entscheidend.

Zu 14.: c) Freude wird oft empfunden, wenn man lacht. Trauer hingegen, wenn man weint.

Zu 15.: d) Das charakteristische Merkmal für den Sommer ist die Sonne. Für den Winter ist Schnee typisch.

Zu 16.: b) Wird das Leben als Tag betrachtet, ist der Mensch am Morgen ein Kind und am Abend ein Erwachsener.

Zu 17.: b) Das Herz befindet sich im Brustkorb des Menschen, der Adler verbringt die meiste Zeit im Himmel. Der richtige Lebensraum ist gefragt.

Zu 18.: b) Der Körper eines Tieres ist von einem Fell ummantelt, genauso wie ein Baum von Rinde ummantelt ist.

Zu 19.: d) Kilogramm ist eine Maßeinheit für das Gewicht. Die Zeit wird unter anderem in Minuten gemessen.

Zu 20.: e) Meter ist ein Längenmaß, genauso wie eine Unze eine Gewichtseinheit ist.

Zu 21.: b) Ein typisches Gericht in den USA sind Hamburger. Großbritannien ist bekannt für Fish and Chips.

Zu 22.: c) In dieser Aufgabe werden Gegensätze abgefragt: vorwärts / rückwärts und rechts / links.

Zu 23.: d) Das Material, aus dem die Gegenstände produziert werden, ist gesucht.

Zu 24.: b) siehe Lösung Aufgabe 15

Buchstabenreihen fortsetzen

Bei dieser Aufgabe musst du Buchstabenreihen fortsetzen. Ergänze die Reihen so, dass sie sinnvoll und logisch mit einem Buchstaben gefüllt werden. Zeit: **10 Minuten**

1. A B A C A D A E A ___

2. Z A Y A X A W A ___

3. A E A G A I A K A ___

4. Z G X F Z E X D Z ___

5. Y F E Y F E Y F ___

6. D Z E Y F X G W H ___

7. B A D C F E H G J ___

8. O P N Q M R L S K ___

9. A B E C I D O F U ___

10. ML ON QP SR ___

11. x w u t r q o n l k ___

12. w V U t S R q P O n M ___

13. Z y X w V u T s ____

14. d h O s d i P t d j Q u d k R ___

15. m i g j f d g c a ___

16. k l m n o n m l ___

17. Y w T p K ___

18. e b i f m j q n u r ___

19. z a y b x c w d v e ___

20. C G k O S ___

Lösungen: Buchstabenreihen fortsetzen

1. F	8. T	15. d
2. V	9. G	16. k
3. M	10. UT	17. e
4. C	11. j	18. y
5. E	12. L	19. u
6. V	13. R	20. w
7. I	14. v	

Zu 1.: F. Die Reihe wechselt je zwischen dem Buchstaben A und der Aufzählung des Alphabets.

Zu 2.: V. Die Reihe wechselt je zwischen dem Buchstaben A und der Aufzählung des Alphabets von hinten.

Zu 3.: M. Die Reihe wechselt je zwischen dem Buchstaben A und der Aufzählung des Alphabets, bei E beginnend und je einen Buchstaben überspringend.

Zu 4.: C. Die Reihe wechselt zwischen dem Buchstabenpaar Z und X sowie der Aufzählung des Alphabets rückwärts, bei G beginnend.

Zu 5.: E. Es ist eine Dreierreihe, in der die Buchstaben Y, F und E immer wiederholt werden.

Zu 6.: V. Die Buchstaben werden abwechselnd von D an dem Alphabet nach und von Z an gegen das Alphabet gereiht.

Zu 7.: I. Die Buchstaben werden abwechselnd von B und A dem Alphabet nach gereiht und überspringen dabei jeweils einen Buchstaben.

Zu 8.: T. Die Buchstaben werden abwechselnd von O sowie von P an dem Alphabet nach gereiht, von O an gegen, von P an in Richtung des Alphabets.

Zu 9.: G. Die Buchstaben werden abwechselnd von A und B dem Alphabet nach gereiht, wobei von A an die Vokale und von B an die Konsonanten aufgereiht werden.

Zu 10.: UT. Die Buchstaben werden rückwärts in Zweier-Päckchen gebündelt.

Zu 11.: j. Die Buchstaben werden ausgehend vom x rückwärts in dem Muster -1 -2 aneinandergereiht.

Zu 12.: L. Die Buchstaben werden dem Alphabet entsprechend rückwärts ausgehend vom w aufgezählt. Dabei ist jeder zweite und dritte Buchstabe groß.

Zu 13.: R. Die Buchstaben werden dem Alphabet entsprechend rückwärts aufgezählt. Dabei sind die Buchstaben abwechselnd klein und groß.

Zu 14.: v. Hier werden drei verschiedene Reihen miteinander verzahnt und jeweils durch ein d voneinander getrennt: hijk.../ OPQR.../stu...

Zu 15.: d. Die Buchstaben werden ausgehend vom m in dem Muster -4 -2 +3 aneinandergereiht.

Zu 16.: k. Die Buchstaben laufen dem Alphabet entsprechend bis zum o und von dort an wieder rückwärts.

Zu 17.: e. Die Buchstaben werden ausgehend vom Y in dem Muster -2 -3 -4 -5 aneinandergereiht.

Zu 18.: y. Die Buchstaben werden ausgehend vom e in dem Muster -3 +7 aneinandergereiht.

Zu 19.: u. Hier werden zwei verschiedene Reihen miteinander abwechselnd verzahnt: zyxwv... und abcde....

Zu 20.: w. Die Buchstaben werden ausgehend vom C in dem Muster +4 aneinandergereiht. Dabei ist jeder dritte Buchstabe klein.

Textaufgaben

Die Bundeswehr sieht Textaufgaben als eine wirkungsvolle Methode, um deine Abstraktionsfähigkeit und gleichzeitig die rechnerische Fähigkeit auf die Probe zu stellen.

Zeit: **20 Minuten**

1. Jemand sagt: „In zwei Jahren bin ich doppelt so alt wie ich vor vier Jahren war." Wie alt ist die Person?
a) zehn
b) zwölf
c) acht
d) 13
3) 13

2. Wer ist am schnellsten? Liam ist langsamer als Anna. Anna ist schneller als Emilia. Liam ist langsamer als Kevin. Kevin ist schneller als Anna.
a) Liam
b) Anna
c) Emilia
d) Kevin

3. Arthur ist leichter als Benjamin, aber schwerer als Johanna. Johanna ist schwerer als Peter. Wer ist der Schwerste?
a) Arthur
b) Benjamin
c) Johanna
d) Peter

4. Zwei Länder haben insgesamt zehn Einwohner. Niemand, der mehr als 85 Kilogramm wiegt, kann Präsident eines Landes werden. Die Einwohner der Länder sind jeweils 88 kg, 86 kg, 84 kg, 75 kg, 95 kg, 105 kg, 78 kg, 85 kg, 86 kg und 87 kg schwer. Wie viele Präsidenten gibt es?
a) fünf
b) sechs
c) drei
d) zwei

5. Du meldest dich zu einem Wettlauf an. Beim Endspurt überholst du den fünften Läufer, wirst dann aber von zwei anderen Läufern überholt. Mit welcher Platzierung läufst du ins Ziel ein?
a) vierter
b) fünfter
c) sechster
d) siebter

6. Wenn sechs Äpfel ein Kilogramm wiegen, wie viele Äpfel wiegen dann 2,5 Kilogramm?
a) zwölf
b) 16
c) 15
d) 13

7. Wer ist am stärksten? Andreas ist schwächer als Linus. Henry ist stärker als Patrick. Patrick ist stärker als Linus.
a) Andreas
b) Henry
c) Patrick
d) Linus

8. Wer ist am sorgfältigsten? Michael ist sorgfältiger als Ben. Annika ist sorgfältiger als Sarah. Annika ist lässiger als Ben. Sarah ist lässiger als Ben.
a) Michael
b) Ben
c) Sarah
d) Annika

9. Morgen ist Montag. Welcher Tag war einen Tag vor gestern?
a) Samstag
b) Freitag
c) Donnerstag
d) Sonntag

10. Jeder Cousin hat gleich viele Cousinen wie Cousins. Jede Cousine hat doppelt so viele Cousins wie Cousinen. Wie viele Cousinen gibt es in der Familie?
a) vier
b) drei
c) acht
d) eine

11. Eine Biene hat sechs Beine, eine Spinne sogar acht. Zusammen haben zwei Bienen und drei Spinnen genauso viele Beine wie zwölf Enten und ...
a) zwei Hunde.
b) drei Hunde.
c) sieben Hunde.
d) zwölf Hunde.

12. Wie oft kann man maximal 1,50 Euro ausgeben, wenn man 17,99 Euro hat?
a) 10,5-mal
b) 11-mal
c) 12-mal
d) 13-mal

13. Hans geht in den Supermarkt und möchte 20 Tafeln Schokolade kaufen. Eine Tafel kostet 0,89 Euro. Es gibt aber noch zwei Angebote: Angebot A – fünf Tafeln für 4,20 Euro oder das Angebot B – zehn Tafeln für 8,50 Euro. Sollte Hans ein Angebot nutzen und wenn ja, welches?
a) Hans sollte die Tafeln einzeln kaufen.
b) Hans sollte das Angebot A nutzen.
c) Hans sollte das Angebot B nutzen.
d) Die Angebote A und B sind gleichwertig.

14. Zwei Hasen benötigen acht Tage, um das Gras eines Rasens komplett aufzufuttern. Wie viele Tage benötigen zehn Hasen?
a) 1,8 Tage
b) zwei Tage
c) 1,4 Tage
d) 1,6 Tage

15. Die Klasse hat 32 Schüler. Heute sind vier Schüler abwesend. Wie viel Prozent der Schüler sind heute anwesend?
a) 96 %
b) 80 %
c) 12,5 %
d) 87,5 %

Lösungen: Textaufgaben

1. a)	6. c)	11. b)
2. d)	7. b)	12. b)
3. b)	8. a)	13. b)
4. d)	9. b)	14. d)
5. d)	10. b)	15. d)

Zu 1.: a) Stellt man eine Gleichung auf, lässt sich das Alter leicht berechnen. Dazu wird das Alter als Variable x definiert:
$x + 2 = (x - 4) \times 2$
Löst man diese Gleichung nach x auf, erhält man: $2 = x - 8 \mid + 8$; $x = 10$. Daher ist das aktuelle Alter x = zehn Jahre.

Zu 2.: d) Da Kevin schneller ist als Anna und Liam, aber Emilia langsamer ist als Anna, kann nur Kevin der Schnellste sein.

Zu 3.: b) Chronologisch ist Benjamin der Schwerste, gefolgt von Arthur, dann Johanna und Paul ist der Leichteste.

Zu 4.: d) Insgesamt gibt es vier Kandidaten, da jedes Land aber nur einen Präsidenten wählt, ist Antwort d) richtig.

Zu 5.: d) Wenn ich den Fünften überhole, nehme ich den Platz als Fünftplatzierter ein. Werde ich nun zweimal überholt, rutsche ich auf den siebten Platz zurück.

Zu 6.: c) Sechs Äpfel wiegen ein Kilo, das 2,5-fache, also 2,5 kg, ergeben sich durch die 2,5-fache Anzahl an Äpfel: 6 × 2,5 = 15 Äpfel

Zu 7.: b) Henry ist der Stärkste, gefolgt von Patrick, danach Linus und Andreas ist der Schwächste.

Zu 8.: a) Da Ben sorgfältiger ist als Sarah und Annika, aber lässiger ist als Michael, ist Michael der Sorgfältigste von allen vier.

Zu 9.: b) Wenn morgen Montag ist, haben wir heute Sonntag. Gestern war Samstag und der Tag davor war Freitag.

Zu 10.: b) Zur Lösung der Aufgabe stellen wir ein Gleichungssystem mit x = Anzahl Cousins und y = Anzahl Cousinen auf:
(I) $(|x| - 1) = |y|$
(II) $(|y| - 1) = 2\ |x|$
Gleichung (I) ist aus Sicht eines Cousins, daher steht auf der linken Seite $(x - 1)$, analog dazu Gleichung (II) aus Sicht einer Cousine. Die Variablen x und y sind in Betragsstrichen, da uns die reine Anzahl und nicht das Vorzeichen interessiert.
Auflösen von (I) nach x ergibt:
(I) × $|x| = |y| + 1$
Einsetzen von (I)× in (II):
(II) × $(|y| - 1) = 2 \times (|y| + 1)$
$|y| - 1 = 2|y| + 2$
$|y| = -3$
$y = |-3| = 3$
Insgesamt sind drei Cousinen in der Familie.

Zu 11.: b) Zusammen haben zwei Bienen und drei Spinnen 36 Beine: 6 Beine × 2 Bienen + 8 Beine × 3 Spinnen = 36 Beine. Zwölf Enten besitzen insgesamt 24 Beine, da 12 Enten × 2 Beine = 24 Beine sind. Somit fehlen noch insgesamt zwölf Hundebeine. Ein Hund hat vier Beine, damit ist Antwort b) richtig.

Zu 12.: b) Elfmal ist die richtige Antwort, da 17,99 Euro ÷ 1,50 Euro = 11,99 ergibt. In diesem Fall muss abgerundet werden.

Zu 13.: b) Vergleicht man die Angebote, zahlt man für den Einzelkauf 20 Tafeln × 0,89 Euro = 17,80 Euro. Nutzt man Angebot A, ergibt sich eine Summe von 16,80 Euro (4 × 4,20 Euro). Angebot B liegt im Mittelfeld mit 20 Tafeln für 17,00 Euro. Antwort b) ist somit korrekt.

Zu 14.: d) Zwei Hasen brauchen acht Tage, damit braucht ein Hase doppelt so lange (16 Tage), um den Rasen aufzufuttern. Teilen sich zehn Hasen die Arbeit, brauchen sie nur ein Zehntel der Zeit: 16 Tage ÷ 10 Hasen = 1,6 Tage.

Zu 15.: d) 28 Schüler sind noch anwesend, dadurch ergibt sich: p = 28 ÷ 32 × 100 % = 87,5 % (siehe Kapitel Prozentrechnung)

Wörter ermitteln

In dieser Aufgabe sind Buchstaben durcheinander gewürfelt. In die richtige Reihenfolge gebracht, ergeben sie ein sinnvolles Wort. Setze aus den Buchstaben das Wort zusammen. Es handelt sich dabei um Substantive in der Einzahl.

Zeit: **1 Minute**

1. **A W E G A**
2. **D E U D N**
3. **P F A L E**
4. **Y A N H D**
5. **A E S N H**
6. **B D A N E**
7. **R F H Ä E**
8. **E B L K A**
9. **A L R E G**
10. **H N F A E**
11. **S D O A L**
12. **C E S E H**
13. **T M R A K**
14. **D A L N E**
15. **F P A M D**
16. **T P K A E**
17. **R T A E V**

Lösungen: Wörter ermitteln

1. WAAGE	7. FÄHRE	13. MARKT
2. DUDEN	8. KABEL	14. NADEL/LADEN
3. APFEL	9. LAGER/REGAL	15. DAMPF
4. HANDY	10. FAHNE/HAFEN	16. PAKET
5. SAHNE	11. SALDO	17. VATER
6. ABEND	12. ECHSE	

Oberbegriffe finden

Wähle aus jeweils sechs Begriffen die zwei aus, zu denen es einen gemeinsamen Oberbegriff gibt. Markiere die Buchstaben mit der korrekten Lösung. Welche beiden Wörter passen zu einem gemeinsamen Oberbegriff? Zeit: **3 Minuten**

1.
a) Diabetes
b) Osteomalazie
c) Skorbut
d) Influenza
e) Röteln
f) Akne

2.
a) Schiff
b) Meer
c) Fisch
d) Qualle
e) Delfin
f) Wal

3.
a) Silo
b) Flugzeug
c) Bank
d) Tresor
e) Stall
f) Weizen

4.
a) Golf
b) Turnen
c) Volleyball
d) Schwimmen
e) Kraftsport
f) Radfahren

5.
a) Wald
b) Tanne
c) Laub
d) Knolle
e) Eiche
f) Sonnenblume

6.
a) Tür
b) Keller
c) Sofa
d) Schrank
e) Haus
f) Dachziegel

7.
a) Laufstrecke
b) Kilometer
c) Ende
d) Anfang
e) Läufer
f) Zeit

8.
a) DVD-Player
b) Fernseher
c) Videospiel
d) CD
e) Magazin
f) Buchhandlung

9.
a) Helm
b) Motorrad
c) Pilot
d) Tragflächen
e) Flugzeug
f) Flughafen

10.
a) Wrack
b) Torso
c) Fortbewegungsmittel
d) Salz
e) Holz
f) Pinsel

Lösungen: Oberbegriffe finden

1. b) und c)	5. b) und e)	9. b) und e)
2. e) und f)	6. c) und d)	10. a) und b)
3. a) und d)	7. c) und d)	
4. a) und c)	8. a) und b)	

Zu 1.: Vitamin-Mangel (Vit. D bzw. Vit. C)

Zu 2.: Säugetiere

Zu 3.: Speicher

Zu 4.: Ballsportarten

Zu 5.: Baumart

Zu 6.: Möbel

Zu 8.: Abspielgeräte

Zu 9.: Fortbewegungsmittel

Tatsache oder Meinung

Bei dieser Aufgabe musst du prüfen, ob es sich bei den Aussagen um eine Tatsache oder eine Meinung handelt. Zeit: **5 Minuten**

1. Fliegen ist gefährlich.

2. Der Weltraum ist mysteriös.

3. Manche Menschen behaupten, die Erde sei eine Scheibe.

4. Manche Politiker lügen.

5. Politiker lügen oft.

6. Rauchen ist ungesund.

7. Rosen riechen gut.

8. Lesen bildet.

9. Reichtum macht das Leben leichter.

10. Menschen sind soziale Lebewesen.

11. Es ist nicht alles Gold was glänzt.

12. Wohnungskatzen zu halten ist Tierquälerei.

13. Rotwein passt am besten zu rotem Fleisch.

14. Filme werden immer aufwendiger produziert.

15. Von Alkohol bekommen einige Menschen Kopfschmerzen.

16. Das Universum ist unendlich.

17. Väter sind reich an Erfahrung.

18. Junge Menschen sind aktiver als alte.

19. Kochen ist eine Kunst.

20. Pflanzen haben ein Bewusstsein, behaupten manche Personen.

Lösungen: Tatsache oder Meinung

1. Meinung	8. Meinung	15. Tatsache
2. Meinung	9. Meinung	16. Meinung
3. Tatsache	10. Tatsache	17. Meinung
4. Tatsache	11. Tatsache	18. Meinung
5. Meinung	12. Meinung	19. Meinung
6. Tatsache	13. Meinung	20. Tatsache
7. Meinung	14. Meinung	

Schlussfolgerungen/ Syllogismen I

In Einstellungstests werden häufig bestimmte Aussagen getroffen oder Regeln und Einzelfälle genannt, die zu bestimmten Ergebnissen führen. Die Testperson muss dann entscheiden, ob die Aussage stimmt oder zu welchem Ergebnis die Regeln und Einzelfälle führen.

Beispiel
Welcher Weg ist der Kürzeste?
Weg A ist länger als Weg B.
Weg B ist kürzer als Weg C.
Weg C ist gleich kurz wie Weg D.
Weg D ist kürzer als Weg A.
Lösung: Weg B ist der Kürzeste.
Erklärung:
A > B
C > B
C = D daraus folgt (C = D) > B und A > B -> Weg B ist der Kürzeste
A > D daraus folgt A > C&D > B -> Weg B ist der Kürzeste

Welche der angebotenen Schlussfolgerungen ist richtig?

Zeit: **10 Minuten**

1. Alle Europäer sind Rechtshänder. Alle Rechtshänder sind Mechaniker.
a) Einige Mechaniker sind Europäer.
b) Alle Mechaniker sind Europäer.
c) Alle Rechtshänder sind Europäer.
d) Nicht alle Europäer sind Mechaniker.

2. Kein Schüler ist Lehrer. Einige Lehrer sind Beamte. Jemand ist entweder Schüler oder Lehrer. Ein Beamter kann, muss aber nicht, Lehrer sein.
a) Alle Schüler sind Beamte.
b) Alle Beamte sind Schüler.
c) Kein Schüler ist Beamter.
d) Einige Beamte könnten Schüler sein.

3. Einige Tiere sind Säugetiere. Alle Säugetiere sind grün.
a) Alle Tiere sind grün.

b) Einige Tiere sind grün.
c) Keines der Tiere ist grün.
d) Einige Tiere sind braun.

4. Alle Smartphones haben eine Kamera. Einige Kameras sind hochauflösend.
a) Alle Smartphones haben eine hochauflösende Kamera.
b) Einige Smartphones haben eine hochauflösende Kamera.
c) Keins der Smartphones hat eine hochauflösende Kamera.
d) Alle Kameras sind hochauflösend.

5. Alle Rennbahnen sind Straßen. Alle Straßen sind Verkehrsflächen.
a) Alle Rennbahnen sind Verkehrsflächen.
b) Keine Rennbahn ist eine Verkehrsfläche.
c) Keine Straße ist eine Verkehrsfläche.
d) Alle Straßen sind Rennbahnen.

6. Alle Scheren sind Pflanzen. Einige Scheren sind groß.
a) Alle Pflanzen sind groß.
b) Einige Pflanzen sind groß.
c) Keine der Pflanzen ist groß.
d) Alle Pflanzen sind klein.

7. Alle Komiker sind Unterhalter. Einige Unterhalter sind Musiker.
a) Alle Musiker sind nicht Komiker.
b) Alle Musiker sind Komiker.
c) Einige Musiker sind Komiker.
d) Kein Musiker ist ein Komiker.

8. Alle Italiener essen Pizza. Alle Italiener sind Europäer.
a) Einige Europäer essen Pizza.
b) Alle Europäer essen Pizza.
c) Alle Europäer sind Italiener.
d) Kein Europäer ist ein Italiener.

9. Alle Piloten sind Abenteurer. Keine Abenteurer sind Bergsteiger.
a) Einige Piloten sind keine Bergsteiger.
b) Alle Piloten sind keine Bergsteiger.
c) Einige Bergsteiger sind Piloten.
d) Alle Bergsteiger sind Piloten.

10. Einige Fluglinien verwenden alte Flugzeuge. Alte Flugzeuge sind sicher.
a) Alle Fluglinien sind sicher.
b) Einige Fluglinien verwenden sichere Flugzeuge.
c) Alle sicheren Flugzeuge sind alt.
d) Keines der sicheren Flugzeuge ist alt.

11. Einige Zahlen sind Primzahlen. Primzahlen sind immer schwarz.
a) Alle schwarzen Zahlen sind Primzahlen.
b) Einige schwarze Zahlen sind Primzahlen.
c) Alle Zahlen sind schwarz.
d) Zahlen sind entweder schwarz oder weiß.

12. Alle Polizisten sind schnell. Einige Menschen sind schnell. Schnelle Polizisten sind Menschen.
a) Alle Polizisten sind Menschen.
b) Alle Menschen sind Polizisten.
c) Alle schnellen Menschen sind Polizisten.
d) Kein Mensch ist ein Polizist.
e) Schnelle Polizisten sind keine Menschen.

13. Ein Pandabär ist ein Säugetier. Einige Säugetiere sind Affen. Ein Säugetier ist entweder ein Affe oder ein Pandabär.
a) Einige Pandabären sind Affen.
b) Alle Pandabären sind Affen.
c) Ein Affe kann ein Säugetier sein.
d) Alle Affen sind Säugetiere.
e) Ein Pandabär kann ein Affe sein.

14. Alle Universitäten haben Gebäude. Einige Gebäude sind einsturzgefährdet.
a) Alle Universitäten sind einsturzgefährdet.
b) Alle einsturzgefährdeten Gebäude sind Universitäten.
c) Einige Universitäten haben einsturzgefährdete Gebäude.
d) Ein einsturzgefährdetes Gebäude kann eine Universität sein.

Lösungen: Schlussfolgerungen

1. a)	6. b)	11. b)
2. d)	7. c)	12. a)
3. b)	8. a)	13. c)
4. b)	9. b)	14. d)
5. a)	10. b)	

Zu 1.: a) Europäer -> Rechtshänder -> Mechaniker; die Reihe funktioniert nur in eine Richtung, somit ist Schlussfolgerung b) und c) falsch. Da alle Europäer Rechtshänder und alle Rechtshänder Mechaniker sind, stimmt d) ebenfalls nicht. Somit ist a) korrekt.

Zu 2.: d) Da nicht ausgeschlossen wird, dass Schüler auch Beamte sein könnten, ist in diesem Fall Antwort d) richtig.

Zu 3.: b) einige Tiere -> Säugetiere; Säugetiere -> grün. Wenn in der ersten Aussage das letzte und in der zweiten Aussage das erste Wort inhaltlich übereinstimmen, kann der Zwischenschritt weggelassen werden.

Zu 4.: b) Smartphones -> Kamera; einige Kameras -> hochauflösend. Wenn alle Smartphones eine Kamera besitzen, aber nicht alle Kameras hochauflösend sind, gibt es Kameras mit und ohne hochauflösender Grafik. Antwort b) ist korrekt.

Zu 5.: a) Rennbahnen -> Straßen; Straßen -> Verkehrsflächen. Wie in Aufgabe 3 kann der Zwischenschritt entfernt werden, wenn er identisch ist.

Zu 6.: b) Scheren -> Pflanzen; einige Scheren -> groß. Da es mehr Pflanzen gibt als nur Scheren, fällt Antwort a) weg. Antwort c) und d) schließen sich ebenfalls aus, da nicht alle Pflanzen groß sind, aber auch nicht alle klein (siehe Teilschritt 2).

Zu 7.: c) Komiker -> Unterhalter; einige Unterhalter -> Musiker. Nur Antwort c) ist korrekt, da die Reihe auch umgedreht werden kann: einige Musiker, Unterhalter, Komiker.

Zu 8.: a) Italiener -> Pizza; Italiener -> Europäer. Da die Italiener nur ein Teil von Europa sind, essen einige Europäer Pizza. Gleiche Erklärung für Ausschluss b), c) und d).

Zu 9.: b) Piloten -> Abenteurer; Abenteurer -> kein Bergsteiger. Um den Zwischenschritt zu entfernen, wird die Aussage „gedreht".

Zu 10.: b) einige Fluglinien -> alte Flugzeuge; alte Flugzeuge sicher. Der Zwischenschritt kann übersprungen werden.

Zu 11.: b) einige Zahlen -> Primzahlen; Primzahlen -> schwarz. Es ist anzunehmen, dass mehrere Farben und mehr schwarze Zahlenarten existieren, nicht nur die Primzahlen, daher stimmen die Aussagen a), c) und d) nicht.

Zu 12.: a) Da alle Polizisten schnell sind und schnelle Polizisten Menschen sind, sind somit alle Polizisten Menschen.

Zu 13.: c) Es wird nicht ausgeschlossen, dass Affen etwas anderes sein können als Säugetiere, deshalb ist c) richtig.

Zu 14.: d) Einige Gebäude sind einsturzgefährdet. Aufgrund der Tatsache, dass nicht alle Gebäude einsturzgefährdet sind, sind es auch nicht alle Universitäten. Antwort a) ist falsch. Nicht nur in der Universität existieren einsturzgefährdete Gebäude, somit fällt Antwort b) weg.

Da nicht klar definiert ist, ob die Gebäude, die einsturzgefährdet sind, zu einer Universität gehören, ist c) ebenfalls falsch. Nur Antwort d) berücksichtigt alle Aspekte und nennt eine wahre Schlussfolgerung.

Schlussfolgerungen / Syllogismen II

Bei dieser Aufgabe musst du Schlussfolgerungen überprüfen, die aufgrund bestimmter Behauptungen aufgestellt wurden. Die Aufgabe wird durch absurde Aussagen erschwert, was für Verwirrung sorgen soll. Den realen Bezug zu den einzelnen Aussagen kannst du dabei außer Acht lassen. Konzentriere dich lieber auf die Kernaussagen. Markiere die Antworten jeweils mit „richtig" oder „falsch".

Beispiel: Alle Hunde essen Bananen. Bananen können fliegen. Also könne alle Hunde fliegen.

Lösung: Falsch. Nur weil Hunde Bananen essen und Bananen fliegen können, heißt das nicht, dass Hunde auch fliegen können.

Zeit: **10 Minuten**

1. Niemand mit blauer Nase kann Bundeskanzler sein. Alle Menschen haben blaue Nasen. Also kann kein Mensch Bundeskanzler sein.
a) richtig b) falsch

2. Alle Pflanzen haben Fenster. Alle Fenster haben Briefe. Deshalb haben alle Pflanzen Briefe.
a) richtig b) falsch

3. Alle Giraffen sind Kunstsammler. Manche Kunstsammler sitzen in Käfigen. Also sitzen manche Giraffen in Käfigen.
a) richtig b) falsch

4. Alle Radios können lesen. Kühlschränke können schreiben. Also können Radios Kühlschränke schreiben.
a) richtig b) falsch

5. Kühlschränke können schreiben, aber nicht lesen. Radios können lesen, aber nicht schreiben. Töpfe können lesen und schreiben. Also sind Töpfe intelligenter als Radios und Kühlschränke.
a) richtig b) falsch

6. Mützen können alles beißen. Alle Autos sind Mützen und alle Mäuse sind eckig, weil sie Mützen essen. Also können alle Autos beißen.
a) richtig b) falsch

7. Wenn alle Bauern verheiratet und alle Verheirateten Rentner sind, sind also alle Verheirateten Bauern.
a) richtig b) falsch

8. Wenn alle rosa Elefanten zur Schule gehen und lesen können und rote Kugelschreiber nur rosa Elefanten sind, wenn sie singen und zur Arbeit gehen, dann sind also rosa Elefanten rote Kugelschreiber.
a) richtig b) falsch

9. Elefanten tauchen gerne unter. Bäume auch. Also sind Elefanten Bäume.
a) richtig b) falsch

10. Einige Kohlköpfe sind Lokomotiven. Einige Lokomotiven spielen Klavier. Also spielen einige Kohlköpfe Klavier.
a) richtig b) falsch

11. Alle Raupen sind Busfahrer. Alle Busfahrer können fliegen, weil sie Krokodile sind. Krokodile haben zwei Beine. Alle Raupen haben deshalb zwei Beine.
a) richtig b) falsch

12. Einige Raupen sind Häuser und alle Häuser lieben Käse. Also lieben alle Raupen Käse.
a) richtig b) falsch

13. Kühe können fliegen, weil sie Flügel haben. Vögel haben keine Flügel. Also können Vögel nicht fliegen.
a) richtig b) falsch

14. Alle Bleistifte sind Würmer. Würmer können fliegen. Also können alle Bleistifte fliegen.
a) richtig b) falsch

15. Einige Hunde sind alt. Die meisten alten Hunde haben keine Zähne. Daraus folgt alte Hunde sind Hunde mit und ohne Zähne.
a) richtig b) falsch

16. Keine zwei Baumarten sehen gleich aus. Birken und Pappeln sehen genau gleich aus. Also sind Birken und Pappeln nicht zwei Baumarten.
a) richtig b) falsch

Lösungen

Zu 1.: a) Richtig. Wenn alle Menschen blaue Nasen haben, kann auch keiner Bundeskanzler werden.

Zu 2.: a) Richtig. Wenn alle Pflanzen Fenster und alle Fenster Briefe haben, muss jede Pflanze auch Briefe haben.

Zu 3.: b) Falsch. Auch wenn einige Giraffen Kunstsammler sind, heißt das nicht gleichzeitig, dass Kunstsammler auch Giraffen sind. Also sitzen nur manche Kunstsammler in Käfigen.

Zu 4.: b) Falsch. Es gibt keinen Zusammenhang. Es wird weder gesagt, dass Radios schreiben können noch, dass sie Kühlschränke schreiben können.

Zu 5.: b) Falsch. Nur weil Töpfe lesen und schreiben können sagt das nichts über ihre Intelligenz aus.

Zu 6.: a) Richtig. Weil alle Autos Mützen sind, haben Autos die gleichen Eigenschaften wie Mützen. Also können Autos alles beißen.

Zu 7.: b) Falsch. Nur weil es heißt, dass alle Bauern verheiratet sind, heißt das noch lange nicht, dass alle Verheirateten Bauern sind.

Zu 8.: b) Falsch. Rosa Elefanten gehen zur Schule und rote Kugelschreiber sind nur rosa Elefanten, wenn sie singen und zur Arbeit gehen. Somit sind nicht alle Elefanten rote Kugelschreiber.

Zu 9.: b) Falsch. Nur weil Elefanten gerne tauchen, sind sie keine Bäume.

Zu 10.: b) Falsch. Auch wenn einige Kohlköpfe Lokomotiven sind, heißt das nicht gleichzeitig, dass Lokomotiven auch Kohlköpfe sind. Also spielen nur einige Lokomotiven Klavier.

Zu 11.: a) Richtig. Weil alle Raupen Busfahrer sind und Busfahrer fliegen können, weil sie Krokodile sind, müssen alle Raupen zwei Beine haben.

Zu 12.: b) Falsch. Es sind nicht alle Raupen Häuser, also lieben auch nicht alle Raupen Käse.

Zu 13.: a) Richtig. Die Kühe können fliegen, weil sie Flügel haben. Da Vögel keine Flügel haben, können sie nicht fliegen.

Zu 14.: a) Richtig. Wenn alle Bleistifte Würmer sind und Würmer fliegen können, dann können auch alle Bleistifte fliegen.

Zu 15.: a) Richtig. Die meisten Hunde haben keine Zähne, das heißt aber nicht, dass alle alten Hunde keine Zähen haben.

Zu 16.: a) Richtig. Wenn Birken und Pappeln genau gleich aussehen, können sie keine zwei Baumarten sein.

Zahnrad-Aufgaben

Das Verständnis logischer Vorgänge bei Zahnrädern ist für Anwärter einer technischen Ausbildung besonders wichtig.

Zeit: **5 Minuten**

1. Welche Drehrichtung ist bei diesen Zahnrädern richtig eingezeichnet?

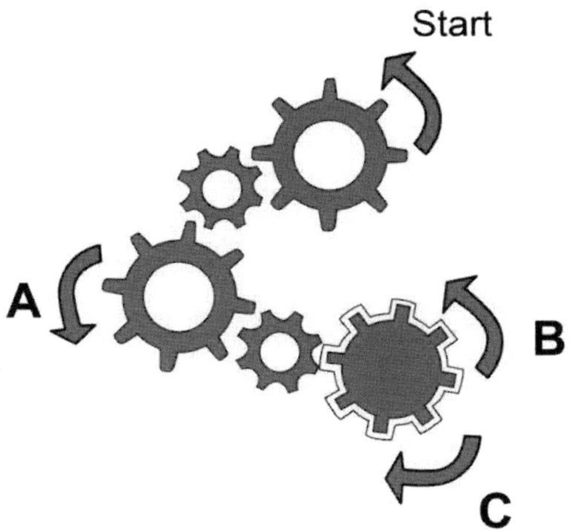

a) A und B
b) nur B
c) nur C
d) nur A

2. Welche Drehrichtung ist bei diesen Zahnrädern richtig eingezeichnet?

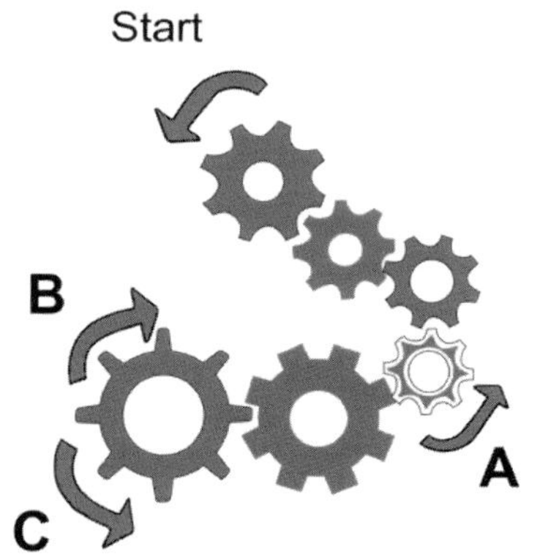

a) A und B
b) nur A
c) nur B
d) nur C

3. Welche Drehrichtung ist bei diesen Zahnrädern richtig eingezeichnet?

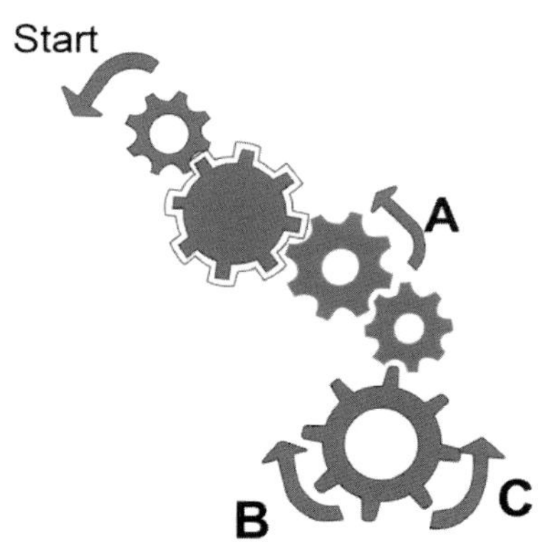

a) A und B
b) A und C
c) nur A
d) nur B

4. Welche Drehrichtung ist bei diesen Zahnrädern richtig eingezeichnet?

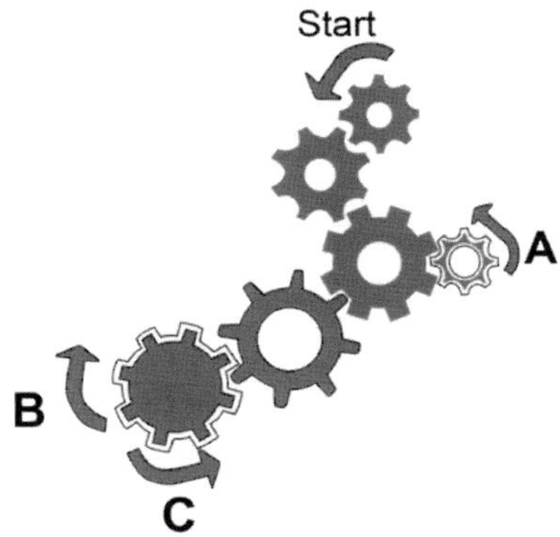

a) A und B
b) A und C
c) nur B
d) nur C

5. Welche Drehrichtung ist bei diesen Zahnrädern richtig eingezeichnet?

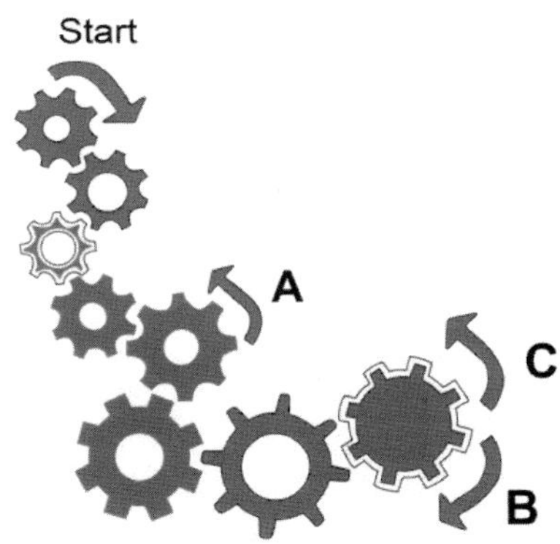

a) A und B
b) A und C
c) nur B
d) nur C

6. Welche Drehrichtung ist bei diesen Zahnrädern richtig eingezeichnet?

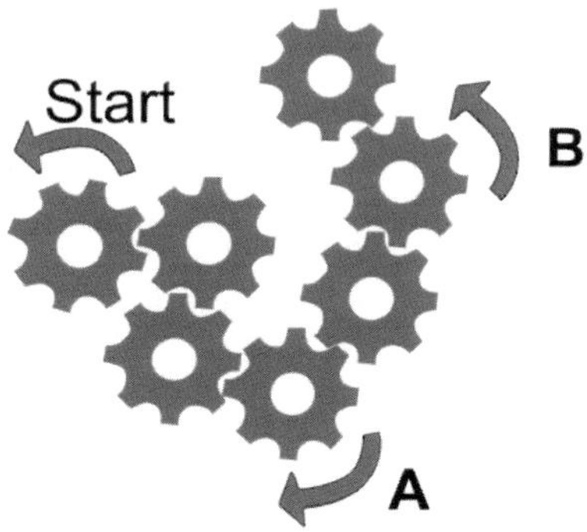

a) A und B
b) nur A
c) nur B
d) nicht A und nicht B

7. Welche Drehrichtung ist bei diesen Zahnrädern richtig eingezeichnet?

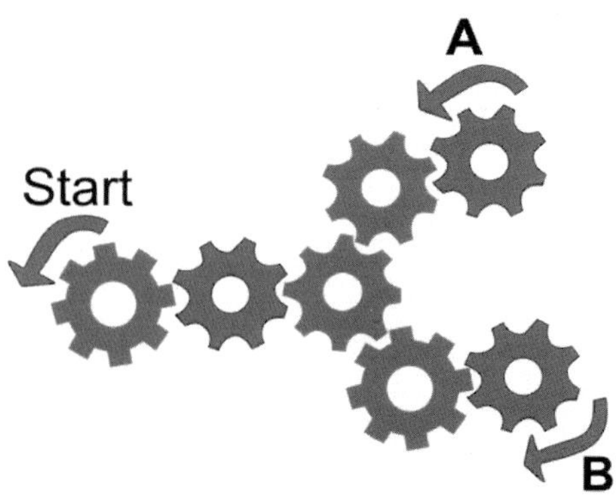

a) A und B
b) nur A
c) nur B
d) nicht A und nicht B

8. Welche Drehrichtung ist bei diesen Zahnrädern richtig eingezeichnet?

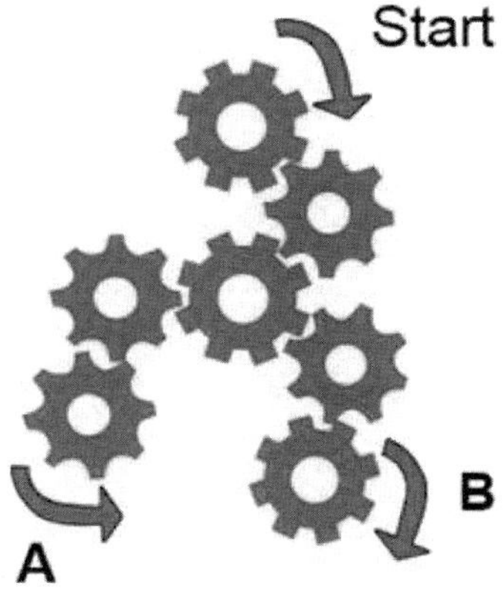

a) A und B

b) nur A

c) nur B

d) nicht A und nicht B

9. Welche Drehrichtung ist bei diesen Zahnrädern richtig eingezeichnet?

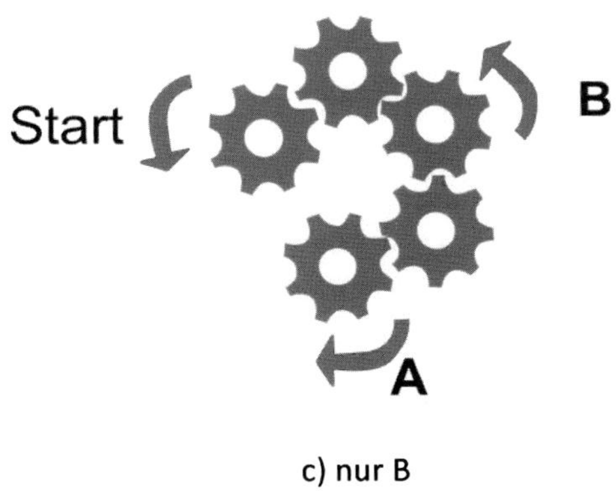

a) A und B

b) nur A

c) nur B

d) nicht A und nicht B

10. Welche Drehrichtung ist bei diesen Zahnrädern richtig eingezeichnet?

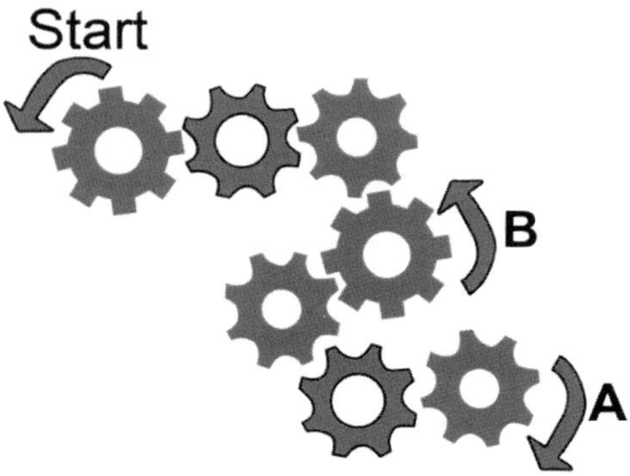

a) A und B
b) nur A
c) nur B
d) nicht A und nicht B

Lösungen: Zahnrad-Aufgaben

1. a)	5. d)	9. c)
2. c)	6. b)	10. d)
3. b)	7. b)	
4. d)	8. c)	

Dominosteine

Die folgenden Aufgaben kommen häufig in Einstellungstests vor. Wenn du das System einmal durchschaut hast, sind sie jedoch leicht zu lösen.

Die Augenzahl der Dominosteine ist in einem bestimmten Schema angeordnet. Es bleibt jeweils ein Feld in den drei Reihen leer. Deine Aufgabe ist es, die versteckte Regel einer Dominoreihe zu finden und den einzig logisch ergänzenden Stein aus dem Lösungsblock zu bestimmen. Betrachte dabei die erste und die zweite Reihe der Augenzahl auf einem Dominostein separat.

Es sind folgende Schemata möglich: aufsteigende Reihe, absteigende Reihe, Addition, Subtraktion, wiederkehrende Folgen.

Zeit: **5 Minuten**

1.

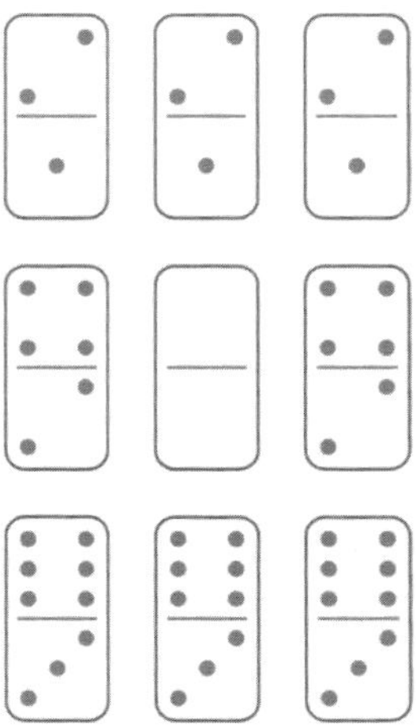

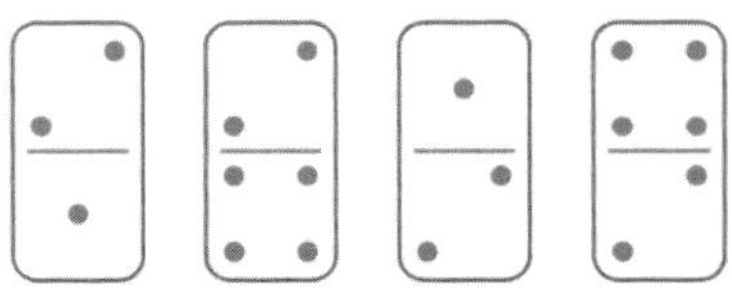

a) b) c) d)

2.

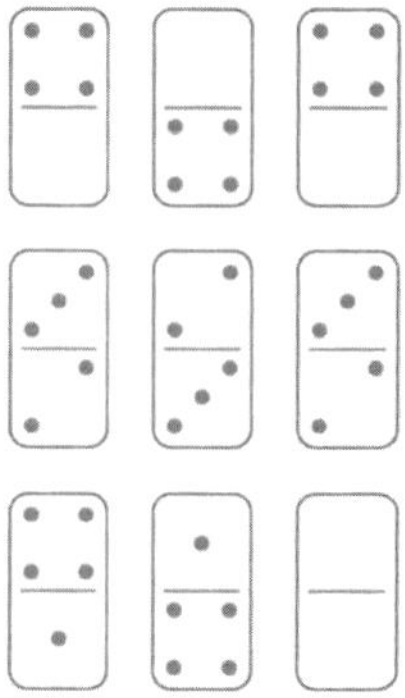

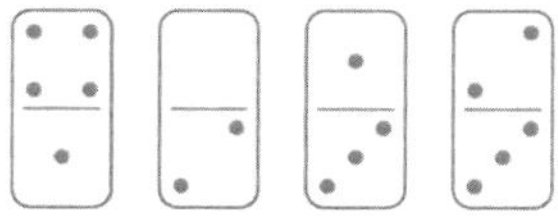

a) b) c) d)

3.

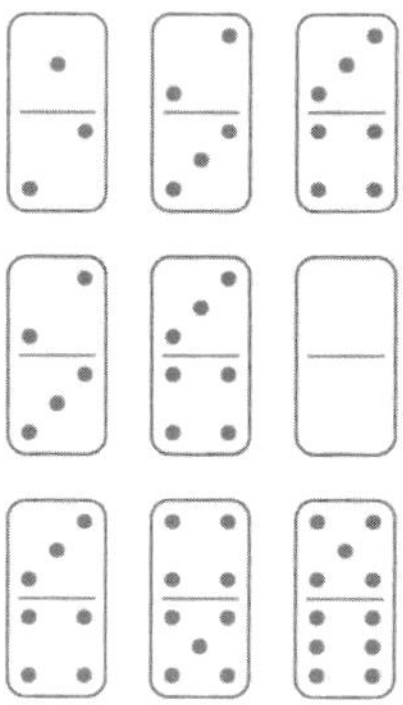

a) b) c) d)

4.

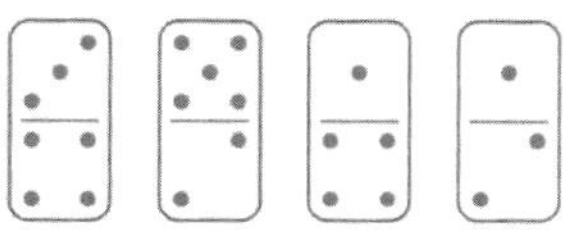

a) b) c) d)

5.

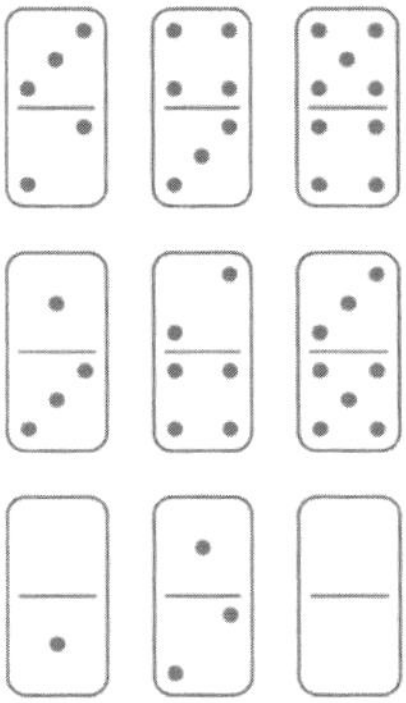

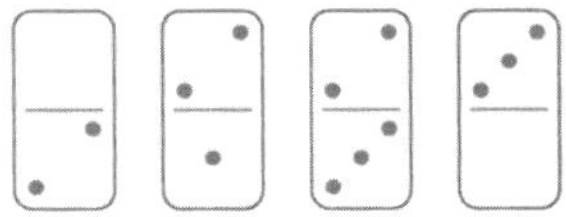

a) b) c) d)

6.

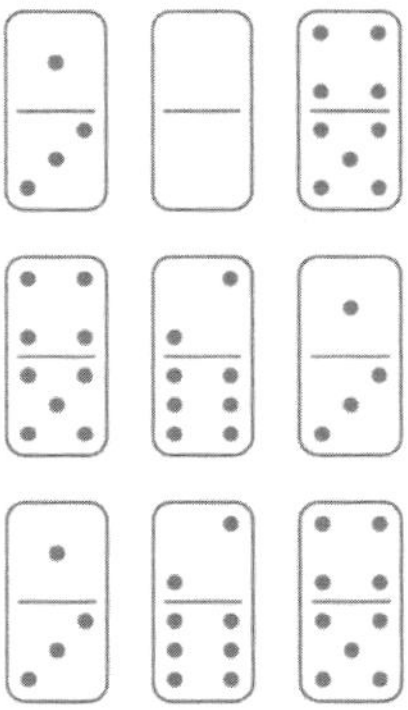

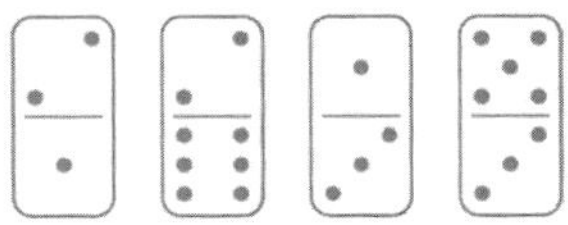

a) b) c) d)

7.

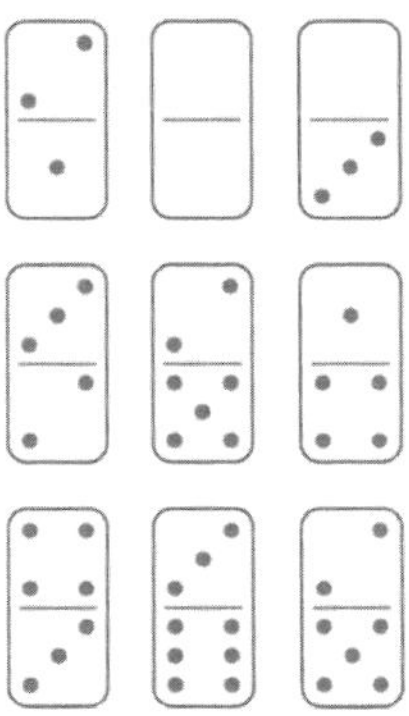

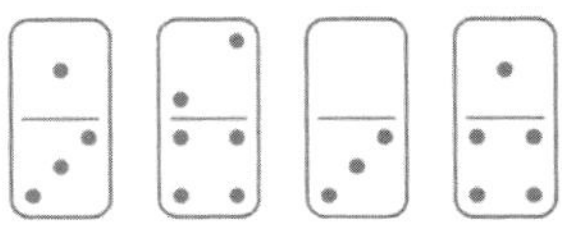

a) b) c) d)

8.

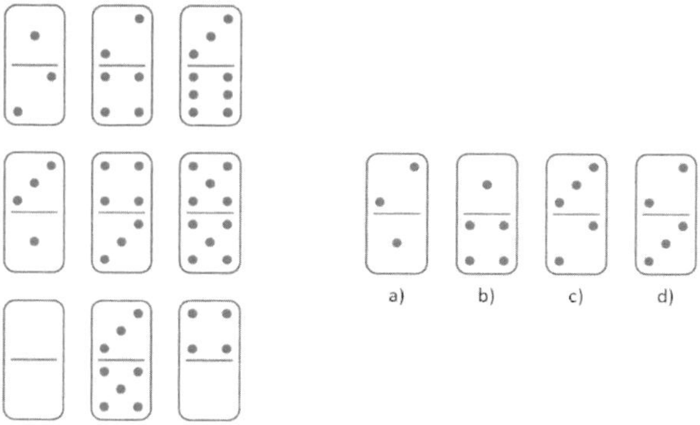

9.

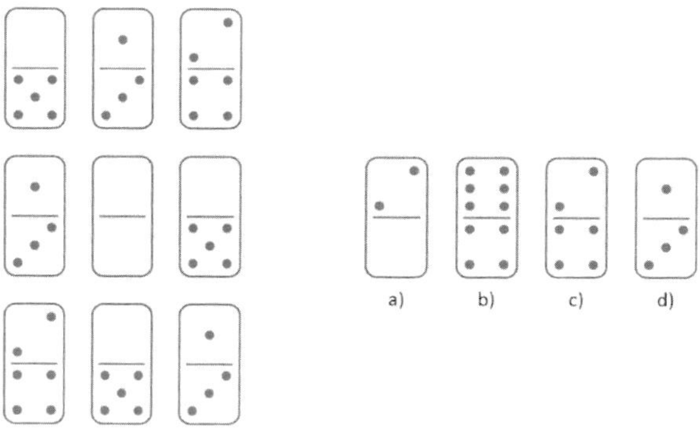

Lösungen: Dominosteine

1. d)	4. b)	7. d)
2. a)	5. c)	8. d)
3. c)	6. b)	9. c)

Würfeldrehen

Bei dieser Aufgabe erhältst du jeweils einen Würfel. Wähle aus fünf Vorlagen den Würfel, der zu der abgebildeten Ausgangsformation passt. Markiere den Buchstaben mit der korrekten Lösung.

Welcher Würfel passt zur Ausgangsformation? Zeit: **5 Minuten**

1.

a) b) c) d) e)

2.

a) b) c) d) e)

3.

a) b) c) d) e)

4.

a) b) c) d) e)

5.

a) b) c) d) e)

6.

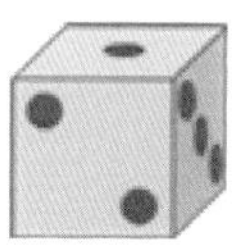

a) b) c) d) e)

Lösungen: Würfeldrehen

1. d)	3. b)	5. a)
2. e)	4. c)	6. c)

Zu 1.: d) Den Würfel links kippen und 90° im Uhrzeigersinn drehen.

Zu 2.: e) Den Würfel nach vorne kippen.

Zu 3.: b) Den Würfel 90° gegen den Uhrzeigersinn drehen und nach hinten kippen.

Zu 4.: c) Den Würfel nach vorne kippen und 90° im Uhrzeigersinn drehen.

Zu 5.: a) Den Würfel zweimal nach rechts kippen.

Zu 6. c) Den Würfel 90° gegen den Uhrzeigersinn drehen und nach hinten kippen.

Spiegelungen

Aufgaben mit Spiegelbildern kommen in Einstellungstests häufig vor, um dein räumliches Vorstellungsvermögen zu testen. Du findest fünf Figuren vor, von denen du immer vier durch Drehen zur Deckung bringen bzw. genau übereinanderlegen kannst. Bei einer Figur ist dies nicht möglich – sie wurde gespiegelt und ist also nicht deckungsgleich mit den anderen. Finde die gespiegelte Figur aus der jeweiligen Reihe heraus.

Zeit: **15 Minuten**

	a)	b)	c)	d)	e)
1.			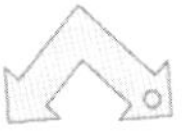		
2.		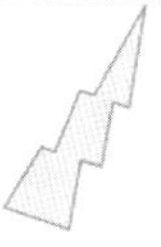	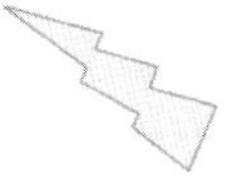	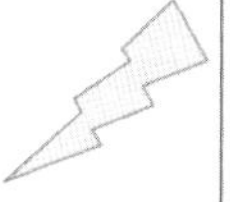	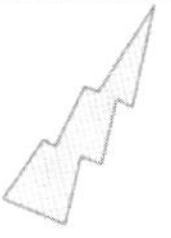
3.	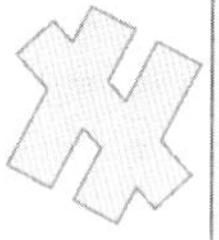	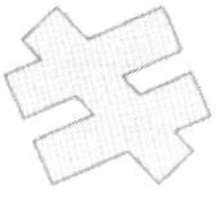	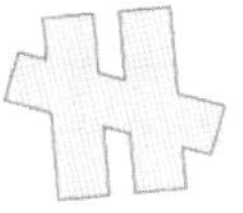	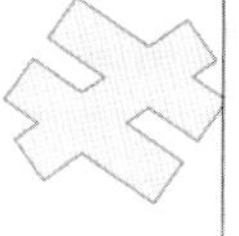	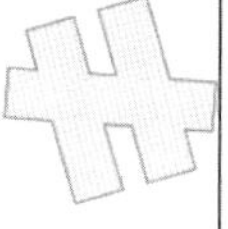
4.			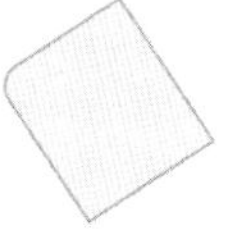	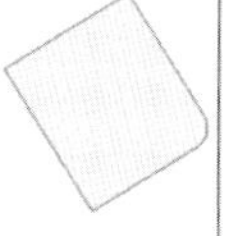	
5.	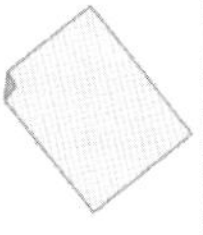		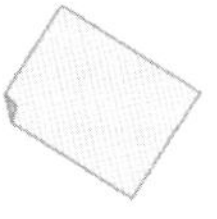		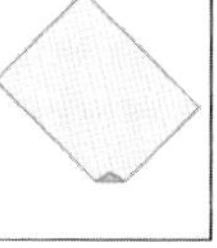

	a)	b)	c)	d)	e)
6.		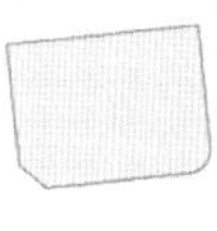	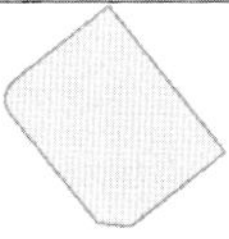	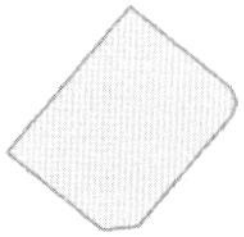	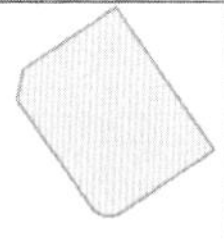
7.	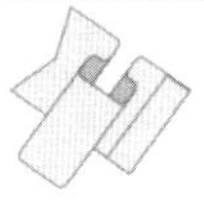	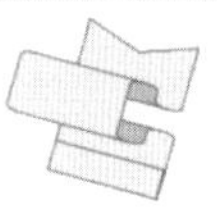	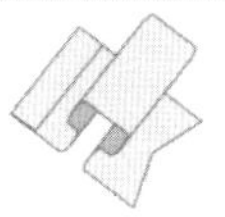	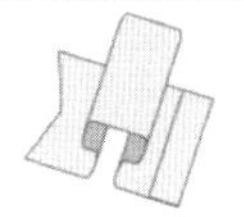	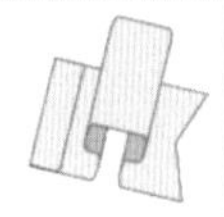
8.	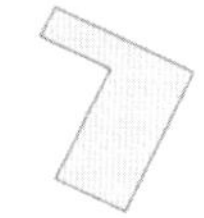	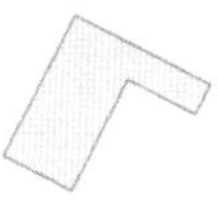	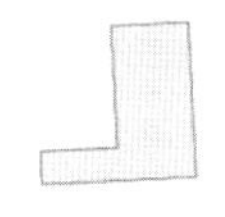	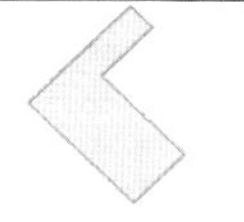	
9.	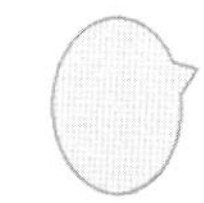	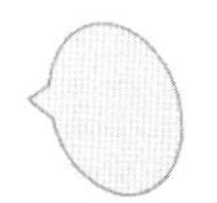	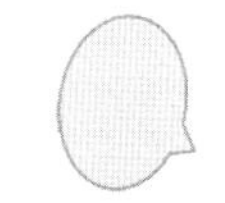		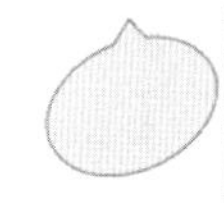
10.	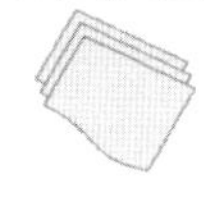	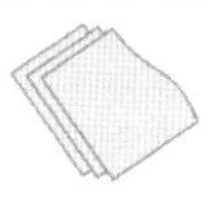	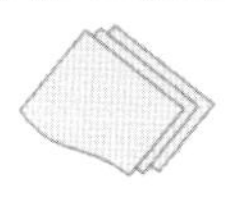	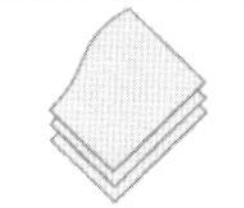	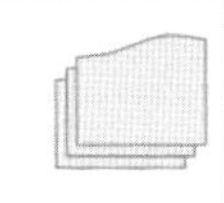
11.	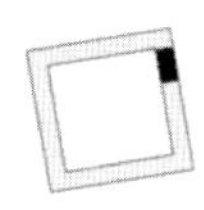	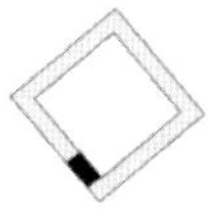	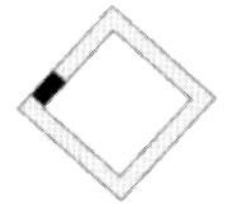	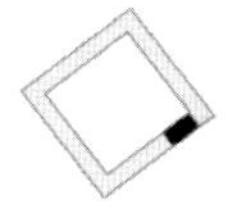	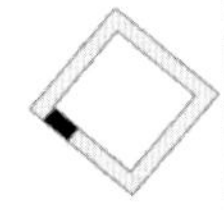
12.			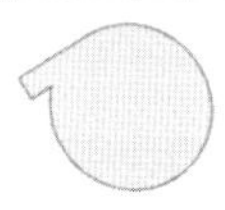		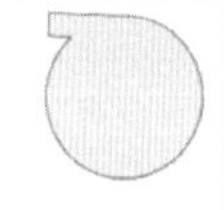

	a)	b)	c)	d)	e)
13.	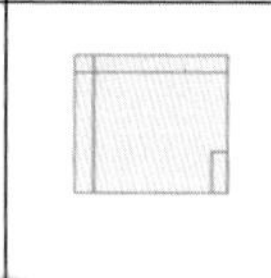	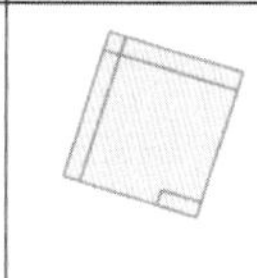	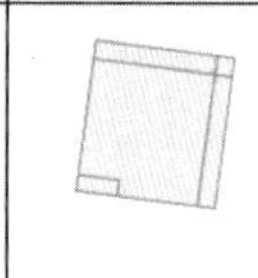	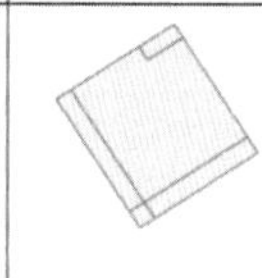	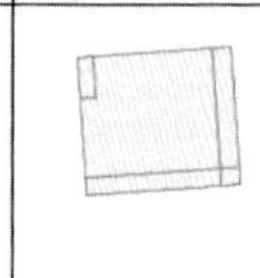
14.	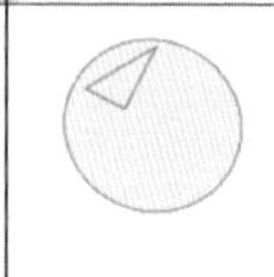	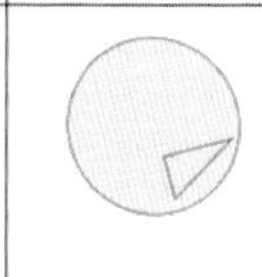	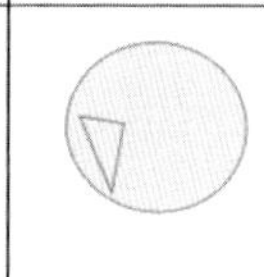	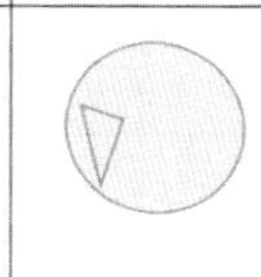	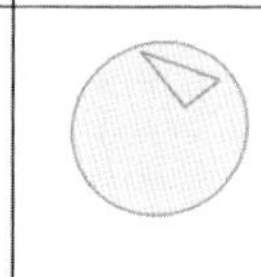
15.			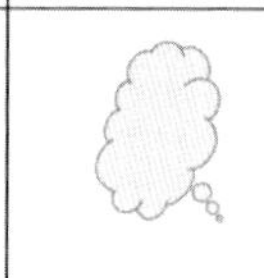		
16.	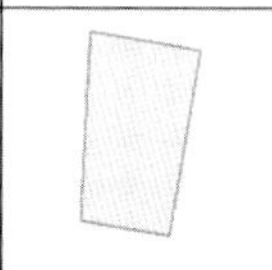	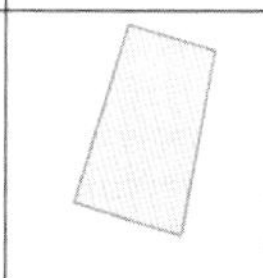	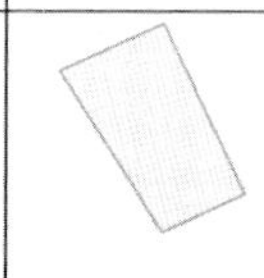	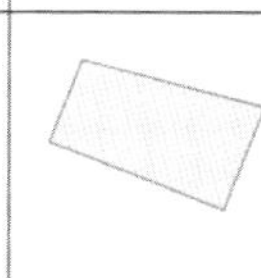	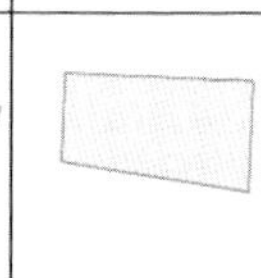
17.		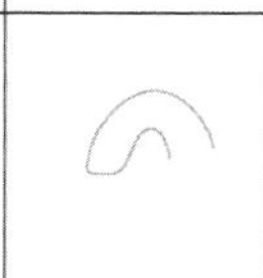	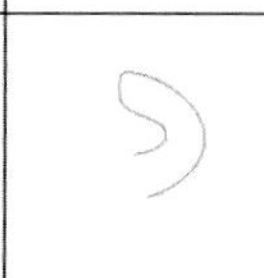	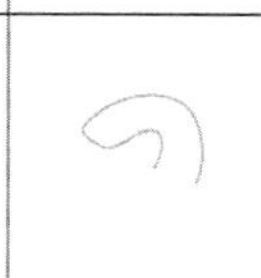	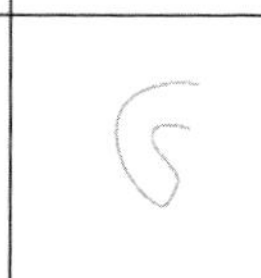
18.			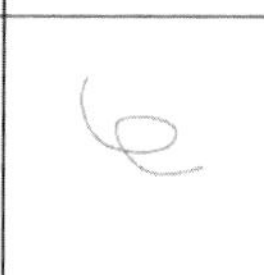	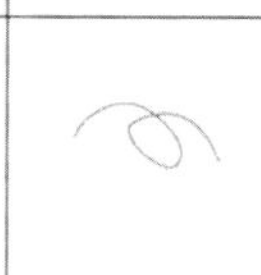	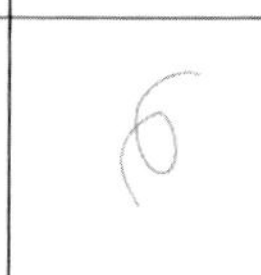
19.		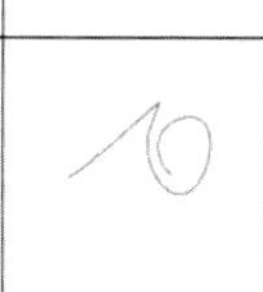	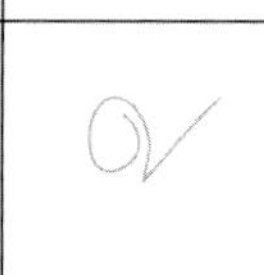	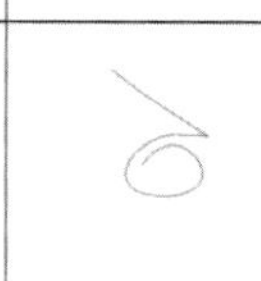	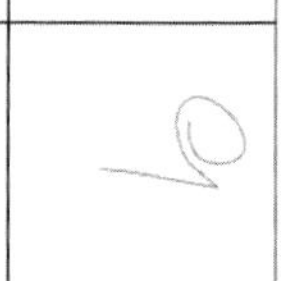

	a)	b)	c)	d)	e)
20.					
21.	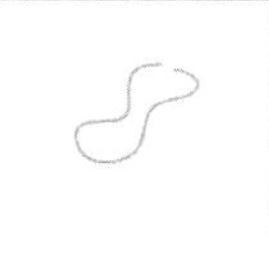	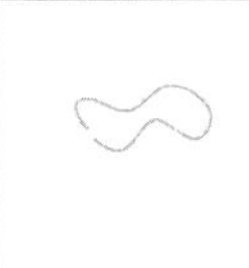			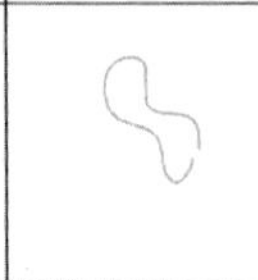
22.	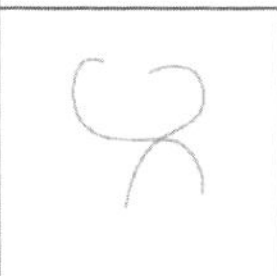		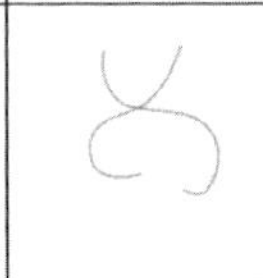		
23.	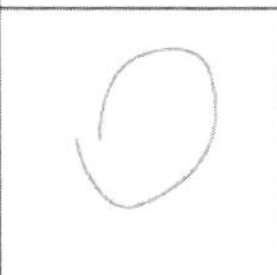	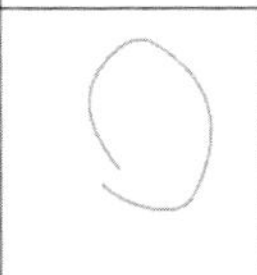	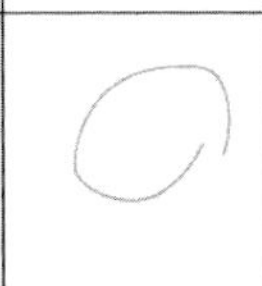	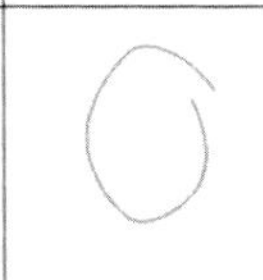	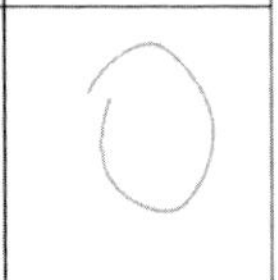
24.					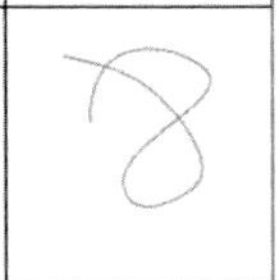
25.				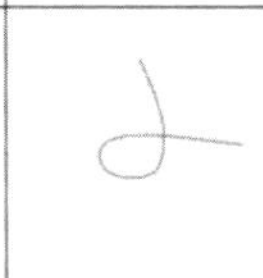	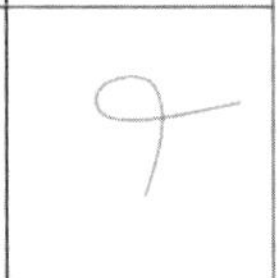
26.					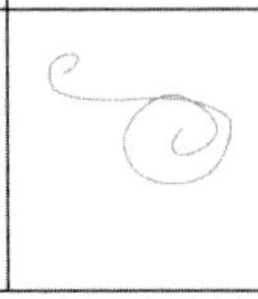

	a)	b)	c)	d)	e)
27.					
28.					

Lösungen: Spiegelungen

1. c)	11. e)	21. c)
2. d)	12. d)	22. b)
3. b)	13. b)	23. e)
4. a)	14. a)	24. b)
5. e)	15. b)	25. d)
6. c)	16. e)	26. b)
7. d)	17. a)	27. e)
8. a)	18. d)	28. c)
9. a)	19. e)	
10. a)	20. a)	

Flächen zählen

Bei dieser Aufgabe musst du sämtliche Flächen eines Körpers zählen. Denke daran, auch die nicht sichtbaren Flächen immer mitzuzählen.

Zeit: **5 Minuten**

1.

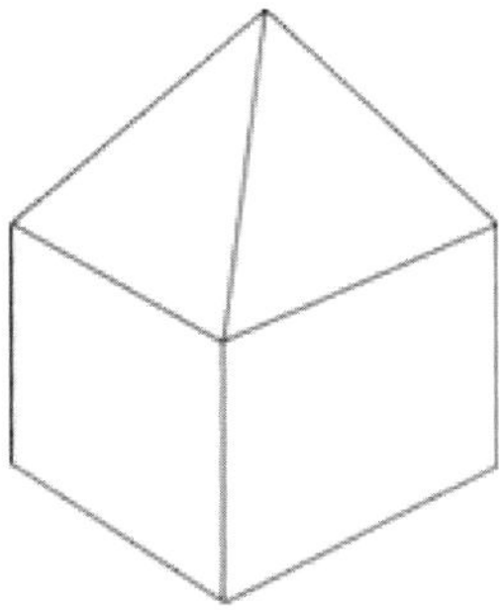

Anzahl der Flächen:

2.

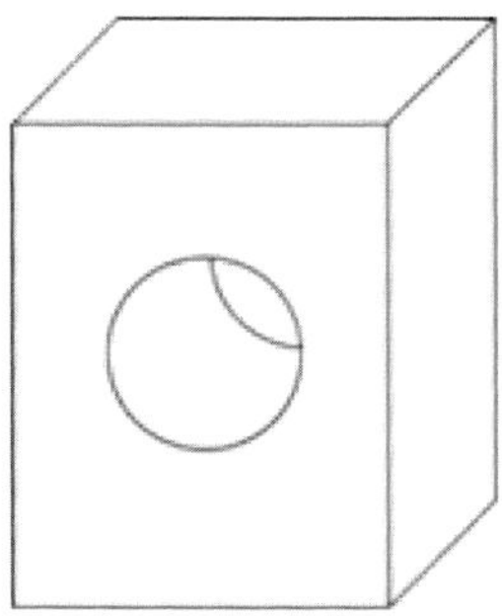

Anzahl der Flächen:

3.

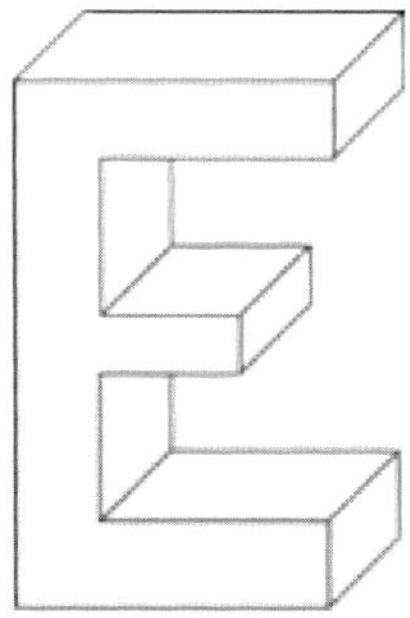

Anzahl der Flächen:

4.

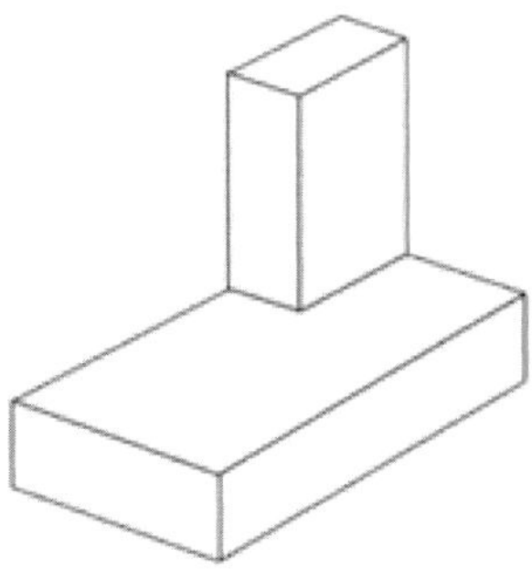

Anzahl der Flächen:

5.

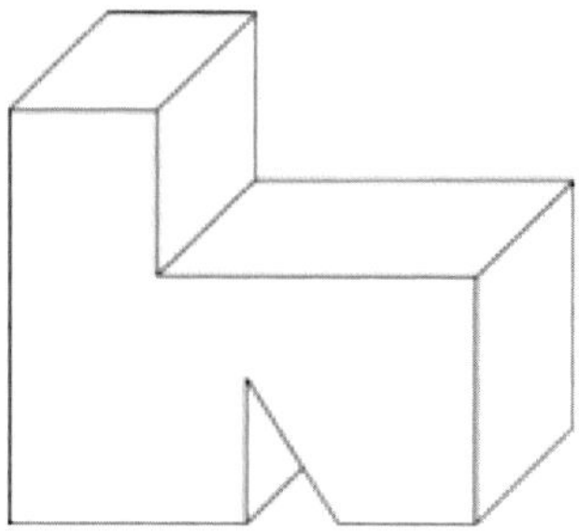

Anzahl der Flächen:

7.

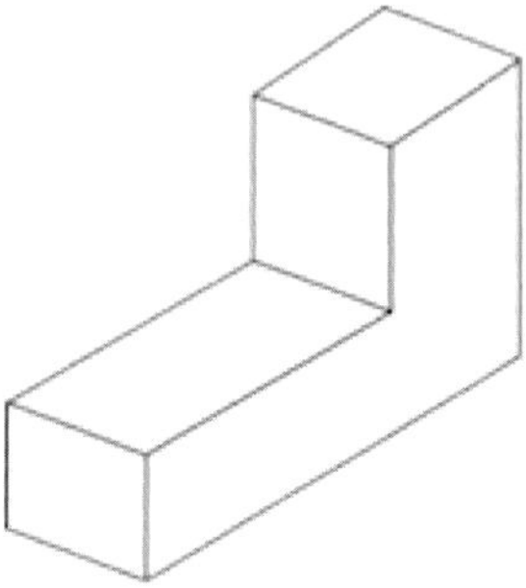

Anzahl der Flächen:

6.

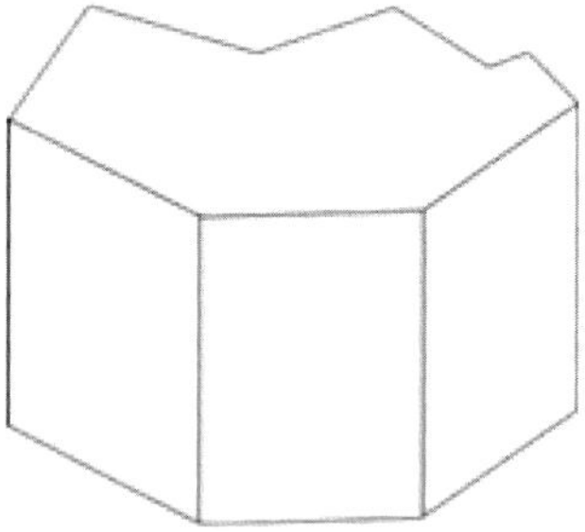

Anzahl der Flächen:

8.

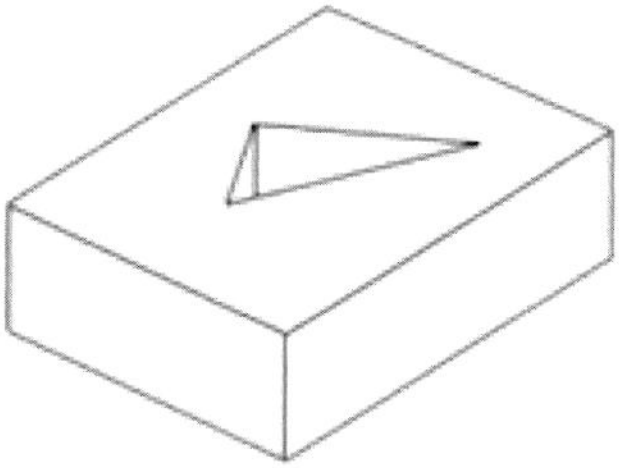

Anzahl der Flächen:

Lösungen:

Zu 1.: 9
Zu 2.: 7
Zu 3.: 14
Zu 4.: 9
Zu 5.: 11
Zu 6.: 11
Zu 7.: 8
Zu 8.: 9

Konzentration

Durch Aufgaben zur Konzentrationsfähigkeit versuchen Arbeitgeber, Vorhersagen zu treffen, wie gründlich, schnell und zuverlässig jemand arbeitet. Trotzdem sollte man sich als Bewerber nicht aus der Ruhe bringen lassen und versuchen, in der gegebenen Zeit so viele Aufgaben wie möglich zu lösen.

Chinesische Zeichen

In der Tabelle auf der nächsten Seite werden die Spalten anhand von Buchstaben benannt. Neben jeder Spalte in jeder Zeile befinden sich chinesische Zeichen. Diesen Zeichen sind Ziffern zugeordnet, die in der folgenden Tabelle zu sehen sind:

担	诚	记	情	激	真	当	创	新	南
0	1	2	3	4	5	6	7	8	9

In der Tabelle auf der nächsten Seite werden in der vertikalen Spalte chinesische Zeichen mit einem leeren Feld rechts daneben angezeigt. In das leere Feld muss die Summe aus dem chinesischen Zeichen links daneben und dem chinesischen Zeichen darunter berechnet werden. Auf der übernächsten Seite findest du dazu ein Beispiel.

	A		B		C		D		E
记		担		真		记		激	
激		诚		情		真		激	
诚		真		记		记		创	
诚		记		真		诚		情	
真		创		新		真		真	
担		激		激		情		激	
真		当		创		当		当	
记		担		诚		创		记	
诚		激		新		激		激	
记		情		记		创		诚	
真		真		情		真		当	

Beispiel
Schauen wir uns das oberste chinesische Symbol an. Es entspricht der Nummer 2. Das chinesische Symbol direkt darunter entspricht der Nummer 4. Die Zuordnungen kannst du einfach in der Tabelle weiter oben ablesen. Im zweiten Feld wird einfach die Zahl 4 eingetragen, da darunter keine weiteren Zeichen vorhanden sind.

Um das Feld in der ersten Zeile zu berechnen, müssen wir nun die Werte der beiden chinesischen Zeichen addieren: 2 + 4 = 6. Deshalb wird in das erste Feld die Zahl 6 eingetragen.

Aufgabe
Bitte fange in jeder Spalte oben mit deinen Berechnungen an und arbeite dich nach unten durch. Hast du die Spalte A komplett bearbeitet, fährst du von links nach rechts mit Spalte B fort und so weiter.

Lösungen: Chinesische Zeichen

Reihe A: 6, 5, 2, 6, 5, 5, 7, 3, 3, 7
Reihe B: 1, 6, 7, 9, 11, 10, 6, 4, 7, 8
Reihe C: 8, 5, 7, 13, 12, 11, 8, 9, 10, 5
Reihe D: 7, 7, 3, 6, 8, 9, 13, 11, 11, 12
Reihe E: 8, 11, 10, 8, 9, 10, 8, 6, 5, 7

bqpd-Test

Aus der folgenden Buchstabenreihe muss jeder Buchstabe d, der durch zwei Striche gekennzeichnet ist, markiert werden. Folgende Kombinationen gelten dabei als richtig:

I		II
d	d	d
I	II	

Zeit: **3 Minuten**

1. Wie viele Markierungen (Treffer) hat die folgende Zeile:

I	II		I	II		I	II		I			I	II	I			I		II		I			I
b	d	b	d	b	d	b	d	b	d	b	b	b	d	d	d	d	b	d	d	q	d	b	q	d
				I	II		I	II		I	II		I			I	II	I			I		II	

Anzahl:

2. Wie viele Markierungen (Treffer) hat die folgende Zeile:

I			I	I	II		I	II		I	II		I			I	II	I			I		II	
d	b	d	b	b	d	b	q	b	b	d	b	d	q	d	b	d	b	d	d	d	d	d	b	d
II		I	II		I	II		I			I	II	I			I		II		I			I	

Anzahl:

3. Wie viele Markierungen (Treffer) hat die folgende Zeile:

II		I	II		I			I	II	I			I		II		I			I				
b	d	d	d	q	q	d	d	d	d	d	b	d	d	d	d	d	q	d	d	d	b	b	d	d
	I	II		I	II		I	II		I			I	II	I			I		II		I		

Anzahl:

4. Wie viele Markierungen (Treffer) hat die folgende Zeile:

I	II		I	II		I			I	II	I			I		II		I			I			
d	d	d	d	q	d	q	d	d	d	b	d	d	b	q	b	d	d	b	q	d	d	d	d	b
		I	II		I	II		I	II		I			I	II	I			I		II		I	

Anzahl:

5. Wie viele Markierungen (Treffer) hat die folgende Zeile:

	I	II		I	II		I	II		I			I	II	I			I		II		I		
q	d	d	d	b	d	d	d	q	b	d	d	b	b	d	d	q	d	d	d	d	q	b	d	b
						I	II		I	II		I	II		I			I	II	I			I	

Anzahl:

6. Wie viele Markierungen (Treffer) hat die folgende Zeile:

II		I			I	II	I			I		II		I			I	I	II		I	II		I
d	d	d	b	d	b	d	d	d	d	b	d	d	d	b	q	d	d	b	d	d	q	d	d	b
			I	II		I	II		I	II		I			I	II	I			I		II		I

Anzahl:

7. Wie viele Markierungen (Treffer) hat die folgende Zeile:

		II		I			I	II	I			I		II		I			I	I	II		I	II
d	d	d	b	d	b	d	d	d	d	b	d	d	d	b	q	d	d	b	d	d	q	d	d	b
I	II		I	II		I	II		I			I	II	I			I		II		I	II		I

Anzahl:

8. Wie viele Markierungen (Treffer) hat die folgende Zeile:

I		II		I			I	I	II		I	II		II		I			I	II	I			I
d	d	d	b	d	b	d	d	d	d	b	d	d	d	b	q	d	d	b	d	d	q	d	d	b
	I		II		I	II		I		I	II		I	II		I	II		I			I	II	I

Anzahl:

9. Wie viele Markierungen (Treffer) hat die folgende Zeile:

	I			I	II	I			I		II	I			I	I	II		I	II		I	II	
d	b	d	b	b	d	b	q	b	b	d	b	d	q	d	b	d	b	d	d	d	d	d	b	d
II		I	II		I	II		I			I	II	I	II			II	II	I			I	I	

Anzahl:

10. Wie viele Markierungen (Treffer) hat die folgende Zeile:

II	I			I	I	II		I	II		I	II		I			I	II	I			I		II
d	b	d	b	b	d	b	q	b	b	d	b	d	q	d	b	d	b	d	d	d	d	d	b	d
	I	II	I	II			II	II	I			I	I		II		I	II		I	II		I	

Anzahl:

Lösungen: bqpd-Test

1. 4 Treffer	5. 6 Treffer	9. 6 Treffer
2. 2 Treffer	6. 5 Treffer	10. 4 Treffer
3. 5 Treffer	7. 7 Treffer	
4. 2 Treffer	8. 10 Treffer	

Weg/Pfad finden

Jeder Pfad führt von einem Buchstaben zu einer bestimmten Zahl. Versuche, den Pfad nachzuvollziehen und ordne den Buchstaben die passende Zahl zu.

Zeit: **3 Minuten**

1. Aufgabe

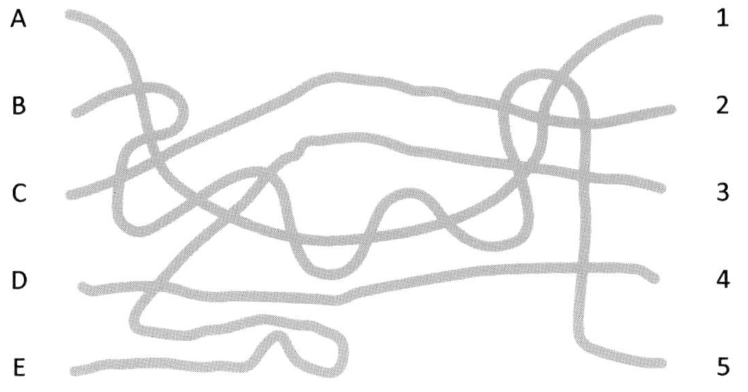

Trage die zugehörigen Zahlen ein:

A -   B -   C -   D -   E -

2. Aufgabe

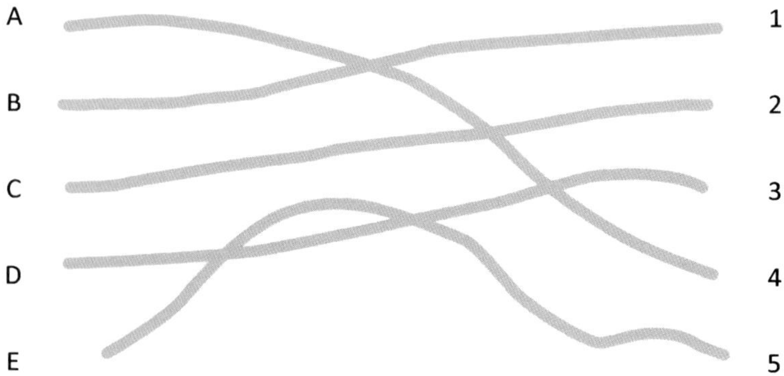

Trage die zugehörigen Zahlen ein:

A - B - C - D - E -

3. Aufgabe

Trage die zugehörigen Zahlen ein:

A - B - C - D - E -

4. Aufgabe

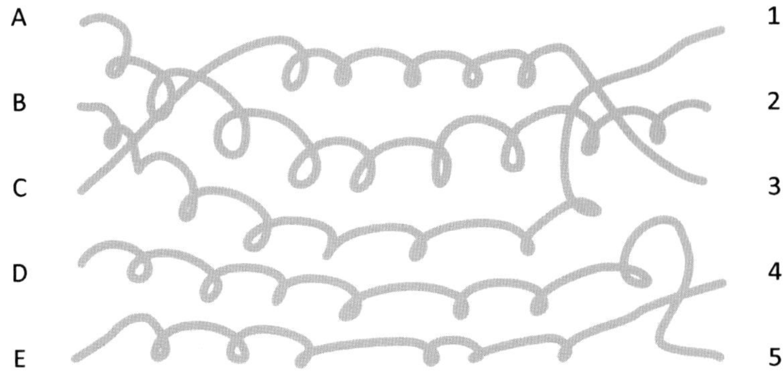

Trage die zugehörigen Zahlen ein:

A - B - C - D - E -

5. Aufgabe

Trage die zugehörigen Zahlen ein:

A - B - C - D - E -

6. Aufgabe

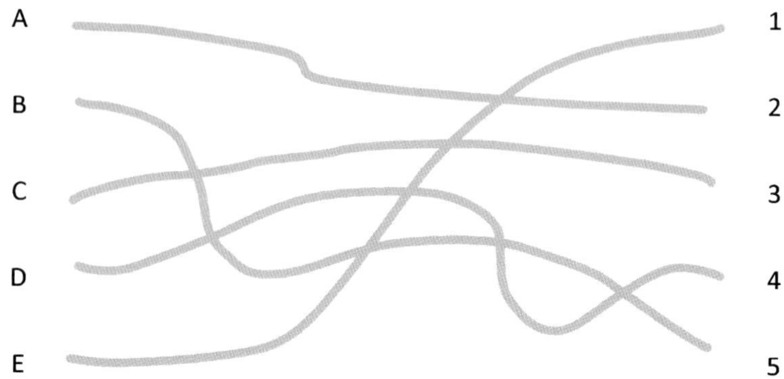

Trage die zugehörigen Zahlen ein:

A -　　B -　　C -　　D -　　E -

7. Aufgabe

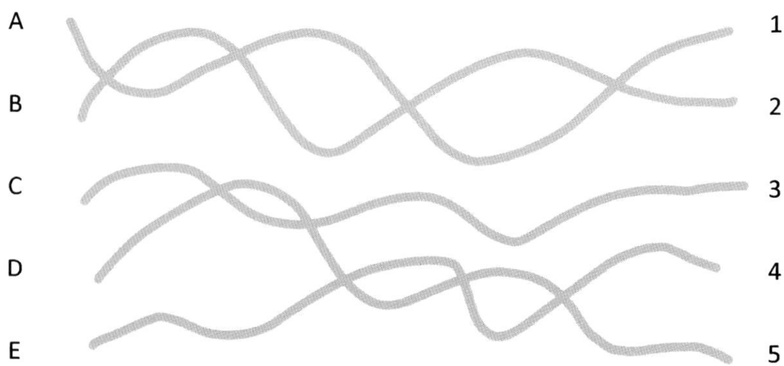

Trage die zugehörigen Zahlen ein:

A -　　B -　　C -　　D -　　E -

8. Aufgabe

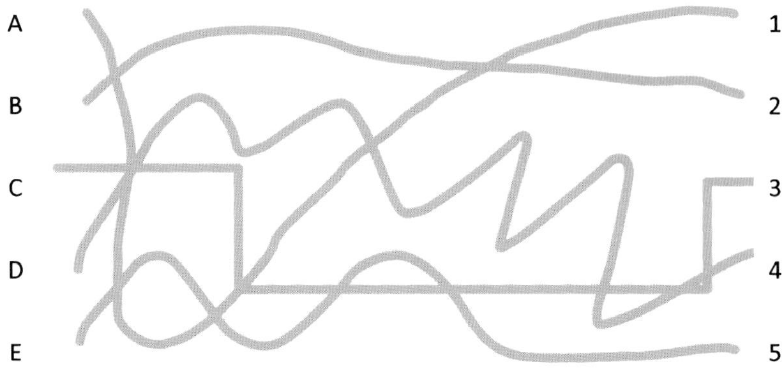

Trage die zugehörigen Zahlen ein:

A - B - C - D - E -

9. Aufgabe

Trage die zugehörigen Zahlen ein:

A - B - C - D - E -

10. Aufgabe

Trage die zugehörigen Zahlen ein:

A - B - C - D - E -

Lösungen: Weg/Pfad finden

1. A 1, B 5, C 2, D 4, E 3
2. A 4, B 1, C 2, D 3, E 5
3. A 5, B 1, C 2, D 3, E 4
4. A 2, B 1, C 3, D 5, E 4
5. A 5, B 2, C 3, D 1, E 4
6. A 2, B 5, C 3, D 4, E 1
7. A 1, B 2, C 3, D 5, E 4
8. A 1, B 2, C 3, D 4, E 5
9. A 1, B 2, C 5, D 3, E 4
10. A 3, B 2, C 4, D 5, E 1

Stadtplan einprägen

Bei dieser Aufgabe musst du dir in **3 Minuten** einen Stadtplan einprägen. Im Anschluss musst du dazu einige Fragen beantworten.

Bitte beantworte jetzt folgende Fragen zum Stadtplan.

Zeit: **2 Minuten**

1. Wie heißt die Straße, in der sich die Schule befindet?
a) Frankfurter Allee
b) Biesenthaler Straße
c) Bismarckstraße
d) Charlottenburger Chaussee

2. Wie heißt die Straße, in der sich der Friedhof befindet?
a) Kaiser-Wilhelm-Allee
b) Fliederweg
c) Leipziger Straße
d) Kaiserallee

3. Wie heißt die Straße, in der sich das Kino befindet?
a) Leipziger Straße
b) Bismarckstraße
c) Beerenstraße
d) Beethovenplatz

4. Wie heißt die Straße, in der sich der Bahnhof befindet?
a) Leipziger Straße
b) Nietzschestraße
c) Kaiser-Wilhelm-Allee
d) Willy-Brandt-Platz

5. Welche Einrichtung befindet sich am Bärenweg?
a) Feuerwehr
b) Golfplatz
c) Parkplatz
d) Seebad

6. Welche Einrichtung befindet sich an der Charlottenburger Chaussee?
a) Friseur
b) Kino
c) Polizei
d) Bahnhof

7. Welche Einrichtung befindet sich am Fliederweg?
a) Schule
b) Reiterhof
c) Klinik
d) Seebad

8. Welche Einrichtung befindet sich am Willy-Brandt-Platz?
a) Flughafen
b) Feuerwehr
c) Stadion
d) Golfplatz

Lösungen: Stadtplan einprägen

Zu 1.: c) Bismarckstraße

Zu 2.: a) Kaiser-Wilhelm-Allee

Zu 3.: d) Beethovenplatz

Zu 4.: a) Leipziger Straße

Zu 5.: b) Golfplatz

Zu 6.: c) Polizei

Zu 7.: d) Seebad

Zu 8.: a) Flughafen

Zahlen merken

Bei diesem Gedächtnistest musst du dir 30 Zahlen in **2 Minuten** merken. Nachdem du dir die Zahlen eingeprägt hast, markierst du aus 100 Zahlen diejenigen, die du dir zuvor gemerkt hast.

5	12	35	42	22
24	30	28	9	43
45	15	18	38	49
52	61	2	56	27
73	58	85	77	66
64	92	74	82	96

Markiere alle Zahlen, die du dir vorher eingeprägt hast. Du hast dafür **2 Minuten** Zeit. Bedenke, um so weniger Fehler du machst, um so mehr Punkte erhältst du.

1	2	3	4	5	6	7	8	9	10
11	12	13	14	15	16	17	18	19	20
21	22	23	24	25	26	27	28	29	30
31	32	33	34	35	36	37	38	39	40
41	42	43	44	45	46	47	48	49	50
51	52	53	54	55	56	57	58	59	60
61	62	63	64	65	66	67	68	69	70
71	72	73	74	75	76	77	78	79	80
81	82	83	84	85	86	87	88	89	90
91	92	93	94	95	96	97	98	99	100

Lösungen

1	**2**	3	4	**5**	6	7	8	**9**	10
11	**12**	13	14	**15**	16	17	**18**	19	20
21	**22**	23	**24**	25	26	**27**	**28**	29	**30**
31	32	33	34	**35**	36	37	**38**	39	40
41	**42**	**43**	44	**45**	46	47	48	**49**	50
51	**52**	53	54	55	**56**	57	**58**	59	60
61	62	63	**64**	65	**66**	67	68	69	70
71	72	**73**	**74**	75	76	**77**	78	79	80
81	**82**	83	84	**85**	86	87	88	89	90
91	**92**	93	94	95	**96**	97	98	99	100

Wörter merken

Hier musst du dir aus fünf Bereichen mehrere Wörter merken und diese nachher wieder anhand der Anfangsbuchstaben den korrekten Bereichen zuordnen.

Merke dir innerhalb von **3 Minuten** die folgenden Kategorien mit den dazugehörigen Begriffen.

Für das Beantworten der Fragen hast du **10 Minuten** Zeit.

Berufe: Bienenzüchter – Imker – Quantenphysiker – Tierarzt – Unternehmer

Städte: Chemnitz – Düsseldorf – Jena – München – Stuttgart

Namen: Emil – Xavier – Lena – Otto – Ricarda

Länder: Zypern – Albanien – Kolumbien – Norwegen – Weißrussland

Sportarten: Polo – Fechten – Handball – Volleyball – Golf

1. In welche Gruppe gehört der Begriff mit dem Anfangsbuchstaben A?
a) Städte
b) Berufe
c) Namen
d) Länder
e) Sportarten

2. In welche Gruppe gehört der Begriff mit dem Anfangsbuchstaben B?
a) Länder
b) Namen
c) Städte
d) Sportarten
e) Berufe

3. In welche Gruppe gehört der Begriff mit dem Anfangsbuchstaben C?
a) Länder
b) Städte
c) Namen
d) Berufe
e) Sportarten

4. In welche Gruppe gehört der Begriff mit dem Anfangsbuchstaben D?
a) Namen
b) Länder
c) Berufe
d) Städte
e) Sportarten

5. In welche Gruppe gehört der Begriff mit dem Anfangsbuchstaben E?
a) Berufe
b) Städte
c) Namen
d) Länder
e) Sportarten

6. In welche Gruppe gehört der Begriff mit dem Anfangsbuchstaben F?
a) Berufe
b) Städte
c) Namen
d) Länder
e) Sportarten

7. In welche Gruppe gehört der Begriff mit dem Anfangsbuchstaben G?
a) Namen
b) Berufe
c) Städte
d) Länder
e) Sportarten

8. In welche Gruppe gehört der Begriff mit dem Anfangsbuchstaben H?
a) Städte
b) Länder
c) Namen
d) Berufe
e) Sportarten

9. In welche Gruppe gehört der Begriff mit dem Anfangsbuchstaben I?
a) Berufe
b) Städte
c) Sportarten

d) Länder
e) Namen

10. In welche Gruppe gehört der Begriff mit dem Anfangsbuchstaben J?
a) Berufe
b) Länder
c) Städte
d) Namen
e) Sportarten

11. In welche Gruppe gehört der Begriff mit dem Anfangsbuchstaben K?
a) Städte
b) Sportarten
c) Berufe
d) Länder
e) Namen

12. In welche Gruppe gehört der Begriff mit dem Anfangsbuchstaben L?
a) Städte
b) Namen
c) Berufe
d) Sportarten
e) Länder

13. In welche Gruppe gehört der Begriff mit dem Anfangsbuchstaben M?
a) Berufe
b) Städte
c) Namen
d) Sportarten
e) Länder

14. In welche Gruppe gehört der Begriff mit dem Anfangsbuchstaben N?
a) Berufe
b) Sportarten
c) Länder
d) Städte
e) Namen

15. In welche Gruppe gehört der Begriff mit dem Anfangsbuchstaben O?
a) Berufe
b) Länder
c) Städte
d) Namen
e) Sportarten

16. In welche Gruppe gehört der Begriff mit dem Anfangsbuchstaben P?
a) Namen
b) Städte
c) Berufe
d) Länder
e) Sportarten

17. In welche Gruppe gehört der Begriff mit dem Anfangsbuchstaben Q?
a) Berufe
b) Länder
c) Namen
d) Städte
e) Sportarten

18. In welche Gruppe gehört der Begriff mit dem Anfangsbuchstaben R?
a) Städte
b) Namen
c) Länder
d) Sportarten
e) Berufe

19. Frage
In welche Gruppe gehört der Begriff mit dem Anfangsbuchstaben S?
a) Städte
b) Berufe
c) Namen
d) Länder
e) Sportarten

20. In welche Gruppe gehört der Begriff mit dem Anfangsbuchstaben T?
Namen
a) Städte
b) Berufe
c) Länder
d) Namen
e) Sportarten

21. In welche Gruppe gehört der Begriff mit dem Anfangsbuchstaben U?
a) Berufe
b) Städte
c) Namen
d) Länder
e) Sportarten

22. In welche Gruppe gehört der Begriff mit dem Anfangsbuchstaben V?
a) Namen
b) Berufe
c) Städte
d) Sportarten
e) Länder

23. In welche Gruppe gehört der Begriff mit dem Anfangsbuchstaben W?
a) Städte
b) Länder
c) Namen
d) Berufe
e) Sportarten

24. In welche Gruppe gehört der Begriff mit dem Anfangsbuchstaben X?
a) Namen
b) Berufe
c) Städte
d) Sportarten
e) Länder

25. In welche Gruppe gehört der Begriff mit dem Anfangsbuchstaben Z?
a) Namen
b) Länder
c) Berufe
d) Sportarten
e) Städte

Lösungen: Wörter merken

1. d)	10. c)	19. a)
2. e)	11. d)	20. b)
3. b)	12. b)	21. a)
4. d)	13. b)	22. d)
5. c)	14. c)	23. b)
6. e)	15. d)	24. a)
7. e)	16. e)	25. b)
8. e)	17. a)	
9. a)	18. b)	

Tabelle auswerten

In dieser Aufgabe musst du eine Tabelle auswerten, in der die Benotungen von Schülern in verschiedenen Schulfächern aufgelistet sind. Beantworte bitte nachstehende Fragen anhand dieser Tabelle. Markiere den Buchstaben mit der korrekten Lösung.

Zeit: **3 Minuten**

Noten	**1**	**2**	**3**	**4**	**5**	**6**
Deutsch	Max	Franz	Julia	Erika	Bernd	Claudia
Mathe	Julia	Max	Franz	Claudia	Bernd	Erika
Englisch	Franz	Julia	Erika	Max	Claudia	Bernd
Kunst	Erika	Claudia	Bernd	Julia	Max	Franz
Sport	Julia	Max	Claudia	Bernd	Franz	Erika

1. Max und Julia gehören zu den besten Schülern. Doch wer hat den besseren Notendurchschnitt?

a) Max

b) Julia

2. Welchen Notendurchschnitt hat Claudia?

a) 3,8

b) 4

c) 4,1

d) 4,5

3. Deutsch und Mathe gehören zu den wichtigsten Fächern. Welche beiden Schüler haben zusammen den besten Notendurchschnitt?

a) Franz und Max

b) Max und Julia

c) Julia und Franz

4. Mädchen oder Jungen? Wer von beiden hat die besseren Noten mit nach Hause gebracht?

a) Mädchen

b) Jungen

Lösungen: Tabelle auswerten

Zu 1. b) Julia
Julia hat einen Notendurchschnitt von 2,2 und ist somit besser als Max, der nur einen Schnitt von 2,8 hat.

Zu 2. b) 4
Claudia hat ein Notendurchschnitt von genau 4.
$6 + 4 + 5 + 2 + 3 = 20 \div 5 = 4$

Zu 3. b) Max und Julia
Den besten Notendurchschnitt mit 1,75 in Mathe und Deutsch haben Max und Julia zusammen.

Zu 4. a) Mädchen
Die Mädchen schlagen die Jungs knapp mit einen Gesamtdurchschnitt von 3,4. Die Jungs kommen auf ein Notenschnitt von 3,6.

Wörter bilden

Bei dieser Aufgabe musst du Wörter bilden, bei denen schon die Anfangs- und Endbuchstaben vorgegeben sind. Bilde jeweils immer fünf Wörter pro Aufgabe. Alle Wortklassen, Eigen- oder Städtenamen sind erlaubt. Nicht erlaubt sind Fremdsprachen, Wortneubildungen und Dialekte.

Zeit: **8 Minuten**

1. Anfang **B** | Ende **E**

____
____
____
____
____

2. Anfang **M** | Ende **N**

____
____
____
____
____

3. Anfang **A** | Ende **N**

____
____
____
____
____

4. Anfang **S** | Ende **T**

____
____
____
____
____

5. Anfang **E** | Ende **L**

____
____
____
____
____

6. Anfang **K** | Ende **R**

____
____
____
____
____

Musterantworten: Wörter bilden

Zu 1.: Anfang **B** | Ende **E**
Bandbreite
Bürste
Briefe
Batterie
Brille

Zu 2.: Anfang **M** | Ende **N**
Millionen
Mädchen
Minuten
Mann
müssen

Zu 3.: Anfang **A** | Ende **N**
Anforderungen
angemessen
Antworten
aufwärmen
angeln

Zu 4.: Anfang **S** | Ende **T**
Stadt
Sport
Sonnenlicht
Start
Supermarkt

Zu 5.: Anfang **E** | Ende **L**
Edelstahl
Einzelhandel
E-Mail
Enkel
Esel

Zu 6.: Anfang **K** | Ende **R**
Kater
Kratzer
Käufer
Kammer
Kinder

Wörter ergänzen

Bei dieser Aufgabe musst du Wörter bilden, bei denen der Wortanfang schon vorgegeben ist. Bilde jeweils immer fünf Wörter pro Aufgabe. Alle Wortklassen, Eigen- oder Städtenamen sind erlaubt. Nicht erlaubt sind Fremdsprachen, Wortneubildungen und Dialekte.

Zeit: **8 Minuten**

1. **Sport ...**

____
____
____
____
____

2. **Polizei ...**

____
____
____
____
____

3. **Zimmer ...**

____
____
____
____
____

4. **Unter ...**

____
____
____
____
____

5. **Regen ...**

____
____
____
____
____

6. **Roh ...**

____
____
____
____
____

Musterantworten: Wörter ergänzen

Zu 1.: **Sport ...**
Sportfest
Sporthose
Sportverein
Sportstar
Sportler

Zu 2.: **Polizei ...**
Polizeiauto
Polizeifunk
Polizeiwache
Polizeimarke
Polizeibeamter

Zu 3.: **Zimmer ...**
Zimmertemperatur
Zimmermann
Zimmerlampe
Zimmerdecke
Zimmerschlüssel

Zu 4.: **Unter ...**
Unterarm
Unterlassung
Unterschrift
Untergang
Untersuchung

Zu 5.: **Regen ...**
Regenschirm
Regenwald
Regentropfen
Regenjacke
Regenrinne

Zu 6.: **Roh ...**
Rohstoff
Rohbau
Rohrpost
Rohrbruch
Rohzustand

Sprache

Beinahe jeder Einstellungstest beinhaltet Aufgaben zum Wort- und Sprachverständnis. Ein guter Wortschatz, Sprachgefühl und Sprachfantasie sind hier gefragt. Wortbedeutungen müssen sinngemäß erfasst werden.

Deutsche Grammatik

1. Wie viele Silben hat das folgende Wort: Rinderwahnsinn?
a) 3
b) 4
c) 5
d) 6

2. Wie trennt man das folgende Wort richtig:
Interessantes?
a) In|ter|es|sa|ntes
b) Inte|ress|an|tes
c) In|ter|es|san|tes
d) In|te|res|san|tes

3. Wie trennt man das folgende Wort richtig:
Zeiterfassung?
a) Zeit|er|fas|sung
b) Zeit|er|fass|ung
c) Zei|ter|fas|sung
d) Zei|ter|fass|ung

4. Welche Schreibweise ist richtig?
a) Strafverfolgung
b) Strafverfolgnug
c) Straafverfolgung
d) Strafverfolguung

5. Wie wird das Wort richtig geschrieben?
a) Schiffahrt
b) Schiffffahrt
c) Schifffahrtt
d) Schifffahrt

6. Wie wird das Wort richtig geschrieben?
a) Bundesgrenzsschutz
b) Bundesgrenzschutz
c) Bundegrenzschutz
d) Bundesgrenzschuts

7. Indikativ Präsens: kennen; ich ...?
a) kennen
b) kannte
c) kann
d) kenne

8. Wie wird das folgende Wort richtig getrennt:
Auseinandersetzung?
a) Aus|ei|nan|der|set|zung
b) Aus|ein|an|de|rset|zung
c) Au|sei|nan|der|set|zung
d) Aus|ei|nan|der|setz|ung

9. Bei welchem Wort handelt es sich um ein Adjektiv?
a) herzlich
b) Baum
c) ich
d) wie

10. Bei welchem Wort handelt es sich um ein Adjektiv?
a) Dorf
b) schön
c) welche
d) schwimmen

11. Bei welchem Wort handelt es sich um ein Adjektiv?
a) Sommer
b) niemals
c) steuern
d) cool

12. Bei welchem Wort handelt es sich um ein Verb?
a) herzlich
b) Baum
c) wie
d) laufen

13. Bei welchem Wort handelt es sich um ein Adverb?
a) gestern
b) Montag
c) wie
d) bemerkenswert

14. Bei welchem Wort handelt es sich um ein Objekt in folgendem Satz: „Johanna und Susi spielen mit ihrem Hund."
a) Johanna
b) Susi
c) spielen
d) Hund
e) ihrem

15. Bei welchem Wort handelt es sich um ein Prädikat in dem folgenden Satz: „Johanna geht gerne in den Stadtpark."
a) Johanna
b) geht
c) gerne
d) in den
e) Stadtpark

16. Bei welchem Wort handelt es sich um ein Subjekt in folgendem Satz: „Robert schwimmt oft im See."
a) Robert
b) schwimmt
c) oft
d) im
e) See

17. Bei welchem Wort handelt es sich um eine Präposition?
a) wir
b) du
c) es
d) in
e) sein

18. Bei welchem Wort handelt es sich um eine Konjunktion?
a) herzlich
b) und
c) ich
d) sein
e) so

19. Bei welchem Wort handelt es sich um ein Verb?
a) hundert
b) Stiftung
c) süß
d) sehen

20. Bei welchem Wort handelt es sich um ein Verb?
a) rollen
b) Rolle
c) rollig
d) Rollator

21. Welches Wort ist ein Pronomen?
a) uns
b) in
c) weil
d) für

22. Welches Wort ist ein bestimmter Artikel?
a) ein
b) er
c) den
d) für

23. Welches Wort steht im Akkusativ?
a) der Ball
b) gelaufen
c) der Fußballer
d) einen Lastwagen

Lösungen: Deutsche Grammatik

1. b)	9. a)	17. d)
2. d)	10.b)	18. b)
3. a)	11. d)	19. d)
4. a)	12. d)	20. a)
5. d)	13. a)	21. a)
6. b)	14. d)	22. c)
7. d)	15. b)	23. d)
8. a)	16. a)	

Diktate

Im Folgenden findest du zwei Diktate. Lass dir diese Diktate am besten von einem Freund oder einer Freundin vorlesen und versuche, möglichst wenige Rechtschreib- und Grammatikfehler zu machen.

Diktat 1 – Eskalation vermeiden (226 Wörter)

Das Recht auf freie Meinungsäußerung gehört ebenso zu den Grundrechten wie die Versammlungsfreiheit. Ursprünglich friedliche Großdemonstrationen, die sich plötzlich zu gewalttätigen Krawallen entwickeln, provozieren jedoch oftmals den Ruf nach einer genauen Definition, wo die Rechte der Demonstrierenden enden und die Pflichten beginnen. Die Gesetzeshüterinnen und Gesetzeshüter sehen sich hier häufig nur schwer voraussehbaren Situationen ausgesetzt, in denen es darauf ankommt, schnell und spontan zu reagieren, um Schlimmeres zu verhindern. Sowohl die Geschichte als auch die Psychologie lehrt, dass das Aufeinandertreffen großer Menschenmassen, die von verschiedenen Ideologien geleitet werden, gefährliche Mechanismen freisetzen kann. Die Gründe liegen klar auf der Hand. In der Gruppe fällt es leichter, seine Meinung zu vertreten, da man von Gleichgesinnten umgeben ist. Besonders riskant ist in diesem Zusammenhang jedoch auch das Phänomen, in der Masse verschwinden zu können. Das Moment der Eigenverantwortung nimmt ab, Hemmschwellen fallen und die Betroffenen lassen sich von den jeweiligen Strömungen mitreißen und im schlimmsten Fall zu aggressiven Handlungen verleiten. Wie also beugt man derartigen Übergriffen vor? Diktaturen und Militärregime bieten hier keinerlei Anhaltspunkte. Denn unter dem Vorwand, Eskalation zu verhindern, untersagen sie sämtliche Formen der Kundgebungen und Demonstrationen. Demonstrationen stellen ein wesentliches Element dieses Mitwirkens großer Bevölkerungsteile dar. Daher sollte nicht das Recht auf Versammlungs-freiheit infrage gestellt, sondern der Fokus auf die Entwicklung von Strategien der kommunikativen Konfliktlösung gelegt werden, um den friedlichen Ausgang von Demonstrationen zu garantieren.

Diktat 2 – Teamwork ist bekanntermaßen alles (214 Wörter)

In einer Gesellschaft, in der sich alles nur um Leistungsstreben und Konkurrenzkampf dreht, gewinnt die Bedeutung von Teamwork eine immer größer werdende Rolle. Dies trifft vor allem auf Berufe zu, in denen nicht nur der Erfolg, sondern auch Gesundheit und Leben der Betroffenen von einer tadellosen Kommunikation und vorbildlichen Zusammenarbeit abhängen. Sei es nun im medizinischen oder sozialen Bereich, die Fähigkeit, gemeinsam mit Kolleginnen und Kollegen an einem Ziel zu arbeiten, ist ein entscheidendes Kriterium bei der Personalauswahl. Ähnliches gilt natürlich auch für die Polizeiarbeit, welche Experten auf unterschiedlichen Gebieten zusammenführt. Eine klare und transparente Verständigung zwischen den Beteiligten bildet dabei die Grundlage, um zu einem zuverlässigen Ermittlungsergebnis zu gelangen. Wer hier eine Schwäche sieht, sollte sich für einen anderen Beruf, in dem ein unabhängiges und eigenständiges Arbeiten als vorteilhaft angesehen wird, entscheiden. Bei einem Polizeieinsatz stellt diese Verhaltens- beziehungsweise Vorgehensweise jedoch ein unnötiges Risiko dar und kann nicht nur das eigene Leben, sondern auch das der Kollegin beziehungsweise des Kollegen sowie schutzbedürftiger Bürgerinnen und Bürger gefährden. In der Ausbildung sowie im Beruf gilt es also, ein entspanntes Arbeitsklima herzustellen, die Verständigung nach allen Regeln der Kunst zu fördern und auf diese Weise dafür zu sorgen, dass Unarten wie Ellenbogendenken, Diskriminierung und Mobbing, welche gerade hier ein gravierendes Sicherheitsrisiko darstellen, gar nicht erst aufkommen.

Deutscher Lückentext

In den Lückentext-Übungen müssen die leeren Positionen um Pronomen, Verben, Adjektive, Subjekte, Artikel, Appositionen oder die korrekte Kasus- oder Pluralmarkierung ergänzt werden.

1. Der Kunde nimmt ____ Produkt entgegen, um es später auszuprobieren.
a) das
b) die
c) der
d) des

2. Auf dem Weg zur Arbeit wurde ___ Angestellten bewusst, dass er seine Brieftasche zuhause vergessen hatte.
a) des
b) den
c) dem
d) die

3. Es ist wichtig, sich einen ___blick zu verschaffen.
a) An
b) Aus
c) Um
d) Über

4. Meine Großeltern haben ___ Nachbarin, die täglich Unkraut jätet.
a) eine
b) ein
c) einen
d) einer

5. Wir leben in einer Straße, ___ ___ nicht viel los ist.
a) in das
b) in der
c) in dem
d) in die

6. Auf der Autobahn entdecke ich ein Fahrzeug, _____ zu schnell fährt.
a) welcher
b) welchen
c) welches
d) welchem

7. Der NSA-Untersuchungsausschuss soll Ausmaß und Hintergründe der Ausspähungen durch ____ Geheimdienste in Deutschland aufklären.
a) Ausland
b) ausländische
c) fremd
d) fremde

8. Unter einem Verbrechen wird gemeinhin ein schwerwiegender Verstoß gegen die Rechtsordnung ___ Gesellschaft oder die Grundregeln menschlichen Zusammenlebens verstanden.
a) seiner
b) keiner
c) einer
d) ihrer

9. Unter Kapital im volkswirtschaftlichen Sinne kann man alle bei der Erzeugung beteiligte Produktionsmittel _____.
a) lernen
b) verstehen
c) sehen
d) behandeln

10. Südostengland mit der Hauptstadt London, der klimatisch meist-begünstigte Teil Großbritanniens, unterscheidet sich in ____ Hinsicht von den anderen Teilen der Insel.
a) vielerlei
b) weiter
c) großer
d) mehrerer

11. Neben der Bushaltestelle steht ___ _____ Junge und wartet auf den Bus.
a) ein kleiner
b) eine kleine
c) ein kleines
d) einer kleiner

12. Dass die Betreuung für ältere Menschen zu viel kostet, ist eine ____stellung.
a) Über
b) Unter
c) Auf
d) Ab

13. Die Aussage, ___ die Anzahl der Gewaltdelikte jedes Jahr steigt, muss überprüft werden.
a) welche
b) daß
c) das
d) dass

14. Dass ___ der Höhepunkt ist, hat niemand bezweifelt.
a) dass
b) das
c) welches
d) daß

15. Das Werk des angesehenen italienischen __________ wurde mit dem Literaturnobelpreis ausgezeichnet.
a) Schriftstellern
b) Schriftsteller
c) Schriftstellers
d) Schriftstelle

16. Der Fund des ______ ist für die weiteren Ermittlungen von großer Bedeutung.
a) Fluchtfahrzeugs
b) Flucht Fahrzeugs
c) Fluchtfahrzeug
d) Flucht-Fahrzeug

17. Bevor man sich ein neues Auto zulegt, ist es ratsam, eine ________ zu machen.
a) Probe Fahrt
b) Probefahrt
c) probefahrt
d) probe Fahrt

18. Am Abend werden ______ die Ampeln ausgeschaltet.
a) überlicherweise
b) üblicherweise
c) üblichweise
d) üblicher Weise

19. Der Vorname meiner ______ ist Anna.
a) Lehrer
b) Lehrers
c) Lehrern
d) Lehrerin

20. Wenn du jetzt _____, ist alles vorbei.
a) gingst
b) gehen
c) geht
d) gehst

21. Das _____ von Alkohol ist während der Dienstzeit nicht erlaubt.
a) trinken
b) Getränk
c) Trinken
d) Getrinke

22. Wenn man etwas investiert, erwartet man, etwas ________.
a) zurückzuerhalten
b) zurück zu erhalten
c) zurück erhalten
d) zurückerhalten

23. Ein Verbrechen ist ein Verstoß gegen die Rechtsordnung _____ Staates.
a) ein
b) einer
c) eines
d) einem

24. Diese Frage sollten Sie mit Ihrem ____ besprechen.
a) Ärzten
b) Arzt
c) Ärztin
d) Arztes

25. Das Dschungelbuch ist eine Sammlung von Erzählungen und Gedichten des britischen ___ Rudyard Kipling.
a) Autor
b) Autorin
c) Autoren
d) Autors

26. Häufig folgt auf einen Putsch eine Militärdiktatur oder die Herrschaft eines autoritären ___.
a) regime
b) Regime
c) Regimes
d) regimes

27. Die Karrieremessen werden von Hochschulen, professionellen ___ und den Industrie- und Handelskammern organisiert.
a) Dienstleister
b) Dienstleistern
c) Dienstleisters
d) Dienstleisterin

28. Non-Profit-Organisationen nehmen bestimmte ___ der Bedarfsdeckung, Förderung oder Interessenvertretung bzw. Beeinflussung für ihre Mitglieder oder Dritte wahr.
a) Zwecke
b) Zweck
c) Zwecks
d) Zwecken

29. Ziele von Frauenvereinen sind häufig soziale Anliegen im ___ oder Frauenthemen und Frauenfragen im Besonderen.
a) allgemein
b) Allgemein
c) Allgemeinen
d) allgemeinen

30. Die Kriegsküche war im Ersten Weltkrieg eine Suppenküche zur Versorgung weiter ___ der Zivilbevölkerung.
a) Kreis
b) Kreise
c) Kreisen
d) Kreises

Lösungen: Deutscher Lückentext

1. a)	11. a)	21. c)
2. c)	12. b)	22. a)
3. d)	13. d)	23. c)
4. a)	14. b)	24. b)
5. b)	15. c)	25. d)
6. c)	16. a)	26. c)
7. b)	17. b)	27. b)
8. c)	18. b)	28. a)
9. b)	19. d)	29. c)
10. a)	20. d)	30. b)

Zu 22.: a) Für die Getrennt- oder Zusammenschreibung bei Erweiterungen von Infinitiven mit „zu“ gibt es eine einfache Regel: Wird das Verb in seiner Grundform bereits zusammengeschrieben, so wird auch die Erweiterung mit „zu“ zusammengeschrieben. Wird die Verb-Verbindung allerdings auseinander geschrieben, wird auch die Erweiterung getrennt geschrieben.

Tipp: Mehr als 200 weitere Aufgaben zu Lückentexten findest du in unserer kostenlosen Testtrainer App. Eine Anleitung, wie du die App herunterladen und aktivieren kannst, steht auf Seite 58.

Kommasetzung

Kommata treten im Deutschen in verschiedenen Satzkonstellationen auf. Hier sind einige Grundregeln, die du bei der Kommasetzung beachten solltest.

Regeln
1. Ein Komma kann bei Aufzählungen genutzt werden.
Beispiel: Ich bin eine fleißige, strebsame, ordentliche Schülerin. Oder: Ich bin eine fleißige, strebsame und ordentliche Schülerin. Hier wurde das Komma durch ein „und" ersetzt. Statt „und" könnte auch „oder" oder „sowie" das Komma ersetzen.

2. Ein Komma steht vor Konjunktionen wie aber, allerdings, jedoch, sondern etc.
Beispiel: Ihre Mutter ist eine liebevolle, aber strenge Frau. Nicht nur der Bus, sondern auch der Zug ist sehr pünktlich.

3. Wird das Subjekt in einem Satz genauer beschrieben, wird die nähere Beschreibung (Apposition) durch Kommas eingeschlossen.
Beispiel: Herr Schneider, der Nachbar, ist genervt von den Kindern.

4. Ein Komma trennt den Hauptsatz vom Nebensatz ab. Weil es schneit, dürfen die Kinder im Klassenraum bleiben.
Beispiel: Die Kinder dürfen im Klassenraum bleiben, weil es schneit. Der Mann, der jeden Sonntag joggen geht, ist krank.

Zeit: **10 Minuten**

1. In welchem Satz sind alle Kommas richtig gesetzt?
a) Der Kriminalstatistik 2014, die Schleswig-Holstein im März 2015 veröffentlichte, ist zu entnehmen, dass die Anzahl der Kriminalfälle um 1,2 Prozent auf 202.301 Delikte anstieg, nachdem in den vier Kalenderjahren zuvor eine rückläufige Kriminalität verzeichnet wurde.
b) Der Kriminalstatistik 2014 die Schleswig-Holstein im März 2015 veröffentlichte ist zu entnehmen, dass die Anzahl der Kriminalfälle um 1,2 Prozent auf 202.301 Delikte anstieg nachdem in den vier Kalenderjahren zuvor eine rückläufige Kriminalität verzeichnet wurde.

c) Der Kriminalstatistik 2014, die Schleswig-Holstein im März 2015 veröffentlichte, ist zu entnehmen dass die Anzahl der Kriminalfälle um 1,2 Prozent auf 202.301 Delikte anstieg, nachdem in den vier Kalenderjahren zuvor eine rückläufige Kriminalität verzeichnet wurde.
d) Der Kriminalstatistik 2014, die Schleswig-Holstein im März 2015 veröffentlichte, ist zu entnehmen, dass die Anzahl der Kriminalfälle um 1,2 Prozent, auf 202.301 Delikte anstieg, nachdem in den vier Kalenderjahren zuvor eine rückläufige Kriminalität verzeichnet wurde.

2. In welchem Satz sind alle Kommas richtig gesetzt?
a) „Da die Aufklärungsquote auf 51,2 Prozent angestiegen ist bleibt Schleswig-Holstein ein sicheres Bundesland" erklärte Stefan Studt der Landesinnenminister stolz, „zumal dies der beste Wert des letzten Jahrzehnts ist."
b) „Da die Aufklärungsquote auf 51,2 Prozent angestiegen ist, bleibt Schleswig-Holstein ein sicheres Bundesland", erklärte Stefan Studt, der Landesinnenminister stolz, „zumal dies der beste Wert des letzten Jahrzehnts ist."
c) „Da die Aufklärungsquote, auf 51,2 Prozent angestiegen ist, bleibt Schleswig-Holstein ein sicheres Bundesland", erklärte Stefan Studt, der Landesinnenminister stolz, „zumal dies der beste Wert, des letzten Jahrzehnts ist."
d) „Da die Aufklärungsquote auf 51,2 Prozent angestiegen ist, bleibt Schleswig-Holstein ein sicheres Bundesland", erklärte Stefan Studt, der Landesinnenminister stolz „zumal dies der beste Wert des letzten Jahrzehnts ist."

3. In welchem Satz sind alle Kommas richtig gesetzt?
a) Die Häufigkeitszahl die angibt, wie viele Straftaten auf 100.000 Einwohner entfallen erhöhte sich leicht auf 7.184.
b) Die Häufigkeitszahl die angibt, wie viele Straftaten auf 100.000 Einwohner entfallen, erhöhte sich leicht auf 7.184.
c) Die Häufigkeitszahl, die angibt, wie viele Straftaten, auf 100.000 Einwohner entfallen, erhöhte sich leicht auf 7.184.
d) Die Häufigkeitszahl, die angibt, wie viele Straftaten auf 100.000 Einwohner entfallen, erhöhte sich leicht auf 7.184.

4. In welchem Satz sind alle Kommas richtig gesetzt?
a) Der Kriminalitätsanstieg gegenüber 2013, verlautbarte der Innenminister, beruhe im Wesentlichen auf Verstößen gegen das Asylverfahrens-, das Aufenthalts- und das EU-Freizügigkeitsgesetz.
b) Der Kriminalitätsanstieg gegenüber 2013 verlautbarte der Innenminister, beruhe im Wesentlichen auf Verstößen gegen das Asylverfahrens-, das Aufenthalts- und das EU-Freizügigkeitsgesetz.
c) Der Kriminalitätsanstieg gegenüber 2013 verlautbarte der Innenminister beruhe im Wesentlichen auf Verstößen gegen das Asylverfahrens-, das Aufenthalts- und das EU-Freizügigkeitsgesetz.
d) Der Kriminalitätsanstieg, gegenüber 2013, verlautbarte der Innenminister, beruhe im Wesentlichen auf Verstößen, gegen das Asylverfahrens-, das Aufenthalts- und das EU-Freizügigkeitsgesetz.

5. In welchem Satz sind alle Kommas richtig gesetzt?
a) Während in 2014 noch 4.309 derartige Delikte verzeichnet wurden kam es 2015 zu einer Erhöhung um 3.463 Fälle auf 7.772 was einem Anstieg von 80,4 Prozent entspricht.
b) Während in 2014 noch 4.309 derartige Delikte verzeichnet wurden, kam es 2015 zu einer Erhöhung um 3.463 Fälle auf 7.772 was einem Anstieg von 80,4 Prozent entspricht.
c) Während in 2014 noch 4.309 derartige Delikte verzeichnet wurden, kam es 2015 zu einer Erhöhung, um 3.463 Fälle auf 7.772, was einem Anstieg von 80,4 Prozent entspricht.
d) Während in 2014 noch 4.309 derartige Delikte verzeichnet wurden, kam es 2015 zu einer Erhöhung um 3.463 Fälle auf 7.772, was einem Anstieg von 80,4 Prozent entspricht.

6. In welchem Satz sind alle Kommas richtig gesetzt?
a) Dies liege, so Studt, an einem vermehrten Zuzug, von Flüchtlingen, nicht nur aus weltweiten Kriegs-, sondern auch Armutsregionen.
b) Dies liege, so Studt, an einem vermehrten Zuzug von Flüchtlingen nicht nur aus weltweiten Kriegs-, sondern auch Armutsregionen.
c) Dies liege so Studt, an einem vermehrten Zuzug von Flüchtlingen nicht nur aus weltweiten Kriegs-, sondern auch Armutsregionen.
d) Dies liege so Studt an einem vermehrten Zuzug von Flüchtlingen nicht nur aus weltweiten Kriegs-, sondern auch Armutsregionen.

7. In welchem Satz sind alle Kommas richtig gesetzt?
a) Im Übrigen berichtete der Innenminister von rückläufigen Zahlen, musste aber eine Zunahme bei Raub und Brandstiftung einräumen.
b) Im Übrigen, berichtete der Innenminister von rückläufigen Zahlen, musste aber eine Zunahme bei Raub und Brandstiftung einräumen.
c) Im Übrigen berichtete der Innenminister von rückläufigen Zahlen musste aber eine Zunahme bei Raub und Brandstiftung einräumen.
d) Im Übrigen berichtete der Innenminister, von rückläufigen Zahlen, musste aber eine Zunahme bei Raub und Brandstiftung einräumen.

8. In welchem Satz sind alle Kommas richtig gesetzt?
a) Während die Gewaltkriminalität um ein Prozent zurückging vermin- derte sich die Zahl der Diebstähle um 0,3 Prozent der Sachbeschädigun- gen um 1,7 Prozent und der Vermögensdelikte um 2,9 Prozent wohinge- gen 78 vorsätzliche Brandstiftungen mithin 13,4 Prozent mehr als im Vorjahr registriert wurden.
b) Während die Gewaltkriminalität um ein Prozent zurückging, vermin- derte sich die Zahl der Diebstähle um 0,3 Prozent, der Sachbeschädigun- gen, um 1,7 Prozent und der Vermögensdelikte, um 2,9 Prozent, wohin- gegen 78 vorsätzliche Brandstiftungen, mithin 13,4 Prozent mehr als im Vorjahr registriert wurden.
c) Während die Gewaltkriminalität um ein Prozent zurückging, vermin- derte sich die Zahl der Diebstähle um 0,3 Prozent, der Sachbeschädigun- gen um 1,7 Prozent und der Vermögensdelikte um 2,9 Prozent, wohin- gegen 78 vorsätzliche Brandstiftungen, mithin 13,4 Prozent mehr als im Vorjahr registriert wurden.
d) Während die Gewaltkriminalität, um ein Prozent zurückging, vermin- derte sich die Zahl der Diebstähle um 0,3 Prozent, der Sachbeschädigun- gen um 1,7 Prozent und der Vermögensdelikte, um 2,9 Prozent, wohin- gegen 78 vorsätzliche Brandstiftungen, mithin 13,4 Prozent mehr als im Vorjahr registriert wurden.

9. In welchem Satz sind alle Kommas richtig gesetzt?
a) Stefan Studt betonte ferner dass die Jugendkriminalität auch gemes- sen am Anteil Tatverdächtiger unter 21 Jahren von 23,1 auf 22,7 Prozent gesunken sei.

b) Stefan Studt betonte ferner, dass die Jugendkriminalität auch gemessen am Anteil Tatverdächtiger unter 21 Jahren, von 23,1 auf 22,7 Prozent gesunken sei.
c) Stefan Studt betonte, ferner dass die Jugendkriminalität, auch gemessen am Anteil Tatverdächtiger unter 21 Jahren, von 23,1 auf 22,7 Prozent gesunken sei.
d) Stefan Studt betonte ferner, dass die Jugendkriminalität, auch gemessen am Anteil Tatverdächtiger unter 21 Jahren, von 23,1 auf 22,7 Prozent gesunken sei.

10. In welchem Satz sind alle Kommas richtig gesetzt?
a) Die diesbezüglichen Landeskonzepte, die insbesondere auf die Prävention von Kriminalität bei jugendlichen Intensivtätern zielten, trügen wohl, so scheine es jedenfalls, zu der positiven Entwicklung bei, meinte der Innenminister.
b) Die diesbezüglichen Landeskonzepte die insbesondere auf die Prävention von Kriminalität bei jugendlichen Intensivtätern zielten, trügen wohl, so scheine es jedenfalls, zu der positiven Entwicklung bei, meinte der Innenminister.
c) Die diesbezüglichen Landeskonzepte, die insbesondere auf die Prävention von Kriminalität bei jugendlichen Intensivtätern zielten trügen wohl so scheine es jedenfalls, zu der positiven Entwicklung bei, meinte der Innenminister.
d) Die diesbezüglichen Landeskonzepte, die insbesondere auf die Prävention von Kriminalität bei jugendlichen Intensivtätern zielten, trügen wohl so scheine es jedenfalls zu der positiven Entwicklung bei, meinte der Innenminister.

Lösungen: Deutsche Kommasetzung

1. a)	5. d)	9. d)
2. b)	6. b)	10. a)
3. d)	7. a)	
4. a)	8. c)	

Rechtschreibfehler

Die folgenden Wörter enthalten je einen oder mehrere Fehler. Schreibe die Wörter in der korrekten Schreibweise auf ein extra Blatt Papier.

Zeit: **5 Minuten**

1. Parrtere
2. representativ
3. häußlich
4. Vorwandt
5. pennibel
6. Chemiekalie
7. apropo
8. Kathastrophe
9. Kolektiv
10. symphatisch
11. Karrussell
12. spatzieren
13. Rabarber
14. skurill
15. Aparat
16. krakehlen
17. Billiard
18. Kuß
19. nähmlich
20. Kuveer
21. Tymian
22. wiederkeuen
23. Trielogie
24. übrigends
25. vorrausichtlich
26. Verwandschaft
27. paralell
28. Mozarrella
29. Kenntniss
30. Schlammassel
31. narzistisch
32. adequat
33. Bagattele
34. akredietieren
35. Kabarret
36. Gallionsfigur
37. Kreissaal
38. kollosal

Lösungen: Rechtschreibfehler

1. Parterre	14. skurril	27. parallel
2. repräsentativ	15. Apparat	28. Mozzarella
3. häuslich	16. krakeelen	29. Kenntnis
4. Vorwand	17. Billard	30. Schlamassel
5. penibel	18. Kuss	31. narzisstisch
6. Chemikalie	19. nämlich	32. adäquat
7. apropos	20. Kuvert	33. Bagatelle
8. Katastrophe	21. Thymian	34. akkreditieren
9. Kollektiv	22. wiederkäuen	35. Kabarett
10. sympathisch	23. Trilogie	36. Galionsfigur
11. Karussell	24. übrigens	37. Kreißsaal
12. spazieren	25. voraussichtlich	38. kolossal
13. Rhabarber	26. Verwandtschaft	

Infinitive bilden

Bilde von den folgenden 20 konjugierten Verben jeweils den Infinitiv Präsens (Grundform). Schreibe die korrekten Infinitive auf ein extra Blatt Papier.

Zeit: **3 Minuten**

1. sieht
2. trifft
3. lässt
4. darf
5. erklärt
6. brach
7. geschieht
8. nimmst
9. mag
10. befiehlt
11. gabst
12. fingen
13. rieten
14. hielt
15. gerät
16. trat
17. stieß
18. flöge
19. grübe
20. vorgeworfen

Lösungen: Infinitive bilden

1. sehen	8. nehmen	15. geraten
2. treffen	9. mögen	16. treten
3. lassen	10. befehlen	17. stoßen
4. dürfen	11. geben	18. fliegen
5. erklären	12. fangen	19. graben
6. brechen	13. raten	20. vorwerfen
7. geschehen	14. halten	

Fremdwörter zuordnen

Das Beherrschen von Fremdwörtern ist vor allem im Gespräch und im Einzelinterview sehr wichtig. Ist dir ein Fremdwort jedoch nicht geläufig, ist es sicherlich ratsam, nachzufragen, als durch eine falsche Deutung ein Missverständnis zu riskieren.

Markiere bei der folgenden Aufgabe die jeweils richtige Bedeutung des Fremdwortes.

Zeit: **5 Minuten**

1. sich echauffieren
a) zusammenarbeiten
b) erstaunt sein
c) arrogant sein
d) sich erregen

2. Dementi
a) Erstellung eines Gesetzes
b) Widerruf einer Behauptung
c) Rücktritt
d) Grenzberichtigung

3. Kasserolle
a) Schmorgefäß
b) einfacher Visierhelm
c) kleines Rhythmusinstrument
d) militärische Befestigungsanlage

4. diametral
a) teuflisch
b) völlig entgegengesetzt
c) zuckerkrank
d) schräg verlaufend

5. Altruismus
a) Eigenliebe
b) Möglichkeit
c) Stolz
d) Selbstlosigkeit

6. opportun
a) unterdrückend
b) prinzipienlos
c) passend, angebracht
d) nicht zweckmäßig

7. Dissens
a) Abschreckung
b) Ausbreitung einer Seuche
c) Meinungsverschiedenheit
d) Missklang

8. Ovation
a) Beifall
b) Eröffnung
c) ovale Form
d) Übertreibung

9. prekär
a) gekünstelt
b) vorhersehbar
c) vorzeitig
d) schwierig, misslich

10. Suggestion
a) Umsturz
b) Beeinflussung
c) Befragung
d) Leid

11. rigide
a) streng
b) lächerlich
c) schnell
d) zögernd

12. kolportieren
a) körperlich verfallen
b) zeugen
c) Gerüchte verbreiten
d) zusammenarbeiten

13. Eloquenz
a) Aufmerksamkeit
b) Lobrede
c) Entrüstung
d) Redegewandtheit

14. reüssieren
a) zusammenfassen
b) entscheiden
c) sich versammeln
d) Erfolg haben

15. prätentiös
a) vorherrschend
b) anmaßend
c) verlässlich
d) genau

16. Konzession
a) Zusammenfassung
b) Dichtigkeit
c) Zugeständnis
d) Glaubensgemeinschaft

17. Resolution
a) Widerruf
b) Beschluss
c) Auflösung
d) Wiederaufnahme

18. parieren
a) befehlen
b) verteilen
c) plaudern
d) ohne Widerspruch gehorchen

19. ambitioniert
a) zwiespältig
b) aufopfernd
c) ehrgeizig
d) förmlich

20. rekapitulieren
a) zusammenfassen, wiederholen
b) zurückfordern
c) nachbilden
d) aufgeben

Lösungen: Fremdwörter zuordnen

1. d)	8. a)	15. b)
2. b)	9. d)	16. c)
3. a)	10. b)	17. b)
4. b)	11. a)	18. d)
5. d)	12. c)	19. c)
6. c)	13. d)	20. a)
7. c)	14. d)	

Synonyme

Finde zu einem vorgegebenen Wort ein zweites aus einer Auswahl von vier vorgegebenen Wörtern, das die gleiche oder eine sehr ähnliche Bedeutung hat. Zeit: **5 Minuten**

1. bescheiden
a) natürlich
b) anspruchsvoll
c) genügsam
d) unaufhaltsam

2. gutmütig
a) furchtlos
b) lieb
c) realitätsfern
d) gehässig

3. verderben
a) verkommen
b) gedeihen
c) verbringen
d) verschwinden

4. langsam
a) rasant
b) unbedacht
c) gemächlich
d) tröpfelnd

5. fest
a) Feierlichkeit
b) hart
c) dick
d) flüssig

6. Vorurteil
a) Aufgeschlossenheit
b) richtend
c) verurteilend
d) Stereotyp

7. Mortalität
a) Sterblichkeit
b) Unwissenheit
c) Ausstattung
d) Muskelbewegungen

8. schlafen
a) liegen
b) träumen
c) schlummern
d) abwesend

9. schimpfen
a) verurteilen
b) verdonnern
c) loben
d) tadeln

10. Anweisung
a) Instruktion
b) Durchsage
c) Plan
d) Urteil

11. einsam
a) traurig
b) allein
c) selten
d) gemeinsam

12. initiieren
a) etwas nachahmen
b) etwas anstoßen
c) etwas anmachen
d) etwas verfolgen

13. Spur
a) Intuition
b) Trick
c) Fährte
d) Hinterhalt

14. taumeln
a) tanzen
b) hektisch sein
c) stolpern
d) schwanken

15. Tatsache
a) Fakt
b) Vermutung
c) Gegebenheit
d) Annahme

16. willkürlich
a) herrisch
b) absichtlich
c) beliebig
d) unerlaubt

17. zerstören
a) ruinieren
b) sabotieren
c) durchstreichen
d) aufbauen

18. Zurückhaltung
a) Anstand
b) Willenskraft
c) Bescheidenheit
d) Protest

19. Disput
a) Anordnung
b) Streit
c) Vorschlag
d) Gebet

20. beschaulich
a) vergessen
b) klein
c) freundlich
d) auffallend

21. Lärm
a) Aufregung
b) Durcheinander
c) Stille
d) Krach

22. fleißig
a) tüchtig
b) schnell
c) hartnäckig
d) träge

23. lethargisch
a) todkrank
b) angepasst
c) skandalös
d) träge

24. Attrappe
a) Angriff
b) Gutachten
c) Nachbildung
d) Vorbeugung

25. Effizienz
a) Zahlungsunfähigkeit
b) Redegewandtheit
c) Wirksamkeit
d) Ausdauer

26. dezidiert
a) bestimmt
b) zerkleinert
c) abstoßend
d) minimiert

27.düpieren
a) delegieren
b) täuschen
c) ablösen
d) einweisen

28. Aura
a) Familie
b) Blutbahn
c) Liebe
d) Ausstrahlung

29. Evakuierung
a) Schließung
b) Räumung
c) Umsiedlung
d) Ausreise

30. Dividende
a) Aktie
b) Wert
c) Gewinnanteil
d) Börsenkurs

Lösungen: Synonyme

1. c)	11. b)	21. d)
2. b)	12. b)	22. a)
3. a)	13. c)	23. d)
4. c)	14. d)	24. c)
5. b)	15. a)	25. c)
6. d)	16. c)	26. a)
7. a)	17. a)	27. b)
8. c)	18. c)	28. d)
9. d)	19. b)	29. b)
10. a)	20. b)	30. c)

Zu 5.: b) Hier ist die Groß- und Kleinschreibung zu beachten. Gesucht ist ein Synonym für das Adjektiv „fest“.

Gegenteile

Finde zu einem vorgegebenen Begriff das entsprechende Gegenteil.

Zeit: **4 Minuten**

1. euphorisch
a) sauer
b) traurig
c) mürrisch
d) lustlos

2. oberflächlich
a) tiefgründig
b) ungenau
c) präzise
d) exakt

3. feige
a) waghalsig
b) mutig
c) unerschrocken
d) riskant

4. Lösung
a) Konflikt
b) Streit
c) Problem
d) Auseinandersetzung

5. leichtsinnig
a) besonnen
b) rücksichtsvoll
c) sorgfältig
d) bedacht

6. selten
a) regulär
b) typisch
c) alltäglich
d) häufig

7. fleißig
a) faul
b) träge
c) lustlos
d) demotiviert

8. Wahrheit
a) Illusion
b) Lüge
c) Ausrede
d) Betrug

9. Demut
a) Missmut
b) Ehre
c) Überheblichkeit
d) Stolz

10. radikal
a) ruhig
b) tolerant
c) moderat
d) gelassen

11. kaufen
a) schenken
b) feilschen
c) leihen
d) stehlen

12. nachlässig
a) gewissenhaft
b) genau
c) bedacht
d) folgsam

13. pragmatisch
a) kreativ
b) idealistisch
c) träumerisch
d) egoistisch

14. gierig
a) zurückhaltend
b) gelassen
c) bescheiden
d) schüchtern

15. Misstrauen
a) Zuversicht
b) Vertrauen
c) Glaube
d) Verständnis

16. Mitleid
a) Gleichgültigkeit
b) Verständnis
c) Verachtung
d) Bedeutungslosigkeit

17. ungenügend
a) maßgeblich
b) erwartungsvoll
c) ausreichend
d) zufriedenstellend

18. ernst
a) glücklich
b) erfreut
c) unseriös
d) vergnügt

19. Gegner
a) Freund
b) Gefährte
c) Gleichgesinnter
d) Befürworter

20. Mangel
a) Wohlstand
b) Überschuss
c) ausreichend
d) Sicherheit

21. wachsen
a) schrumpfen
b) gedeihen
c) steigern
d) abbauen

22. strecken
a) schieben
b) ziehen
c) beugen
d) binden

23. flüstern
a) antworten
b) weinen
c) bitten
d) schreien

Lösungen: Gegenteile

1. d)	9. c)	17. c)
2. a)	10. c)	18. d)
3. b)	11. d)	19. d)
4. c)	12. a)	20. b)
5. a)	13. b)	21. a)
6. d)	14. c)	22. c)
7. a)	15. b)	23. d)
8. b)	16. a)	

Sprichwörter ergänzen

Setze für die jeweiligen Sprichwörter das passende Wort ein.

Zeit: **10 Minuten**

1. Jedes Wort auf die _____________ legen.
a) Lappen
b) Bahre
c) Goldwaage
d) Münze

2. Morgenstund hat _____________ im Mund.
a) Silber
b) Gold
c) Brei
d) Kaffee

3. Seine ___________ davonschwimmen sehen.
a) Pantoffeln
b) Wäsche
c) Felle
d) Güter

4. Es ist Jacke wie _______
a) Hemd.
b) Schuhe.
c) Mantel.
d) Hose.

5. Die Kuh vom ______ holen.
a) Eis
b) Feld
c) Gras
d) Berg

6. Der Fisch stinkt vom __ her.
a) Prinzip
b) Bauch
c) Schwanz
d) Kopf

7. Alles über einen ________ scheren.
a) Rechen
b) Schädel
c) Kamm
d) Kopf

8. Auch ein blindes Huhn findet mal ein _____________.
a) Ei.
b) Küken.
c) Wurm.
d) Korn.

9. Der __________ macht die Musik.
a) Geiger
b) Ton
c) Chor
d) Sänger

10. Lieber den ______________ in der Hand als die Taube auf dem Dach.
a) Spatz
b) Sperling
c) Vogel
d) Ziegel

11. ______________ kommt vor dem Fall.
a) Gleichmut
b) Neid
c) Hochmut
d) Arroganz

12. Steter ______________ höhlt den Stein.
a) Erfolg
b) Strom
c) Tropfen
d) Widerstand

13. Die ______________ im Sack kaufen.
a) Hühner
b) Katze
c) Äpfel
d) Lorbeeren

14. ______________ macht auch Mist.
a) Kleinvieh
b) Gemüse
c) Stroh
d) Viehhaltung

15. Stille ______ sind tief.
a) Ozeane
b) Teiche
c) Bäche
d) Wasser

16. Etwas übers __________ brechen.
a) Knie
b) Kerbholz
c) Schienbein
d) Feuer

17. Für jemanden die Hand ins ______________ legen.
a) Wasser
b) Trockene
c) Feuer
d) Öl

18. Vom Regen in die _______ kommen.
a) Dunkelheit
b) Traufe
c) Scheune
d) Flut

19. Wer im ______________ sitzt, soll nicht mit Steinen werfen.
a) Gewächshaus
b) Trockenen
c) Regen
d) Glashaus

20. Sich mit fremden ________ schmücken.
a) Lorbeeren
b) Kleidern
c) Federn
d) Kränzen

21. Sein Licht unter den ______________ stellen.
a) Schatten
b) Schirm
c) Scheffel
d) Baum

22. Sich auf den _________ getreten fühlen.
a) Fuß
b) Schlips
c) Schuh
d) Zeh

23. Die Nadel im ___________ suchen.
a) Heuhaufen
b) Stroh
c) Gras
d) Gestrüpp

24. Die ______________ im Dorf lassen.
a) Familie
b) Bäckerei
c) Eiche
d) Kirche

25. Den Wald vor lauter ______________ nicht sehen.
a) Tannen
b) Wild
c) Bäumen
d) Leuten

26. Mit jemandem ist nicht gut ______________ essen.
a) Kuchen
b) Kirschen
c) Äpfel
d) Erdbeeren

27. Mit ______________ auf Spatzen schießen.
a) Schrot
b) Kanonen
c) Luftgewehren
d) Pistolen

Lösungen: Sprichwörter ergänzen

1. c)	10. a)	19. d)
2. b)	11. c)	20. c)
3. c)	12. c)	21. c)
4. d)	13. b)	22. b)
5. a)	14. a)	23. a)
6. d)	15. d)	24. d)
7. c)	16. a)	25. c)
8. d)	17. c)	26. b)
9. b)	18. b)	27. b)

Kreative Sätze bilden

In dieser Aufgabe musst du aus drei vorgegebenen Wörtern einen kreativen Satz bilden. Hier wird dein gedanklicher und sprachlicher Einfallsreichtum getestet. Jedes Wort darf nur einmal im Satz vorkommen, die Reihenfolge spielt dabei keine Rolle.

Beispiel: **Frisbee – Australien – Hausfrau**

Musterantworten:
In Australien verbringen die Hausfrauen viel Zeit mit dem Frisbee spielen.
Die Frisbee wurde von Hausfrauen in Australien erfunden.
In Australien wird jährlich die schönste Hausfrau gewählt, die Siegerin erhält eine goldene Frisbee.

Zeit: **10 Minuten**

1. **Polizei – Fahrrad – Dieb**

____

2. **Kühlschrank – Bett – Apotheke**

____

3. **Kinder – Schokolade – Schule**

____

4. **Zimmer – Schuhe – Buch**

____

5. **Hausaufgaben – Bowling – Auto**

____

6. **Kaufhalle – LKW – Ampel**

____

7. **Glück – Geld – Großeltern**

---

8. **Stau – Geburtstag – Freund**

---

9. **Regen – Internet – Telefon**

---

10. **Kaffee – Hose – Tasse**

Musterantworten

Zu 1.: **Polizei – Fahrrad – Dieb**
Ein Dieb hatte mein Fahrrad gestohlen, ich rief sofort die Polizei an.
Mit dem Fahrrad verfolgte die Polizei einen Dieb, der auf der Flucht war.
Ein Dieb der Schmuck in Millionenhöhe raubte, flüchtete mit einem Fahrrad vor der Polizei.

Zu 2.: **Kühlschrank – Bett – Apotheke**
Bevor ich ins Möbelhaus fuhr, um ein neues Bett und einen größeren Kühlschrank zu kaufen, ging ich noch schnell in die Apotheke, um Lutschbonbons zu holen.
Meine Medikamente von der Apotheke bewahre ich jetzt immer im Kühlschrank auf, früher lagen sie immer neben meinem Bett auf dem Nachttisch.
Mein Kühlschrank steht neben mein Bett und von dort aus kann man direkt die Apotheke auf der gegenüberliegenden Straßenseite sehen.

Zu 3.: **Kinder – Schokolade – Schule**
Schokolade ist für Kinder in der Schule verboten.
Kinder wollen nach der Schule am liebsten gleich Schokolade essen.
In der Schule lernen die Kinder wie man Schokolade selbst herstellt.

Zu 4.: **Zimmer – Schuhe – Buch**
Das Buch über schöne Schuhe liegt in meinem Zimmer auf den Schreibtisch.
Da ich kein einziges Buch besitze, kann ich all meine Schuhe im Zimmer aufbewahren.
Das Buch für Mathe und meine Schuhe für die Sporthalle habe ich in meinem Zimmer liegen gelassen.

Zu 5.: **Hausaufgaben – Bowling – Auto**
Als ich mit den Hausaufgaben fertig war, fuhren wir mit dem Auto zum Bowling.
Beim Bowling fiel mir ein das ich noch Hausaufgaben über das Thema Auto schreiben muss.
Auf den Weg zum Bowling hatte ich meine Hausaufgaben noch schnell im Auto erledigt.

Zu 6.: **Kaufhalle – LKW – Ampel**
Auf den Weg zur Kaufhalle versperrte mir ein LKW die Sicht auf eine Ampel.
Ein LKW überfuhr mit überhöhter Geschwindigkeit eine rote Ampel und krachte ungebremst in eine Kaufhalle.
Genau vor der Ampel, die für den Fußgängerüberweg der Kaufhalle da ist, parkte ein LKW.

Zu 7.: **Glück – Geld – Großeltern**
Zum Glück habe ich großzügige Großeltern, die mir immer viel Geld zu Ostern schenken.
Glück ist, wenn man noch Großeltern hat und viel Geld besitzt.
Meine Großeltern sagen immer, Geld ist zum Glück nicht alles.

Zu 8.: **Stau – Geburtstag – Freund**
Ausgerechnet zum Geburtstag von Martin stand ich mit meinem Freund im Stau.
Zum dreißigsten Geburtstag stand Sandra mit ihrem Freund im Stau.
Der Geburtstag fand ohne meinen Freund statt, weil er auf der Autobahn im Stau stand.

Zu 9.: **Regen – Internet – Telefon**
Der Regen war so stark, dass sogar das Internet und das Telefon ausfielen.
Da es den ganzen Tag Regen gab, surfte ich aus Langeweile im Internet und kaufte gleich ein neues Telefon.
Im Internet erkundigte ich mich nach dem Wetter, ob es heute noch Regen geben soll, dabei klingelte ständig das Telefon.

Zu 10.: **Kaffee – Hose – Tasse**
Die ganze Tasse mit dem heißen Kaffee fiel mir auf die Hose.
Bevor ich auf die Suche nach einer neuen Hose gehe, brauch ich erstmal eine Tasse Kaffee.
Im Internet kann man von der Hose bis zur Tasse alles kaufen, sogar Kaffee bekommt man online.

Englisch-Vokabeln

Übersetze die Vokabeln sowohl ins Englische als auch ins Deutsche.

Zeit: **3 Minuten**

1. fear
a) fangen
b) fallen
c) Angst
d) Nähe

2. Tür
a) door
b) blank
c) gap
d) hole

3. patient
a) müde
b) geduldig
c) tolerant
d) beharrlich

4. impression
a) Täuschung
b) Anreiz
c) Eindruck
d) Ausdruck

5. Schuhe
a) boot
b) traipse
c) shoo
d) shoes

6. Fahrer
a) driver
b) priest
c) leader
d) handlebars

7. Fahrzeug
a) car
b) engine
c) device
d) vehicle

8. Mauer
a) blanket
b) block
c) well
d) wall

9. Werkzeug
a) steel
b) mean
c) tool
d) screwdriver

10. tomorrow
a) gerade
b) heute
c) gestern
d) morgen

11. Gefängnis
a) institute
b) prison
c) kitchen
d) detention

12. direction
a) Entwicklung
b) Ausweg
c) Richtung
d) Perspektive

13. turn off
a) rausziehen
b) ausschalten
c) beseitigen
d) stilllegen

14. knife
a) Schere
b) Gabel
c) Messer
d) schneiden

15. Boden
a) place
b) country
c) shore
d) ground

16. handcuffs
a) Handschellen
b) Handgeld
c) Handschuhe
d) Handgelenk

17.Zug
a) train
b) tug
c) draft
d) drag

18. böse
a) berserk
b) rabid
c) nasty
d) penance

19. to visit
a) warten
b) kommen
c) besuchen
d) beschaffen

20. Gift
a) poison
b) topic
c) means
d) evil

21. investigation
a) Investition
b) Maßnahme
c) Untersuchung
d) Unterlagen

22. luggage
a) Gepäck
b) Besitz
c) Sprache
d) Koffer

23. thief
a) Einbrecher
b) Räuber
c) Dieb
d) Ermittler

24. shut
a) Schuss
b) geschlossen
c) durchdacht
d) erschossen

25. fair
a) gerecht
b) hart
c) fahren
d) ehrlich

26. Brücke
a) bridge
b) floor
c) gangway
d) connection

27. assumption
a) Vermutung
b) Panik
c) Empfinden
d) Glaube

28. höflich
a) helpful
b) nice
c) pretty
d) polite

29. Strafe
a) sentence
b) crime
c) punishment
d) felony

30. drinnen
a) chamber
b) scope
c) inside
d) during

Lösungen: Englisch-Vokabeln

1. c)	11. b)	21. c)
2. a)	12. c)	22. a)
3. b)	13. b)	23. c)
4. c)	14. c)	24. b)
5. d)	15. d)	25. a)
6. a)	16. a)	26. a)
7. d)	17. a)	27. a)
8. d)	18. c)	28. d)
9. c)	19. c)	29. c)
10. d)	20. a)	30. c)

Englische Sätze verbinden

In den nachfolgenden Aufgaben sollen die Satzanfänge mit den logisch richtigen Satzenden verbunden werden.

1. Today, Amy went to the doctor's office because ...
a) it was very late and her favorite TV show was on.
b) her brother locked her into the kitchen.
c) she wasn't feeling very well and wanted to get some medicine.
d) Leo took out the trash.

2. James bought a new car ....
a) at his local grocery store.
b) at the farm.
c) at his friend's car dealership.
d) at the zoo.

3. Yesterday, Lydia went to the cinema ...
a) to watch a movie with her friend Leanne.
b) to buy a dress for prom.
c) because she really needed a massage.
d) to take a cooking class.

4. Maria and Jordan are getting married ...
a) in outer space.
b) at a beautiful chapel in the New England countryside.
c) in the kitchen.
d) at the supermarket.

5. At the presidential election in November ...
a) Mickey Mouse is going to be president.
b) Mariah Carey lost 5 kg.
c) I want to have a donut.
d) he would have to draw many non-aligned voters.

6. The policemen ...
a) is going to explode.
b) are talking to the suspects.
c) painting their nails with pink nail polish.
d) has to stop.

7. Janice wants to become a police officer ...
a) because she likes helping people.
b) when she was a baby.
c) at her neighbor's house.
d) because it is Saturday.

8. Marc works as a mechanic ...
a) in order to feed all the animals.
b) because he likes to swim.
c) because he has loved working on cars ever since he was a little boy.
d) just to eat ice cream.

9. The local soup kitchen ...
a) provides free food for the homeless.
b) has to wash the car.
c) wants to eat a sandwich.
d) can leave early today.

10. Tomorrow, Sina has a dance performance ...
a) because she is tired.
b) while she is sleeping.
c) on the moon.
d) and she is very nervous because her friends will watch her.

11. Nina and Jack are playing hide and seek ...
a) to clean out the basement.
b) but they can't seem to find each other.
c) in class.
d) because Nina is ill.

12. In the town hall ...
a) couples can get married.
b) you can buy groceries.
c) it is raining.
d) dad is hiking.

13. The kettle is whistling ...
a) for donuts.
b) in the ground.
c) because Jason fell and hit his knee.
d) because the water is boiling.

14. Mia doesn't like mathematics ...
a) because she is tall.
b) in order to sit down.
c) because most of the time she doesn't understand the exercises.
d) after going to the doctor's office.

15. Jamie loves cooking Italian
a) to the cinema.
b) because he loves Pizza and Pasta.
c) in the shower.
d) while driving to work.

16. Michael works as a lawyer
a) at the local court.
b) for rainy days.
c) because he likes swimming.
d) after work.

17. Gingerbread cookies ...
a) are a popular treat in the summer.
b) speak Chinese.
c) are a popular treat around Christmas.
d) can dance hip-hop.

18. Lisa is eighteen years old,
a) after work.
b) forever.
c) a lot since she was little.
d) which makes her an adult.

19. At midnight ...
a) the clock strikes 10.
b) the clock strikes 12.
c) the clock strikes 9.
d) the clock strikes 15.

20. Because I am an employee,
a) I can do whatever I want.
b) I have to obey my boss.
c) I love cooking.
d) I can come to work and leave at any time I like.

Lösungen: Englische Sätze verbinden

1. c)	8. c)	15. b)
2. c)	9. a)	16. a)
3. a)	10. d)	17. c)
4. b)	11. b)	18. d)
5. d)	12. a)	19. b)
6. b)	13. d)	20. b)
7. a)	14. c)	

Bonus: Informative Online-Inhalte und Communities

Hunderte kostenlose Online-Tests
www.plakos.de

Online-Trainings und weitere Informationen
www.plakos-akademie.de

Bundeswehr
www.bundeswehr-einstellungstest.de

Facebook-Gruppe
Bundeswehr-Einstellungstest
www.facebook.com/groups/bundeswehreinstellungstest/